英語圏小説と老い

イギリス小説読書研究会 編

開文社出版

目次

まえがき

「二〇三〇年までに八十五歳以上の人口は現在の二倍に達する見込みだが、政府も社会も嘆かわしいほどに対策の準備が立ち遅れている。」この文章は日本の新聞記事からとったものではない。イギリスの『ガーディアン』紙（二〇一五年七月二十一日）の記事の一節だ。日本と同様に、イギリス社会においても高齢化の進展は著しい。

二〇一九年八月に発表されたイギリスの全国統計によれば、一九九七年には六人に一人が六十五歳以上であったが、二〇一八年には五人に一人となっており、二〇五〇年までには四人に一人となる見込みだ（国家統計局）。それにしたがい、老人問題は深刻化の一途をたどっている。たとえば「BBCニュース」は二〇一六年秋に、老人ホームにおける人手不足の深刻さを調査するために、コーンウォールのある老人ホームに潜入して、実態を密かに撮影した。そこでは、具合が悪いと訴えている入所者を「黙らせる」ため、モルヒネを与えようと看護師が言っていたり、排便が間に合わなくて失禁する入所者がいたりするなど、多くの問題が露呈されていた。さらには、孤独の問題も深刻である。イギリスの老人のうち四分の三が孤独を感じており、その対策として専門家たちが「孤独を終わらせる運動」という団体を結成し、十年以上にわたって活動を展開している。孤独の問題については、二〇一八年に当時の首相テリーザ・メイが「孤独担当大臣」を新設し、本格的に問題解決に乗り出したことも記憶に新しいだろう。

ジャーナリズムにおける老いや老人に対する関心の高まりは当然のことながら近年のイギリス文学にも反映されている。たとえば、著名な作家のごく最近の作品だけを見ても、ジム・クレイスは耄碌しかけている老音楽家についての小説『メロディ』(二〇一八)を、ハワード・ジェイコブソンは九十歳代の老人同士の恋愛を描いた『少し生きろ』(二〇一九)を発表している。(1)

文学研究においても、老いや老人の観点からの研究は「リテラリー・ジェロントロジー (literary gerontology)」(2)と名づけられ、現在では盛んに行われている。この分野の代表的研究者であるアン・M・ワイアット＝ブラウンによれば、英語圏において文学と老年学との学際的な研究に先鞭をつけたのは、一九七五年に開催された「人間の価値と老化に関する会議」だった(「リテラリー・ジェロントロジーの成熟」三〇〇)。その後、一九八八年にコンスタンス・

ルックがマーガレット・ローレンスの『石の天使』（一九六四）を論じた際に「老年期の小説《フォルエンドゥングスロマン》（Vollendungsroman）」という造語を用いたり、バーバラ・ワックスマンが「成熟期の小説《ライフングスロマン》（Reifungsroman）」という用語を造ったことで、老いに関する文学研究に弾みがついた（「序論」一―二）。

リテラリー・ジェロントロジーとは具体的にどのような研究を言うのだろうか。ワイアット＝ブラウンは一九九〇年の論文において「リテラリー・ジェロントロジー」を五つのカテゴリーに分けた。その五つとは「（一）文学が老いをどう捉えているかについての分析、（二）文学と老いに対する人文科学的なアプローチ、（三）文学作品およびその作者についての精神分析学的考察、（四）自伝、ライフ・レビュー、中年期の変化に関する老年学理論の援用、（五）精神分析学を援用した創作過程」（「リテラリー・ジェロントロジーの成熟」三〇〇）である。[3]

その後、ワイアット＝ブラウンは、「リテラリー・ジェロントロジーの未来」（二〇〇〇）において、当該研究の隆盛ぶりを伝え、研究の傾向がもっぱら五つのカテゴリーに集中するようになったと述べた。その五つを論の内容に即して説明すると、次のようになる。

（一）文学が老いをどう捉えているかについて、主にポストモダン思想にもとづいて社会

学的観点から考察したもの
（二）伝記や精神分析学の知見を用い、人生の後期における文体と創造性について考察したもの
（三）老化に関するカルチュラル・スタディーズ（特に老化を衰退と進歩のどちらと見るかに焦点を当てたもの）
（四）老人の過去の回想に関する物語研究や、過去の回想を自伝に仕立てる際の文学研究者たちの関与
（五）老人の感情および老化についての感情の考察（四一―六一）

最近では老いに関する作品論も数々発表され、日本においてもその方面の研究は進展を見せている。単発的な研究論文のほかにも、『ヘミングウェイと老い』（二〇一三）および『ウィリアム・フォークナーと老いの表象』（二〇一六）という研究書がすでに上梓されている。

社会全体や文学研究の傾向はさておいても、老いや死は誰にとっても避けて通ることのできない過程であり、万人の関心を惹きつけるのは当然のことではある。日本の英語文学界におい

ても、さまざまな作家たちの作品群を老いや死の観点から分析する研究がこれからますます活発になるだろう。

本論集もそのような試みの一つであるが、上記の二研究書とは若干異なるアプローチを試みることとした。ある特定の作家を取り上げるのではなく、イギリスおよびイギリスにゆかりのある国々の古今の著名な作家たちの作品を取り上げ、それらを老いや死の観点から考察することにしたのである。これらの考察により、各々の作家たちが生きた時代の死生観をもうかがい知ることができるのではないかと考えている。老いや死に対する忌避の念がますます強まってきている現代にあって、これらの作品論は現代人たる私たち自身の死生観に新たな光を投げかけてくれるにちがいない。

最後に、各論文の主な内容をご紹介しておこう。

金子幸男の「コテージ・イングリッシュネス――ジョージ・エリオット『サイラス・マーナー』における老人表象」は、イングランドのナショナル・アイデンティティ、すなわちイングリッシュネスをコテージと老人表象に結びつけながら探ったものである。十九世紀初頭を舞台としたジョージ・エリオットの牧歌的小説『サイラス・マーナー』を中心に、家族に囲まれたコテージの幸福な老人を描いた田舎の風俗画や老人の死を描いた風俗画も援用している。議論の流れとしては、ヴィクトリア朝においてコテージ表象がイングランド社会を、共感を媒介として中産階級を下層階級へ近づけながら一つのネーションにまとめあげていること、「ホーム」や「家庭性（domesticity）」が具現化されたコテージが、コテージ・ホームというイングリッシュネスを表象し、特にコテージの老人表象がいかにコテージ・イングリッシュネスの伝統の維持に貢献しているかを主張する。この議論の延長線で、コテージ・ホームとカントリーハウスの相反する運命が何を意味するかも明らかにしている。

池田祐子の「老いと闘うデカダン――オスカー・ワイルド『ドリアン・グレイの肖像』における老若の表象」は、作中で老若と美醜がどのように関連づけられているかについてテクストの分析を行う。そして、ワイルドの辛辣な老いへの態度を、後期ヴィクトリア朝という時代の中で俯瞰的に捉えなおすため、チェザーレ・ロンブローゾの『犯罪人論』や、クリスティーナ・ロセッティの『ゴブリン・マーケット』を参照しながら、ワイルドの描いた老いと罪の表象を解釈することを試みる。十九世紀後期にかけて徐々に変わりゆく老いをめぐる力学が、ワイルドらデカダン派にどのような影響を及ぼし、それが作品に現れたのかを考察する。

鵜飼信光の「生へ至る死――ジョージ・マクドナルド『リリス』における老いから若さへの

回帰」は、青年ヴェインが異世界と現実の間を何度も行き来する複雑な長編『リリス』を取り上げる。マクドナルドの作品では、老人が若返ったり、老人であるのに同時に青年であったり、特異な「老い」の表現が見られるが、この論考ではまず、死がより高度で充実した生への移行であるとする「生へ至る死」という思想がマクドナルドにあることを短編「黄金の鍵」で確認する。そして、それを手がかりに、『リリス』においてアダムのイヴ以前の妻リリスが、若さと美への執着から働いた悪事を最後には悔い改め、執着から解放されることで逆説的に若さと美を回復し始めること、そして、ヴェインが未熟さを克服し、来るべき時に来る死を静かに待望する成熟を獲得することを考察し、醜く困難なものとして「老い」に対処するのとは正反対の姿勢の可能性を探る。

岩下いずみは、「ジェイムズ・ジョイス『ダブリンの市民』における家族の肖像写真と老い」において、アイルランド大飢饉後のダブリンの閉塞的状況を描いた『ダブリンの市民』の数編を論考する。作品を象徴する「麻痺」を「老い」と重ね合わせ、家族の肖像写真が登場する「エヴリン」、「小さな雲」、「死者たち」を論考の中心とし、麻痺の状況下でしかるべき家族のあり方が実現できない登場人物たちの現実を、家族の肖像写真から読み解く。まず、飢饉と麻痺がどのように連結するのかを家族の肖像写真を通して包括的に論じる。次に飢饉の結果女性の婚期が遅れた時代的背景に着目する。続いて既婚男性が自らの麻痺に気づき、しかるべき老いへの道筋、成熟の必要性を痛感する経緯を論じる。さらにダブリンの麻痺の背景に根深くあるカトリシズムの麻痺、ある意味での老いについて、作中の登場人物のカトリシズム批判を通して検証する。これらの考察によって、あるべき老いが家族の肖像写真によって映し出され、共同体のあり方やその未来を語るものとして機能していることを検証し、作品と肖像写真の特質の重なりについて指摘する。

濱奈々恵の「愛される国民的おばあちゃん——ミス・マープルに見る老いとイギリスらしさの再構築」では、イギリスの田舎に住む「おばあちゃん」探偵ミス・マープルに注目し、彼女の老い方や老いとの向き合い方を考察しながら、この老婦人がなぜこれほどまでに有名になったのかを社会的な側面からも明らかにしていく。ミス・マープルの年齢は作品中で言及されないが、近年の研究によって百歳近くであったことが指摘されている。当初、六十代半ばだったはずのミス・マープルが年齢を重ねるのと同時に、作品内にも長い時間が流れ、伝統や継承に対する価値が失われつつあった。本論では、老いをうまく利用して作品に痛快さをもたらすミス・マープルの姿と、庭の描写や映像化の背景などを通して、「余った女」として揶揄される「おばあちゃん」は、時代の流れと戦争によって失われたイギリスらしさを再構築するために欠かすことのできない存在であったと分析する。

柴田千秋は、「マーガレット・アトウッド作品における「老い」の意味――『キャッツ・アイ』、『昏き目の暗殺者』を中心に」において、「見える」ということに着眼しながら、中高年の語り手が、年を重ねることで以前見えなかったことが見えるようになり、その結果、かつての自分や他者を理解し、許すことで、若い頃のトラウマを乗り越え、新しい視力を得ることを論じる。まず、現在は過去の積み重ねの上にあると考え、少女が大人になる経験を積む中で負った傷や、他者に与えた傷を検証する。次に、現在の老いた姿がどう描かれているかを調べる中で、中年のイレインと高齢のアイリスとでは若さへの執着度が違うことを明らかにする。最後に、老いにより肉体は劣化するが、ものの見方は成長すること、一方、若者は肉体的に美しいが盲目であること、しかしそれゆえ前に進む勇気を持てることを指摘する。そして、老いの先にある死が新たな生命につながるという再生への期待が見られることを示す。

池園宏は、「カズオ・イシグロ文学における老いの表象――近年の長編小説を中心に」において、主として今世紀に出版されたイシグロの後期の作品群『わたしたちが孤児だったころ』、『わたしを離さないで』、『忘れられた巨人』に焦点を当て、近年のイシグロが老いをどのように提示しているのかを考察する。論の前半部では、初期作品に比べ、近年の作品では老いに関わる「死」や「身体性」の表象が顕在化しているという点に着目しつつ、具体的に作品を検証していく。後半部では、「第二人称の死」および「二度目の死」という概念を援用することにより、イシグロ文学の特徴である記憶との関連性、さらには死生学や老年学の分野において提唱される「死への準備教育」との接点を指摘する。それらは老いと死に直面する人間に対して「生」への礎を与える機能を有しているという視座のもと、さらに掘り下げた作品論を展開する。

高本孝子の「判決は死《デス》と難聴《デフ》——デイヴィッド・ロッジ『ベイツ教授の受難』」は、一人称の語り手デズモンド・ベイツの語りにおける「死（death）」と「難聴（deaf）」の言葉遊びを軸に、テキストを分析する。そして、ユーモアの仕掛けに見えるこの言葉遊びの頻出が、実はデズモンドが死に対する強迫観念に無意識のうちに苦しめられていること、そして、それが前妻を安楽死させた罪悪感に由来していることを明らかにする。作中デズモンドは、父親の老衰と死、アウシュヴィッツ訪問などの経験を通じ、老いと死の普遍性を実感として受けとめ、死すべき運命を分かち合う人間同士が愛し合うことが重要なのだという悟りに達する。老いをユーモラスかつリアリスティックに描き、主人公の精神的成長のプロセスを主要テーマとする本作品が、カトリック信仰を実質的に喪失し、リベラル・ヒューマニズムを信奉するに至った作者デイヴィッド・ロッジの晩年の作品にふさわしいことを実証する。

原田寛子の「老いを転覆させる――マーガレット・ドラブル『昏い水』における終わらない生」は、本作品において、老いや死にまつわる否定的なイメージがいかに覆されているかを論じる。登場人物のほとんどが老人であり、最終場面でその多くが亡くなったことが告げられるこの小説において、死に連なる老いの時期に見られる悲観的な要素を免れることは難しい。しかしながら本論では、主人公である七十代の女性フランを中心に、老いを受け入れて前向きに生きる老人が描かれていることを考察する。また、死や終焉につながる大団円を巧妙に避けるプロットや登場人物の死の在り方を通じて、終焉に向かうクライマックスの流れが覆されることで、老いと死のつながりも覆されていると論じる。そして、老いとは連続してつながる生の時間軸の一時期であり、生の終焉を迎えても、次の生に関わり続けるという、終わることのない生のあり方を読み取る。

以上の概要からだけでもおおよそご理解いただけると思うが、老いや老人についての見方や描き方は時代により、また、個々の作家によりさまざまである。本書は研究論文集ではあるが、できれば研究者だけではなく、一般の方々にも読んでいただきたい。最近の日本では、「老害」

という言葉が生まれるなど、老いや老人についての一面的でネガティブな言説が急激に広がっているように思われるが、本書にはそういう傾向に歯止めをかけたいという思いもこめられているからである。小説を読むことを通じて、人は他人の心の中に分け入ることができ、その結果として他人を思いやる道徳的な想像力を育むことができる。ワイアット＝ブラウンらがリテラリー・ジェロントロジー研究を推し進めているのも、老人を社会の余計者として切り捨ててはならないという、まさにその思いからなのである。

注

（1）メアリー＝キャロル・マコーリーによれば、アメリカ文学においても老いや老人に対する関心が高まってきている。たとえば、マリリン・ロビンソン『ライラ』（二〇一四）は、死期を間近に控えた二人の牧師を描き、リチャード・フォードの短編集『率直に言おう』（二〇一四）は七十歳を前に老衰していく男を描く。また、アン・タイラー『ひと巻きの青い糸』（二〇一五）においては七十歳代前半にさしかかった夫婦が主人公である。

（2）原語の“literary gerontology”にはまだ確立された訳語がない。直訳するならば、「文学的老年学」や「老年学的文学研究」であろうが、ワイアット＝ブラウンが挙げた五つの定義を包括するには不十分であるように思われる。訳語としては採用できないかもしれないが、「老年学と文学研究の学際的な研究」と理解するのがもっとも妥当であるようだ。

（3）「ライフ・レビュー」は老年学者ロバート・N・バトラーが使い始めた用語である。彼は人生を回想することが老人にとって非常に有用であると主張した。「回想療法」と訳されることもあるが、ここでは回想する行為や回想された内容を指している。また、「中年期の変化」は原文中では“midlife transition”とあるが、ここではいわゆる「中年の危機」とほぼ同じ意味で用いられている。

文献一覧

Gordon, Daniel. “Secret Film Exposes Care Home Failures.” *BBC News*, 20 Nov. 2016, www.bbc.com/news/health-38019806.

McCauley, Mary Carole. “In Literature, New Attention to Old Age, Dying.” *The Baltimore Sun*, 14 Feb. 2015, www.baltimoresun.com/entertainment/arts/bs-ae-authors-mortality-20150214-story.html.

Murray, Kate. “How Can Politicians Face Up to the Challenge of the Ageing Population?” *The Guardian*, 21 July. 2015, www.theguardian.com/society/2015/jul/21/politicians-challengeageing-population.

Office for National Statistics. "Overview of the UK Population: August 2019." *Office for National Statistics*, 23 Aug. 2019, www.ons.gov.uk/releases/overviewoftheukpopulationjuly2019.

Wyatt=Brown, Anne M. "The Coming of Age of Literary Gerontology." *Journal of Aging Studies*, vol. 4, no. 3, 1990, pp. 299-315.

——. "The Future of Literary Gerontology." *Handbook of Humanities and Aging.* 2nd ed., Springer, 2000, pp. 299-315.

——. Introduction. *Aging and Gender in Literature: Studies in Creativity*, the UP of Virginia, 1993, pp. 1-15.

第一章

コテージ・イングリッシュネス(1)
——ジョージ・エリオット『サイラス・マーナー』における老人表象

金子 幸男

George Eliot, *Silas Marner* (1861)
ジョージ・エリオット『サイラス・マーナー・[付]ジューバルの伝説』奥村真紀・清水伊津代訳（彩流社、二〇一九）

◆作者略歴◆
一八一九年、イギリスのコヴェントリー近郊に生まれる。本名はメアリー・アン・エバンズ。代表作に小説『ミドルマーチ』（一八七一—七二）がある。一八八〇年没。

◆作品梗概◆

時はナポレオン戦争の折、イングランド中部にあるラヴィロー村から始まる。サイラス・マーナーという、よそからやってきた機織り職人が村はずれで孤独な生活を送っており、ただ一つの楽しみは貯めた金貨を毎夜、数えることだけだった。サイラスは十五年前、イングランド北部の故郷の町、ランタン・ヤードを追放された。彼は持病の意識喪失の発作をうまく利用され、親友ウィリアム・デインにより教会の金の窃盗犯として濡れ衣を着せられたのである。デインはサイラスの婚約者を奪って結婚。時は現在に戻り、ある冬の晩、サイラスは唯一の楽しみの源であったお金を奪われる。盗んだのは、地元の地主の放蕩息子、ダンスタン・カスであったが、このことは読者のみが知らされる。数週後の大晦日、サイラスが例の意識を失う発作を起こしている間に、小さな女の子がサイラスのコテージに入り込んだ。同夜、コテージの近くで雪の中、行き倒れになって死亡した女の娘であった。その女はモリー・ファレンといって、ダンスタンの兄ゴドフリーがしばらく前に秘密結婚した相手であるが、評判を気にした彼はモリーとの関係を明らかにせず、その子を認知することもしなかった。その間、秘密結婚のことで兄を脅していたダンスタンはサイラスのお金の窃盗事件の晩以降、行方不明となっていた。自由になったゴドフリーは地主の娘ナンシー・ラミターと結婚した。他方、サイラスはその娘をエピーと名づけ、自ら育てることにする。十六年後、ダンスタンの遺骸が石切り場の灌漑工事の際に発見される。過去からは逃れられないと観念したゴドフリーは妻ナンシーに最初の妻モリーと実の娘エピーについて告白し、二人はエピーを娘として引き取ろうとするが、エピーは血を分けた親よりも育ての親サイラスに深い愛情を感じ、カス家に入りレディとして生きる道は選択しない。エピーは車大工の妻ドリー・ウィンスロップの息子エアロンと結婚、養父サイラスとともにコテージで暮らし続ける人生を選ぶ。

一　はじめに

イギリスにおいて歴史的なＥＵ離脱が成し遂げられたこと、および先進国における高齢化社会の急速な進展はイギリスにおいても例外ではないことを考えた場合、イギリスのナショナル・アイデンティティ、すなわちイングリッシュネスと老人表象を取り扱うのは意味のあることではなかろうか。イギリス的なアイコンといえば、王室、国家議事堂、アフタヌーンティー、ガーデニング、ストーンヘンジ、クリケット、ラグビー、カントリーハウスなど多数あるが、本論ではイギリスの田舎に見られる典型的なアイコン、コテージを取り上げる。この論文の目的は、十九世紀初頭を舞台としたジョージ・エリオットの牧歌的小説『サイラス・マーナー』（一八六一）を取り上げながら、コテージ・イングリシュネスと老人表象に注目して作品を読み解いていくことにある。

具体的には、ヴィクトリア朝においてコテージ表象が社会的にいかに作用しているかを、特に共感に注目して議論すること、「ホーム」や「家庭性（domesticity）」という概念がいかに、イングリッシュ・アイデンティティにおいて大事であるか、イングリッシュ・コテージがいかにホームという観点からイングリッシュネスを表象しているか、そのようなコテージの老人がいかにイングリッシュネスを具現するものとして表象されているか、コテージ・ホームとカントリーハウスの相反する運命は何を意味するかを明らかにすることである。また、ラヴィロー村の機織り手、サイラス・マーナーのコテージ・ホームを、地主のカスのカントリーハウスである赤屋敷と対比させて論じていく。さらに、コテージという点からテクストを分析する助けとして、田舎の風俗画も見てゆくことになろう。

二　コテージの社会的機能と媒介としての共感

まず、十九世紀のイギリスのコテージの表象が果たしている社会的な機能は何か。それは社会を一つにまとめる機能に他ならない。そのための媒介をしてくれるのが共感という概念である。これは後に、『サイラス・マーナー』と田舎の風俗画を分析する際にも役に立つ概念であるが、ここではまず、田園風俗画について共感がどのように関わってくるのかを見てみよう。

ロマン派の時代やヴィクトリア朝時代には多くの田園風俗画が描かれ、コテージの場面を含んだものも多い。クリスティーナ・ペインは、批評家が十九世紀の風俗画に求めるものは、性

格（character）、感情（sentiment）、真実（truth）であると言う。すなわち

一　芸術家は説得力をもつ人物を描くことを期待された。その行動、表情、衣服は性格と合致している。

二　そういった風俗画は、感情、正しい種類の感情を刺激することを意図していた―気分、ペイソス、とりわけ共感（sympathy）と慈悲心（benevolence）

三　最後に、人物だけではなく、舞台についても、自然に忠実であること。コテージ内部であろうが、風景であろうが。（『田舎の素朴さ』八）

第一と第三の点は、人物と舞台背景のリアリズムに言及したものであるから、社会的機能を考える場合には、第二の点、「正しい種類の感情を刺激する」という働きがより重要であろう。なぜならば、ここには絵画と鑑賞者との相互作用が前提とされているからである。ペインは、「共感」と「慈悲心」が正しい種類の感情であると主張する。後者は、「善を行う傾向性、他者の幸福を増進したいという思い、親切、寛容、慈悲心」（『オックスフォード英語大辞典』（“benevolence, n 1”）と「他者に示される感情として、好意的な感情または気質、愛情、善意

が本当に親切な行為に向かうこと」(『オックスフォード英語大辞典』("benevolence, n 2") である。このように「慈悲心」は、他者に対する愛情ゆえに親切な行為へと向かうことである。それと対照的に、前者の「共感」は、「他者の感情と似た、または対応した感情を抱いて他者の状態に影響を受けた状態、質のことである。他者の感情の中へ入るか共有しているという事実または能力のこと、同胞の感情」(『オックスフォード英語大辞典』("sympathy n 3-b") のことである。したがって、前者は他者の感情を実際にまたは想像上、共有することである。

ペインにしたがえば、田園風俗画は共感を喚起するものであり、ジョージ・エリオットもまた「共感」に惹かれた作家であるが、彼女の場合は絵画だけではなく、詩や小説といった文学表象における共感の意義をも強調する。彼女のエッセイ「ドイツ生活の自然の歴史」は、この点で引用するに値する。

しかし我々の社会小説は人々のありのままを描いており、現実離れした描写は大きな悪であると公言する。画家であれ、詩人であれ、小説家であれ、芸術家に負うているもっとも大きな利益は、我々の共感の拡張である。(中略) しかし、偉大な芸術家が描く人間生活の絵画は、取るに足りない者や利己主義者にさえも驚愕を与え、自分の一部ではないものに対して注意を向けさせる。その注意は、道徳的感情の生の素材と言えるかもしれない。（中略）芸術は人生に最も近いものである。それは経験を拡充し、同胞に対する我々の接触を、我々の個人的な運命を超えて広げる様式である。（『評論特選』二六三―六四）

エリオットは芸術を人生にもっとも近いものと考えているが、それは、芸術が人々の現実の姿を描き、我々に共感を広げさせ他者へと至らせる限りにおいてである。後に、『サイラス・マーナー』の分析の際に、我々は、いかに共感が読者に作用するかを、初期ヴィクトリア朝のコテージ画家を通じて見てゆくことになるだろう。

エリオットは面白いことに「もし芸術が人間の共感を広げないのであれば、道徳的には何もしていないことになる」（『書簡集』第三巻　一一二）と宣言する。このことが意味するのは、共感が小説の存在理由であり、もし共感を読者から引き出せないのであれば、小説は無意味であるということだ。エリオットが想定した小説の読者、少し拡張して絵画の鑑賞者は、誰であるか。バリー・レイは「十九世紀の田園表象の語りは、都会の歴史の領域に属する」（一九二）と言う。だから田園小説と風俗絵画は都会の中産階級が享受するのである。勃興しつつある中産階級が十九世紀にいよいよ中央の舞台に躍り出るようになると、田舎の人間に対する彼らの共感をこめた理解が、ベネディクト・アンダーソンが言う「想像上のネーション」を可能にするのである。

　絵画表象や文学表象における共感という点を論じる際にアダム・スミスを忘れることはできない。玉井史絵は、アダム・スミスの、「共感」は想像された感覚であり、他者の実際の感覚は問題ではないという考え方を引いて、チャールズ・ディケンズの作品が喚起する「国民的悲しみ」による想像の共同体に対し、ジョージ・ギッシングは見ることに徹して安易な共感を戒め、想像上の他者の苦しみを認めないと言う。レイ・グライナーは十九世紀リアリズム作家に与えたスミスの影響という枠組みの中でエリオットを取り上げ、スミスの言う共感は知的・想像的力により発動されるのであるが、語りの形態をとり、時間に媒介され、しかし感情の同一化までは必要としないと言う。エリオットが全知の語り手に近い登場人物（他者は自分の感情と意見を共有し、他者の思考を制御できると考える者）を使った場合、彼らは読者の共感を得られない人物であると言う。つまり、そういった自信過剰な人物の内面（思考・感情）を知ることは、読者の共感を必ずしも生み出さないのである。イムラーン・クーディバは、共感には触れていないが、スミスのエリオットへの影響を、市民の日々の相互作用から大きな制度が生じるという考え、つまり、社会は下から構築されるというスミスの考えに見ている。そのうえで、エリオットはチェスボード、網の目のメタファーで社会を語り、「神の見えざる手」はエリオットの複数の語りの視点の使用に現れ、各主体は社会全体に配置され交錯していると言う。クリステン・ポンドは『サイラス・マーナー』をずばり共感という観点から分析している。ただし彼女の言う共感は、スミスの言う共感とは違い、共感では他者の言うことを理解することは不要であるが、他者の語る場に同席してその語りを見守ることが必要であり、その際に共感が成立すると言う。ここでスミスが『道徳感情論』(一七五九)の冒頭において、共感について述べた箇所を眺めてみるのも無駄ではあるまい。

人間がどんなに利己的であると考えられていようが、明らかにその本性の中にはいくつかの原理が働いていて、他者の運命に関心を寄せ、その幸福こそが自分には必要であるとする。その幸福からは見る喜び以外に何も引き出せないのだが。この種のものが憐憫や同情なのであり、これらは他者の惨めな境遇に対して感じる情感であり、我々が直接見るときやとても生き生きとした仕方でそれを考えさせられる時に感じるものである。
(一章「共感について」一三)

ここでスミスが言っているのは、人間には利他的な側面、他人の幸福を願う気持ちがあり、他者の不幸な境遇に同情を寄せ、それは直接の場合だけでなく間接的に見聞きした場合にも生じるものである。

次に、想像力による他者の苦しみへの共感を描いた部分を見てみよう。

我々は他者が感じることについて直接経験できるわけではないので、他者がいかに影響を被っているかについては、我々自身が同じ状況に置かれた場合に何を感じるかを考えることによってしか知り得ない。我々の同胞が拷問にかけられていようが、我々自身が安楽である限り、我々の五感は兄弟がどのような苦しみを味わっているかを知らせてくれることはない。想像力によってのみ、我々は、彼の感覚がどのようなものかを思い描くことができるのだ。（一章「共感について」一三）

想像力によって我々は彼〔我々の同胞〕の状況に身をおき、我々は自分自身が同じ苦しみすべてに耐える姿を思い描き、あたかも彼の身体に入り込み、ある程度は彼と同じ人間になり、そこから彼の感覚についてのある考えを形成するのである。（一章「共感について」

（一三一―一四）

先に見たようにペインは想像力が共感に関与すると言っており、スミスは想像力が共感を通じた他者理解に貢献していることを指摘する。

ではコテージを描いた風俗画の役割は何か。それは、中産階級の鑑賞者が想像力による他者理解によりコテージの住人である下層階級の生活に対する理解を深め、中産階級が下層階級を含めたネーションとしての一体化を進めることにあろうか。下層階級はロマン派の時代から、フランス革命の影響もあってか、過激化することもあり得る不穏分子であったが、牧歌的な村の生活を描くことで、中産階級に安心感を与えたことであろう。また、社会派リアリズムの絵画であれば、コテージ住人の貧しく悲惨な人生に共感をし、地主階級をも巻き込んだ社会改革への方向を進める役に立ったことであろう。共感はネーションの一体化を演出してイングリッシュネスを涵養するのである。

三　コテージ・イングリッシュネス

第二に、いかに「ホーム」または「ドメスティシティ」（家庭らしさ）という観念がイングランドのアイデンティティにとって重要であるかについての議論へと移りたい。この問題を考えるにあたり、まずは、ナショナル・アイデンティティとは何かを分析する。この点について筆者は別のところでより詳細に論じているのだが（『英国小説研究』第二七冊）、Ａ・Ｄ・スミスの言葉を使えば、ナショナル・アイデンティティ一般の基本的な特徴としては左記のような五つの特徴が挙げられる（一四）。

① 歴史的な領域またはホームランド
② 共通の神話と歴史的な記憶
③ 共通の、大衆的・公的な文化
④ 構成員の全員にとって共通の法的権利と義務
⑤ 構成員にとって領域内の移動性を伴う共通の経済

コテージ・イングリッシュネスを考えるときには、最初の「ホームランド」という特徴が最も重要である。イギリスのナショナル・アイデンティティにおけるホームの重要性は、より早くエドマンド・バークによって強調された。彼は、「家庭への愛着心」と「家庭の愛情」がネーションを結びつけるものであり、家庭らしさを深く尊重する姿勢は、フランス革命とそれがもたらした社会の混乱が家族の崩壊の可能性を予示したことからもたらされたものであると言う（マッカルマン他 一二五）。このように革命の脅威が有機的な社会の中心にある家庭を破壊する可能性が高く、その脅威こそが家庭らしさに対する深い敬意の背後にあるのである。

バークが考えているのは、田舎の権力の屋敷としてのカントリーハウスこそイングリッシュネスそのものであるということである。しかし、『サイラス・マーナー』とイギリスの田園風俗絵画においては、そうとは言えない。カレン・セイヤーはコテージに関して、「イングランドのコテージ・ホームは（中略）コミュニティとネーションの中心を占めているものとして扱われている」（一一五）と言う。彼女はコテージと村とのつながりに言及し、「村は小規模なネーションであり、風俗絵画において、コテージの壁、屋根、木の骨格は、土と家、ネーションと村の間の、昔ながらの根本的なつながりを意味し、それはあたかもコテージが、家の建つ土地から成長してきたかの如くである」（一一五）と説明する。コテージは構成素材の一つ一つの関係において分析され、壁や屋根、木の枠の背後にある土を通して、村やネーションと結びつく。このようにしてコテージはホームとしてのイングリッシュネスを表象する。

コテージはネーション以外のイギリス帝国にも言及する。セイヤーが、純粋で快適なイングランドに対する深い郷愁とイギリス帝国の関係について語るところによれば、「イギリス人が帝国の拡張をしていけばいくほど、頻繁に見られるようになったのは、拡張主義を相殺するような感情、すなわち快適な故国の風景に対する思い、牧歌的な田舎の葺いたコテージやガーデンに対する思いであった。落ち着いた避難所、または田舎の隠遁所としてのコテージは、ナショナル・アイデンティティの語彙に属し、それは資本主義と植民地主義の内部で、それらに反応する形で成長してきたものである」（一一五）。

ここまで想像上のネーションを生み出す共感と、土や村とつながるホームとしてのコテージがイングリッシュネスを形成する機能を果たすことを見てきた。

四　ラヴィロー村と赤屋敷

次に、ラヴィロー村はいかなるところであろうか。両者とも、後で見ることになるサイラスの再生に深く関係するが、それはホームとしての機能なのだろうか。

ラヴィローは冒頭、以下のようにその特徴が描写されている。

そしてラヴィローは古い響きの多くが、新しい声によってかき消されることなく、残っている村だった。そこは文明の端に横たわり、痩せこけた羊ところどころに見かけられる羊飼いが住む、不毛の教区の一つというわけではなかった。それどころか、その村は我々が喜んでメリー・イングランドと呼ぶ豊かな中央平原に横たわっており、それが抱えている農場は、精神的な観点から見て、かなり望ましい十分の一税を支払っていた。しかし、その村は木の多い心地よい窪地におさまっており、どこの通行税取り立て門からも馬で一時間はかかる距離にあり、駅馬車のラッパや世論の響きが聞こえてきたことはなかった。（七　傍点は筆者）

この引用からもわかるように、ラヴィローは、古さ、伝統、信心深さ（十分の一税）を大切にする村で、メリー・イングランドという豊かな大地に位置し、豊かな農作物の生産に恵まれているようである。この村は「緑なす心地よき大地」ともいうべき「木の多い心地よい窪地」にあって、街道からも離れているため、文明の影響を受けにくい場所である。よって神話的イングランドを象徴し、イングリッシュネスを具現化していると言ってよいだろう。

　次に、サイラスのコテージについて議論する前に地主カスの赤屋敷を見てみよう。普通カントリーハウスはイングリッシュネスの象徴として捉えられているが、このカントリーハウスは腐敗の象徴として設定されている。地主カスの妻が亡くなり、つまり、その二人の息子たちにとっては母親が亡くなったのだが、残された父と息子たちは、倹約という観念がなく、怠惰で放縦な生活を送ることになった。お屋敷は手入れがなされておらず、汚らしい。よって、ゴドフリーは放蕩息子となる（二四、三二）。弟のダンスタンは、兄が酒飲みでアヘン中毒の女モリー・ファレンと秘密結婚したことを暴露するぞと脅して金を無心する。兄は地主カスのものである地代を横領し、ダンスタンに渡す。彼は馬のマーケットで自分の所有する見事な馬を売ることに同意する。ダンスタン自身が馬を購入者に売るが、それを引き渡す前にアクシデントを引き起こし、馬は死んでしまう。帰り道、ダンスタンはサイラスのコテージで金貨を盗む。他方、ゴドフリーのほうは、小さな女の赤子が赤屋敷で開催されている大晦日のパーティに連れてこられたときに、自分の子供であると認知することを拒絶する。このように地主カスはリスペクタブルな地主とは言えず、二人の息子たちも悪党である。

　この腐敗の屋敷にナンシー・ラミターが、ゴドフリーの妻としてやってくる。これ以降、彼女はカス家の道徳的再生の役目を果たす（一七章）。結果的にお屋敷は清潔で輝きを回復し、両親に対する献身的な姿勢を示す慣習をもたらした。二人にとって唯一の悩みの種は、地所を継ぐべき子供がいないことである。ナンシーは養子をもらってはどうかというゴドフリーの提案を受け入れるにはあまりにも慣習的であり、この融通のきかない柔軟性のなさを後に後悔している。この親と子のプロットの最終段階では、エピーはゴドフリーが実の父親であるということを知らされ、実父ゴドフリーと妻ナンシーが、カス家の娘としてレディになってはどうかという提案をすると、それを拒絶する。彼女はサイラスの娘として、庭師のエアロンの妻になり、サイラスのそばにいて老後の面倒をみようと決意するのだ。サイラスは安堵し、ゴドフリーとその妻ナンシーは傷心の思いを経験する（一九章）。この場面では、機織り職人の有徳が報われたと捉えるにせよ、ゴドフリーとナンシーの悲しみと後悔が溢れていると取るにせよ、読者の共感が最大限に引き出されるところである。この一連の出来事は、後継者のいないカス家の没落を示しており、つまり赤屋敷はホームとはなり得ない、イングランド的なるものとはなり得ないということを意味する。

五　サイラスのコテージ

　次に、没落する田舎のお屋敷とは対照的な、サイラスのコテージについて見てみたい。コテージは牧歌的な空間であり、ペインの言う「田舎の美徳」が涵養される場所である。具体的な徳としては、秩序、平和、安定、連続性、伝統、清潔、倹約、勤勉、慈善、神聖などがある（「都市で消費される田舎の美徳」）。

　エピーがサイラスの人生に現れる前、彼は機械的な生活、糸を紡ぎ出す昆虫である蜘蛛のように、本能的な生活を送っていた。稼いだ金は毎日のように数えていたが、その金がサイラスの唯一の仲間であった（二〇）。しかし、この孤立した状況の中、リンネル織としての職業ゆえに彼は村との小さなつながりを保障され、田舎の人々に布という日常の必需品の一つを提供している（一三〇）。村の車大工の妻ドリー・ウィンスロップは糸紡ぎと機織りの有用性を認識していて、「あたしはね、あんたは外の仕事をしているより、機織りをした方が手先の器用さを発揮して役に立つ人間になるんじゃないかねと思っとる。あんたは女性の半分ほどくらいには手先が器用で役に立つ人間になりなさるわな。なんてったって、機織りは糸紡ぎの次に大

図1　トマス・フェイド《家ある者と家なき者》(1856)
スコットランド国立美術館

切なもんだからね」(一三〇)と言う。サイラスは、奇妙な外見をしてはいるが、手近にいて仕事を頼める村の生活になくてはならぬ存在だった。彼の職人技が彼の勤勉さを際立たせたが、かつては機織りのサイラスはよそ者と見なされていたのだ(五)。糸を紡ぐ者と機を織る者は疑いの目で見られたのかもしれないが、糸紡ぎ車が農場内家屋でせわしなくコトコトと音をたてていた頃は、絹と糸レースを身にまとったレディでさえも磨かれたオーク材で作られた玩具の糸紡ぎ車を持っていた(五)。このことが意味するのは、そのような機織職人が、ときにはよそ者の手にかかり謎めいて見えていても、上流層にも人気を得ていたということだ。よそ者ゆえに最初は胡散臭い目で見られてはいたものの、サイラスがもともと、イングランド北部の町で問屋制家内工業に従事していた頃は賃金労働者で、自分で素材を購入することはなく、また完成した織物を顧客に直接手渡して報酬を得るということもなく、したがって仕事の全過程は問屋が管理し、彼はごく一部にかかわっていただけであった。そのような織物問屋から独立して、ラヴィローでは村の仕立て屋の親方のような、一人前の織物職人の生活を送ることができていたのだから、より人間的な仕事をしていたということになろう（スチュワート　五二―三）。大量生産品ではない、職人技が作りあげた織物を村人に必需品として提供し、村を支えていたというのは、しかるべき契機があれば、サイラスは孤立から村人との親密な交流の中へと入り込んでゆく可能性があるということである。

サイラスが自分の金を奪われたとき、エアロンの母ドリーは彼を慰めようとコテージを訪問する。彼女は、自家製のラードケーキを贈り、「絵のように美しい」（八四）エアロンには讃美歌を歌わせて慰撫する。これは、コテージがチャリティ行為の行われる場所であることを意味する。図1は、トマス・フェイド作、《家ある者と家なき者》（一八五六）である。通常のチャリティでは、社会的地位が上の地主階級の者が、地位が下の村の人々にチャリティ行為を行うのであるが、この絵では、左側半分に描かれた快活で陽気な労働者の家族が、右半分に描かれた貧しい放浪の家族をコテージに宿泊させている。光と陰のコントラストの効果がきいていて、光は幸福な家族にあたり、陰は不幸な家族を覆っている。

幼子がサイラスのもとにやってきてエピーと名づけられた。彼の死んだ姉と同じ名前で彼女の母親もまたそうであったのだが、この名づけ行為が幼子エピーを彼の家族の過去と結びつけ、サイラスの家系の連続性を表している。サイラスは、彼女を育てるとき父と母の両方の役割を果たし、両親の代わりをする。これは慣習的なジェンダー構造の侵犯を意味し、さらに、彼女のいたずらを叱ることもできないので、しつけに厳格な父親的な面よりも母親的な面を前面に出した育て方をしていると言える。このサイラスの女性的な面は平和と安定が強化されたことを示す。

サイラスの女性性は、エピーの庭好みが示す女性性で補完され増幅される。それと共に、サイラスは地主ゴドフリーの援助で彼の小さなコテージを拡大し、新しい家具とさまざまなものもサイラスに贈られる。家族全体の女性性を醸し出す絵は、テリア、猫、ロバという幸福そうな動物のグループによって完成される（一六章）。エピーが小さな庭を持ちたいと言う場面は、長いが引用に値する。

「あたしね、お父さん、私たちって小さなお庭を持ったらいいんじゃないかと思うの。ウィンスロップ夫人のお庭みたいにね、二重のデイジーが咲いているのよ」とエピーは、小道に出ていたときに言った。「ただね、皆さんが言うのは、かなり土を起こして新鮮な土を表に出してくる必要があるそうよ。お父さんにはそんなこと無理でしょう？とにかく、お父さんにはそんなことをさせられないわ。あまりにもきつい仕事だから」

「いや、私［サイラス］にはできるよ、もしお前が小さな庭が欲しいというのならね。最近は夕方が長くなったから、汚物をすこし取り入れる仕事をしていたんだよ、ちょうど花の球根の一つや二つくらいを育てるのに十分なくらいのね。それに朝になると、機織りを始める前に鍬起こしをするくらいのことはできるよ。なぜおまえは庭が欲しいなら欲しいと言ってくれなかったんだい？」

「僕がお父さんの代わりに土を細かく砕く作業をできますよ」とファスチアンを着た若者が言った。彼はエピーのそばにいて、会話の中に自然に入ってきた。「一日の仕事が終わって、そんなことをするのは朝飯前ですよ。もっとも、楽な庭仕事のときには、ちょっと時間があるだけでいいんですよ。僕が、カス氏の庭からいくらか土をもらってきましょう。許可をもらえましょうし、乗り気だと思いますよ」（一三八―三九）

これはとても心温まる会話で、読者のコテージ住人への共感を強めるものである。言うまでもないことだが、庭つきのコテージというのは典型的なイギリス的アイコンであり、イングリッシュネスを具現化したものである。エリオットにおけるコテージと庭の関係については、メローラ・ジャルデッティが以下のように言っている。

エリオットは、庭のイメージを取り入れることにより、植物が繁栄するためには、信仰と同じように生き生きと活動的でなくてはならないこと、絶えず気前よく栄養を与えられ世話をされなくてはならないことを示している。（中略）エリオットは心の内側の庭に、いかに植物を植え、世話をしなくてはならないかを説明し、不健康な個人の魂が社会から被る影響を示す。摘み取られた花々、乾燥した花々または枯れた花々は、『サイラス・マーナー』において、しばしば停滞する信仰の兆候または、人間らしい真のつき合いからは切り離された記号化された規則の兆候を示す。さらには、エリオットの作品において（社会という）外側の庭は、心の内側の庭または魂の状態と融合する。（二七）

我々はこれまで、ラヴィロー村がメリー・イングランドとしてイギリス的なホームの場所であることを確認し、赤屋敷のような、ホームとしてのカントリーハウスの没落の可能性を見てきた。さらに、そのコテージが田舎の美徳を育てるのにふさわしい場所であることも理解した。ここで田舎の美徳に関してもう一つ付言しておきたい。池園宏はサイラスの言語の喪失、周りの人間との言語的やり取りの喪失が彼の絶望と金銭への執着をもたらしたが、お金を失う不幸とその代わりに得たエピーを通じて、ラヴィロー村の人々との言語のやり取りが可能となり、人間性を回復したと言う。つまり過去や未来について語ることができるようになり、周りの人々への好意、特にエピーに対する愛情を表現できるようになったと言う。これはコテージが言語のやりとりという田舎の美徳を育てるのに貢献したということ、家族を形成する手助けをしたということを意味する。それに対して赤屋敷ではゴドフリーがエピーの実父であるという経緯は、物語の終わりでエピーが実父よりも養父サイラスを選んだことで、以後世間には伏せられ、言語化されることはないのである。赤屋敷の没落と過去についての沈黙は連動しているのだ。それに対して、言語の美徳を育てるコテージは幸福な家庭を育むのだ。

六　サイラスとヴィクトリア朝の老人

ホームの概念は、老年に対する敬意、古いモノ、年配の者に対する敬意を生み出すことに注目したい。セイヤーが主張するのは、「ホーム」は、建物、場所、コミュニティ、ネーション、感情であり得るが、いつでも古さによって神聖化される（一一六）。バリー・レイは、ヴィクトリア朝末期の田園絵画と写真に言及する中で、「多くのイメージは、衰退する社会を描き、撮影したものである。芸術と写真は死を運命づけられた世界の最後の姿を保存したものである。それにふさわしいことだが、芸術と写真は古い建物や年配の人間を通して年齢を強調しているのだ」（一九七）と述べている。

そこで今度は、ヴィクトリア朝における老人の表象を議論したい。最初に老人の定義を見てみよう。カレン・チェイスは、その著書『ヴィクトリア朝の人々と老年』（二〇〇九）において、個人が所属するグループにより異なる、「加齢」の意味を以下のように説明している。『フレイザーズ・マガジン』の一八八一年二月のエッセイ「年寄りの快活さに関して」は、四十歳から五十歳までは「年をとりつつある（growing old）」、五十歳から六十歳までは「いくらか年寄りになってきた（somewhat advanced in life）」、六十歳から七十歳までは「年寄り（old）」、七十歳から八十歳までは「高齢（aged）」、八十歳以上は「神々しい、または家父長らしい（venerable or patriarchal）」（チェイス 五）と言う。また彼女は、個人の自己年齢に対する主観的評価も無視するわけにはいかないと言う。一八四〇年代を通して、各ギルドは高齢を退職年齢で定義している。ガラス職人は四十歳で退職、大工は五十歳で退職、エンジニアは五十五歳まで待って退職する。一八七〇年代と八〇年代において、博愛主義的な友愛組合は老年の開始を五十歳とする。一八九五年に設立された王立委員会は国家年金支給開始の退職年齢を六十五歳に設定した。一九〇八年までには退職年齢は七十歳までに引き上げられたが、それは仕事の能力や生物的理由からではなく、経済的な理由からであった（チェイス 四—五）。

ロバート・ウッズが作成した老人人口のグラフは、イングランドとウェールズで誕生した一千人中、何人が何歳まで生き延びられるかを示している。ここでわかることは、五十歳まで生きる人間が、リバプールでは一八四一年で二百五十人、グラスゴーでは一八七〇—七二年で三百四十人、『英国国民生命表』（*English Life Table*）では一八三八—五四年で四百八十人、一九一〇年で六百九十人ということで、都市部では五十歳まで生きる人間は四人に一人だが、全国平均すると半数の者が五十歳頃までは生きる（ウッズ 四一—四三）。これはこれからサイラスの年齢を見ていけばわかるように、サイラスが生き延びる半数の側に属していることを意味している。もちろん小説の舞台が十九世紀初めであり、寿命はヴィクトリア朝よりも短いと考えられるから、サイラス・マーナーは少数者に属するとも言えるかもしれないが、エリオットの執筆年代を考えれば、生き延びた半数の側に属していると言えよう。

これまで見てきた老人年齢と老人に関する統計数字を考慮しながら、次にサイラスの年齢について考えたい。彼の年齢についてはいくつかのヒントがあるが、まとめると、教区執事のメイシー氏によれば、サイラスがラヴィロー村にやってきたときには、二十五歳にもなっていなかったが（七九）、四十歳になる前に子供たちから「サイラス爺さん」と呼ばれ、サイラスがラヴィロー村にやって来てから十五年が経過し（七、二二）、エピーが四歳の頃、ゴドフリーの最初の妻モリーがアヘンと寒気のせいで亡くなり、その幼い娘エピーを炉端で発見したサイラスは養女にする（一一七）。それから十五、十六年経過してゴドフリーの告白がなされるが（一一七）、そのときにはサイラスの背は曲がり白髪になっているので（一三八）、ゴドフリーから「年老いた独身者」（一一八）と言われる。このような断片を結びつけて判断するとサイラスはおよそ五十五歳だろう。これまで見てきたヴィクトリア朝の基準に照らし合わせてみれば、彼は老人と呼ばれても不思議はない。

次に、ヴィクトリア朝における老人について議論しよう。チェイスはヴィクトリア朝の老人表象は二つのタイプからなると主張する。すなわち「老年期を威厳、静謐、賢智、尊敬、自尊の時期とみなす、キケロ的な老年の理想を描いたものと、老年期を悲惨、当惑、孤独、無一物の避けられない段階」（六）と見る二つのタイプである。サイラスの場合は、後者から前者への変化の過程にある。チェイスはまた、老年の多くの堂々たる肖像画は、個々の肖像または集団肖像画に見出されるとも言う（二一七）。決断力、選択力、判断力は老年期の専売特許である。我々は、ヴィクトリア朝の詩人や賢人の優れた肖像画を思いだすことだろう。トマス・カーライル、ジョン・ラスキン、アルフレッド・テニソン、マニング枢機卿が思い浮かぶ。集団肖像画については、チャールズ・ウェスト・コープ作、《展覧会の絵画を選ぶ王立美術院委員会》（一八七六）（図２）を見てみよう。この絵からは老

図２　チャールズ・ウェスト・コープ《展示会の絵画を選ぶ王立美術院委員会》（1876）王立美術院

図３　ウィリアム・スネイプ《コテージ・ホーム》
（別名：《祖父のお気に入り》）（1891）個人所蔵

人には優れた絵と劣った絵を見分ける卓越した能力があると感じ取れる。この老人たちは、衰弱と依存を伴う老人イメージとは正反対の存在である。ヴィクトリア朝の物語絵画では、老人は、サブプロットにおいて表象され、しばしばその中で重要な役割を果たす。対照的に、サイラスは主役を引き受けるが、それはディケンズ作『クリスマス・キャロル』（一八四三）のスクルージや、アンソニー・トロロープ作『慈善院長』（一八五五）のセプティマス・ハーディングのような老人の主人公が活躍するヴィクトリア朝小説における場合と同じである。

コテージにおける老人がイングリッシュネスの形成にいかに貢献するかを考慮する

ときに注目すべきは、老人と幼子の世代間関係である。読者はサイラスとエピーが共有する楽しい遊びの時間を忘れることはできない。ウィリアム・スネイプ作、《コテージ・ホーム（別名、祖父のお気に入り）》（一八九二）（図3）には、祖父が孫に向かって聖書を読んでいる心温まる場面がある。壁には聖職者の暦、ヴィクトリア女王の肖像、「ホームと母」というモットーが見える。ウッドによれば、「このようにして、ヴィクトリア朝の信念を強化している。つまり、コテージが健全な価値観の貯蔵庫であり、増殖地であるという信念である。このかわいらしい、一見すると無垢な絵画は、実際にはコテージの美徳――敬虔、愛国心、家族愛――のカタログである」（一三九）。我々はまた一並びの花の鉢植えが窓辺に置かれているのに気づく。それは手入れのいいイングリッシュ・ガーデンを示唆する。また一匹の猫がソファに、一匹の小さな犬が近くの床にいるのは、二匹が幸福な家庭のメンバーであることを示唆している。読者はこの心地よいホームの場面に共感を覚えざるを得ない。

この絵画に描かれた祖父は、晩年、ベッドに伏し介護が必要となるだろうと想像できる。介護という点ではエリオット自身が父親の介護をした経験がある。父親は長い間、教区牧師の土地差配人をしていた人であった。姉が結婚すると一八三七年から四七年まで十年間、エリオットは家事を引き受け、父親が一八四七年、寝たきりになると、四九年三月三一日のその死まで

図４　ヒューバート・フォン・ハーコマー
《最後の招集―チェルシー王立病院の日曜日》
（1875）レディ・リーヴァー美術館

図５　ヒューバート・フォン・ハーコマー《夕べ―ウェストミンスター・
ユニオンの一場面》（1878）ウォーカー美術館

介護をした。したがって、介護は作者にとって切実な問題であったことだろう。我らがヒロイン、エピーに関しては、サイラスが寝たきりになったときには有望な介護師となることが期待されていることは、「年輩の主人や夫人たちは、エピーの丸い腕や脚を触ってみて、とても引き締まっていると公言した。もし、彼女がすくすくと育てば、サイラスがエピーのような頑丈な娘を傍においておくのはいいことだ、自分で動けなくなったときにはね」（一三〇）という発言からわかる。老人の介護という点では、社会派リアリズムの画家、ヒューバート・フォン・ハーコマー（一八四九―一九一四）を思い出す。彼は自分の絵の中で老人を写実的に描いたことでよく知られている。特に老人の堕落や貧困を描いた。図4と図5はともに、老人の施設を描いたもので、国家が福祉政策に干渉した例となっている。まず、最初の絵は《最後の招集―チェルシー王立病院の日曜日》（一八七五）（図4）である。チェルシー王立病院は古参の兵士（「チェルシー年金生活者」として知られている）のためのホームであり、彼らは陸軍を退職後、自活できないでいる。中央にいる者の姿勢は前かがみで、ステッキは彼の握りを離れているが、それが示しているのは、彼が実際、「最後の招集」（死）に応じたことであり、他方、彼の隣人が心配そうに彼の脈を取っている。次に見てみたいのは、《夕べ―ウェストミンスター・ユニオンの一場面》（一八七八）（図5）であり、ウォーカー・アート・ギャラリーのキャプションによれば、「この絵は、ウェストミンスター・ユニオン救貧院の陰鬱な内部を描いたものである。老女たちの厳しい世界は、前景に存在する飾り気のない家具、剥き出しの木の床、前景の女性グループの努力と労働によって示唆されている。ハーコマーは彼らの苦しみにとても同情を寄せており、一人ひとりの顔を、個性豊かに詳細に描いた」。

さらに、老人は、子供たち、孫たちと三世代にわたる関係を形成する上で重要である。チェイスが「世代間の充実（generational plenitude）」と言っているものだ。サイラスは、同じコテージに住んでいるエピーとエアロンに子供ができたときに、この世代間の充実を達成することになるだろう。

「お父さんは二度と独りにはならないわよ」とエピーがやさしく言った。「それはね、エアロンが言ったことなの。『僕には君からサイラス親方を引き離すことなんか考えもつかないよ』そして私が言ったの、『もしあなたがそんなことしても、無駄よ』あの人は、私たち皆が一緒に住むことを望んでいるの、そうすれば、もう働かなくていいでしょ。自分の楽しみのための仕事だけしたらいいのよ。そしてあの人は、お父さんにとって、息子も同然なのよ。そのようにあの人が言ったの」（一四九）。

図６　トマス・ウェブスター《お休みなさい》（1846）

　この三世代にわたる家族構成はしばしば風俗画に見られるものである。この図６で見られる世代間の充実を描いた絵は、トマス・ウェブスター作《お休みなさい》（一八四六）（図６）である。この絵に関する『アートＵＫ』の説明を借りれば、部屋を左から右へと横切る光が、夕食のテーブルの上座につく祖父と孫息子、父親にお休みを言う子供たち、祖母の足元で祈りを捧げている孫、この三世代を描いた絵の全体を統一している。また、ペインによれば、この絵は、幸福なコテージ生活の理想を要約したもので、年寄りはよく面倒を見てもらい、暖炉のそばやテーブルの上座という特等席を占める。子供たちは両親の美徳を受け継ぎ、祈りを捧げ小さな弟妹たちの面倒を見、一日の労働の後、食事を待っている。静物の細部は、家族の倹約精神と清潔さを強調している。驚くほど澄んだ水の入ったボウルに石鹸とスポンジ、小ぎれいなベッドが背後の部屋に見える。澄んだ水と小ぎれいな寝室は労働者階級の家屋に対する同時代の関心を反映し、特にきれいな水の欠如は病気の原因として、狭いベッドは乱交と近親相姦につながるものとして、非難された(『田舎の素朴さ』八三)。

次に見る絵は、サー・デイヴィッド・ウィルキーによる《コテージ住人の土曜の晩》(一八三七)(図7)であり、この絵では家族が集まり、耳を澄まして父親が聖書を読むのを聞いている。顔を赤らめている長女ジェニー、顔を赤らめている求婚者が陰になりながら彼

図7　サー・デイヴィッド・ウィルキー
《コテージ住人の土曜の晩》(1837) ケルビングローブ美術館

女を見つめている。祖母は宗教的信条とこの老親への愛情を強調している（ペイン『田舎の素朴さ』九一）。祖母はこの絵を三世代家族にしている。ウィルキー自身は牧師の息子であるが、コテージ住人とその家族を、自分で宗教的な行為を行える人々として描いている。光の加減、ジェニーの頭上の天蓋、マドンナのような母と子供は、この絵の聖餐式のような雰囲気を高めている」（ペイン『田舎の素朴さ』九一）。要するに、篤信、謙虚、尊敬、家族愛といった田舎の美徳が、この絵の伝えるものである（ペイン『田舎の素朴さ』九一）。

三世代の世代間充実が強調されるのはなぜか。それは、田舎の徳を涵養するコテージ・ホームを強固にするからである。家庭内の秩序や平和を保ち、伝統と家風という文化の継承を容易にする。清潔、倹約、勤勉、慈善を心がけ、神聖なものに敬意を払う生き方を促すのである。

ここでサイラス以外の老人の存在にも目を向けておきたい。まずは、サイラスを含めた老人一般への言及が見られる。たとえば、次の箇所では老人には若者が必要であることが説かれている。ナンシーに子供がいないことについて未婚の姉妹のプリシラは次のようにラミター氏に言う。

「私はナンシーがあのような子宝［エピー］に恵まれる幸運を得て育てることができた

らよかったのにと思いますわ」とプリシラが一頭立て二輪馬車に座りながら父親に語った。「そうすれば私には世話を焼いてあげるべき小さな子供がいたはずなのだから。子羊や子牛以外にね」

「そうさな、そのとおりだ」とラミター氏が言った。「人というのは、年をとるにつれて、そう感じるものだ。世の中のことが年寄りにはぼやけて見えてくるものさね。彼らには周りに若い者が必要で、世界は昔と変わっちゃいないと知らせてもらわないとな」（一八二）

ナンシーもこれから老後を迎えることになるが、そのときに面倒を見るべき子供がいれば、老人の生きがいにつながったであろうということ、若者の新しいまなざしが老人には必要であることがこの引用からはわかる。老人は若者に依存しているのだ。

村のコミュニティにおける老人の存在感を示している箇所もある。教区執事のメイシー老は八十六歳で、とてもか弱い老人である（一六章）。リューマチでエピーとエアロンの結婚式に出られないので、祝宴の行列は寄り道をしてメイシーさんの家の前を通り、敬意を表して挨拶をする（結びの章）。これは、今は身体的な弱者となった老人がこれまでの貢献のおかげでいかに威厳のある存在となっているかを示すエピソードである。

我々はこれまでに、老人がコテージの美徳、すなわち秩序、平和、伝統、連続、神聖さに大いなる貢献をしてきたことを見てきた。物語の最後で、エピーはエアロンと結婚し、新たな家に移ることなくストーン・ピッツのサイラスのコテージに留まり、幸福なコテージ・ホームを形成し、あまつさえより大きな庭を持つことになった。エピーは父に向かって「なんてかわいらしい私たちの家でしょうか。私たちほど幸福なものはあり得ないと思いますわ」(一八三)と言う。

七　おわりに

コテージを描いた風俗画の役割は、中産階級の鑑賞者が、アダム・スミスの言うような想像力による他者理解によりコテージの住人である下層階級の生活への理解を深め、中産階級を下層階級へ近づける形でネーションとしての一体化を進めることにあろう。下層階級には過激な不穏分子もいるので、牧歌的な村の生活を描くことは中産階級に安心感を与え、逆にコテージ住人の困窮の現実を描くことはその生活に同情し、中産階級と地主階級が相携えて社会改良を進める上で役に立ったことであろう。共感はアンダーソンのいう想像の共同体を演出してイングリッシュネスを涵養するのである。また、ドメスティシティあるいはホームの重要性は、A・D・スミスのアイデンティティ理論やエドマンド・バークのカントリーハウス考において観察されたが、本作品ではコテージが村やネーションと結びつき、ホームとしてのイングリッシュネスを表象することを見てきた。サイラスのコテージのあるラヴィロー村は、古き良き伝統の残っているメリー・イングランド、豊かな大地と農作物に恵まれた「緑なす心地よき大地」ではあるが、文明からは隔絶した場所である。よって神話的イングランドとしてイングリッシュネスを具現化している。しかし、地主カスとナンシーの赤屋敷は後継者が得られず没落の運命にあるので、イングリッシュネスの象徴にはなり得ない。

我々はコテージの住人たちが涵養し、実践してきた田舎の美徳、すなわち秩序、平和、伝統、安定、連続性、清潔、倹約、勤勉、慈善、神聖、慈愛の言葉等に注目した。この美徳は中産階級読者とコテージの世界の共感的な同一化を可能にしている。我々はまた老人表象が、つまり威厳に満ちた老人の存在が、いかに美徳を強化し維持するかを見た。特に老人が若者や施設から受けるケアにより、また老人が示す宗教的敬虔により、老人の存在感が三世代の関係を安定化させることにより、また村への貢献により、美徳がいかに維持強化されるかを見てきた。サイラスのコテージ・ホームはまさにこの美徳が見られるところであった。この点から見ると、赤屋敷に後継者がいないということは、地主階級がイングランドを背負う階級ではないことを示唆している。他方、機織り職人サイラスのコテージは、田舎の美徳が継承されていくコテージとして存続しつづける可能性が高い。一八〇〇年代には、地主階級に後継者がなく権力を失うということはそう多くはなかったであろうが、ゴドフリーと彼の妻は痛切な思いで地方の支配権力を失う運命と向き合うことになる。このことは農業大不況のために一八七〇年代から始まる、地主階級の没落を予示するものであろうか。しかるに、職人、特に熟練職人は繁栄する。この点は、機織りの娘エピーと、村の背骨である車大工（職人）の息子で庭師のエアロンの結婚に見られる。

イングランドのコテージ・ホームは、イングランド人にとって、幸福なホーム、隠棲の場所、逃避の場所である。年老いた田舎の人々は伝統的な職人芸を引っ提げて、その背中にイングランドというネーションを背負い、イングリッシュネスの旗を振るのである。本作品における、コテージのアイコンは、十九世紀末の消えゆく民衆文化へのノスタルジアを先取りしているのかもしれない。あるいは、大量生産を批判し、手工芸品を高く評価したアーツ・アンド・クラフツ運動の到来を予見しているのかもしれない。

注

（1）本論は、The 13th International Conference on Language, Literature, Culture, and Education——Singapore（二〇一九年三月十六日、Royal Plaza on Scots）において口頭発表した原稿に、加筆修正を施したものである。

文献一覧

Anderson, Benedict. *Imagined Communities*. Verso, 1991.

"Benevolence." Def. 1 and 2. *The Oxford English Dictionary*, 27 Sep. 2019, www.oed.com/view/Entry/17711?redirectedFrom=benevolence#eid.

Chase, Karen. *The Victorians and Old Age*. Oxford UP, 2009.

Chen, Chao-Fang. "The Aging Experience of Silas Marner: *Silas Marner* as 'Vollendungsroman.'" *George Eliot—George Henry Lewes Studies*, vol. 46/47, 2004, pp. 36-52.

Coodiva, Imraan. "George Eliot's Realism and Adam Smith." *Studies in English Literature, 1500-1900*, vol. 42, no. 4, 2002, pp. 819-35.

Eliot, George. *Selected Essays*. Edited by Rosemary Ashton, Oxford UP, 1992.

——. *Silas Marner*. Edited by David Carroll, Penguin Books, 2003.

Caption of *Eventide—A Scene in the Westminster Union,* by Hubert von Herkomer. Walker Art Gallery, Liverpool.

Giardetti, Melora. "How Does Your Garden Grow?: Plants, Gardens, and Doctrines in George Eliot's 'Silas Marner.'" *George Eliot—George Henry Lewes Studies*, vol. 48/49, 2005, pp. 27-32.

Caption of *Good Night!, by* Thomas George Webster. *Art UK*, artuk.org/discover/artworks/good-night-189246/search/actor:webster-thomas-george-18001886/page/1/view_as/grid.

Grein, Rae. "Adam Smith, George Eliot, and the Realist Novel." *Narrative*, vol. 17, no. 3, Oct. 2009, pp. 291-311.

Haight, Gordon S, editor. *The George Eliot Letters*. Yale UP, 1954-78. 9 vols.

McCalman, Iain, et al., editors. *An Oxford Companion to the Romantic Age: British Culture 1776-1832*. Oxford UP, 2001.

Payne, Christina. "Rural Virtues for Urban Consumption: Cottage Scenes in Early Victorian Painting." *Journal of Victorian Culture*. vol.3(1), 1998, pp. 45-68.

——. *Rustic Simplicity: Scenes of Cottage in Nineteenth-Century British Art*. The U of Nottingham Arts Centre, 1998.

Pond, Kristen. "Bearing Witness in *Silas Marner:* George Eliot's Experiment in Sympathy." *Victorian Literature and Culture.* vol. 41, 2013, pp. 691-709.
Sayer, Karen. *Country Cottages: A Cultural History.* Manchester UP, 2000.
Smith, Adam. *The Theory of Moral Sentiments.* Edited by Ryan Patrick Hanley. Penguin Books, 2009.
Smith, A.D. *National Identity.* U of Nebraska P, 1933.
Stewart,Susan. "The Folktale and 'Silas Marner.'" *New Literary History.* vol. 34, no.3, pp. 513-33.
"Sympathy." Def. 3b. *The Oxford English Dictionary,* 27 Sep. 2019. www.oed.com/view/Entry/196271?rskey=w4Z3bG&result=1&isAdvanced=false#eid.
Wood, Christopher. *Paradise Lost: Paintings of English Country Life and Landscape 1850-1914.* Barrie and Jenkins, 1988.
——. *The Dictionary of Victorian Painters.* Antique Collector' s Club, 1978.
Woods, Robert. *The Population of Britain in the Nineteenth Century.* Cambridge UP, 1992.
池園宏「*Silas Marner* における言語の機能」『英語と英米文学』四三、二〇〇八、九一二六。
金子幸男「『ハワーズ・エンド』とイングリッシュネス―ナショナルなホームと風景を求めて」『英国小説研究』二七、英宝社、二〇一九、九三―一二七。
スミス、アダム『道徳感情論』(上・下) 水田洋訳、岩波文庫、二〇〇三。

玉井史絵「小説家の使命——共感をめぐるポリティクス」『ディケンズとギッシング——底流をなすものと似て非なるもの』松岡光治編、大阪教育図書、二〇一八、七五—九〇。

図版リスト

図1　Thomas Faed. *Home and Homeless*（1856）. Scottish National Gallery. *The Athenaeum*, 22 Dec. 2019, www.the-athenaeum.org/art/detail.php?ID=159746.

図2　Charles West Cope. *The Council of the Royal Academy Selecting Pictures for the Exhibition*（1876）, Royal Academy of Arts（Burlington House）. *The Athenaeum*, 22 Dec. 2019, www.the-athenaeum.org/art/detail.php?ID=86801.

図3　William Snape. *The Cottage Home*,（1891）（also known as *Grandfather's Pet*）, Private Collection. *The Athenaeum*, 22 Dec. 2019, www.the-athenaeum.org/art/detail.php?ID=241379.

図4　Hubert von Herkomer. *The Last Muster—Sunday at the Royal Hospital, Chelsea*（1875）, Lady Lever Art Gallery. *The Athenaeum*, 22 Dec. 2019, www.the—athenaeum.org/art/

detail.php?ID=262626.

図5 Hubert von Herkomer. *Eventide—A Scene in the Westminster Union* (1878). Walker Art Gallery. *The Athenaeum*, 22 Dec. 2019, www.the-athenaeum.org/art/detail.php?ID=170778.

図6 Thomas Webster. *Good Night!* (1846) ©Bristol Museum, Galleries and Archives. *Bridgeman Images*, 22 Dec. 2019, www.bridgemanimages.co.uk/en/search?filter_text=13612&filter_group=all&filter_region=JPN&sort=most_popular.

図7 Sir David Wilkie. *The Cottar's Saturday Night* (1837). Kelvingrove Art Gallery and Museum. *The Athenaeum*, 22 Dec. 2019, www.the-athenaeum.org/art/detail php?ID=253489.

第二章

老いと闘うデカダン

――オスカー・ワイルド『ドリアン・グレイの肖像』における老若の表象

池田　祐子

Oscar Wilde, *The Picture of Dorian Gray* (1891)

オスカー・ワイルド『ドリアン・グレイの肖像』福田恆存訳（新潮社、一九六二）

◆作者略歴◆

一八五四年、アイルランド生まれ。ダブリンとオックスフォードで学んだ後、作家となる。唯美主義や退廃的・耽美的作風で知られる。一九〇〇年没。

◆作品梗概◆

物語の舞台は十九世紀末のロンドン、慈善活動に参加していた無垢な青年ドリアン・グレイは、画家バジル・ホールワードのアトリエで肖像画のモデルを務めているときに、ヘンリー・ウォットン卿と出会う。新快楽主義を提唱するヘンリー卿に、(1)人間の若さと美の価値、またそれらが有限であることを情熱的に説かれたドリアンは、仕上がった肖像画の美しさに衝撃を受ける。そして自分の美と若さが永久に続き、代わりに肖像画が老いればよいと強く願う。場末の劇場でシェイクスピアのヒロインを演じる女優シビル・ヴェインに恋をしたドリアンは、性急に彼女と婚約するが、本物の恋を知ったせいで演劇への情熱を失ったシビルを捨て、彼女を自殺へと追い込む。それ以来、ドリアンが悪行を重ねるたびに、肖像画が醜く歪み老いていくものの、ドリアンの美貌と若さは不滅となる。ある日、上流階級の婦人や若者を堕落の道に唆しているとの噂が広まったドリアンに、バジルが忠告しに訪れる。肖像画に自身の罪の痕跡が現れることに苦痛を感じていたドリアンは、バジルに肖像画の恐ろしい秘密を暴露し、それを生み出した彼を責め、刺殺する。ドリアンの友人である科学者アランは、ドリアンに脅されてバジルの死体の処理を引き受けるが、自責の念から自殺する。刺激を追い求め、快楽に耽溺する生活に嫌気がさしたころ、ドリアンは田舎娘のヘティを見初めるが、彼女を誘惑しないことが良心の証になると考える。しかし、それは偽善であると言わんばかりに、肖像画はさらに醜悪に変化する。ドリアンは耐え切れずに肖像画にナイフを突き立てるが、そのナイフはドリアン自身の胸に刺さる。駆けつけた使用人たちが目撃したのは、変わらぬ美と若さに燦然と輝く肖像画と、醜い老人が絶命している姿であった。

一　はじめに

オスカー・ワイルド唯一の長編小説『ドリアン・グレイの肖像』（以下『ドリアン・グレイ』と略記）は、一八九〇年にアメリカの『リピンコッツ・マンスリー・マガジン』七月号に、全十三章の小説として掲載された。その翌年には最終章が二章に分割され、さらに序文と六つの章が書き足され、全二十章から成る改訂版がロンドンで出版された。この小説がアメリカで発表された当時、『ニューヨーク・タイムズ』のロンドン特派員は、もしこの作品がロンドンで出版されていたら、小説に描かれる友情が仄めかす猥褻さがロンドン市民にウエスト・エンド・スキャンダルを彷彿させた可能性を示唆している（ローラー 三二九）[2]。一八九〇年七月五日付の『スコッツ・オブザーバー』紙上で、ジャーナリストのチャールズ・ウィブリーによって「これは間違った芸術だ」、「人間の性質に反するものだ。なぜなら主人公は悪魔で、道徳に反している」と痛烈に非難された。さらにウィブリーは、「彼が無頼漢の貴族と、倒錯した電報係の少年向けにしか書けないのであれば、早めに仕立て屋業（あるいは他のまともな商売）に就いた方が彼の評判も上がるし、大衆の品行も良くなるだろう」と皮肉っている（ハイド 一一七一一八)。

こうした批判は、W・H・スミス&サン書店が『ドリアン・グレイ』の掲載誌を店頭から撤去するという事態を招いた。さらに、男性同性愛者であると誹謗されたワイルドが、クイーンズベリー公爵を名誉棄損で訴えた裁判においても、『ドリアン・グレイ』は作者の性的嗜好を示唆するものとして取り上げられた。作中ワイルドは、バジルのドリアンに向ける感情がミケランジェロやシェイクスピアらが抱いていたような愛で、高貴でも知的でもない要素は入っていないと釈明しているが(『ドリアン・グレイ』九二)、結局ワイルドは男性との著しい猥褻行為の罪で二年間の懲役刑に処せられた。このように、作品が発表された当時は作中の同性愛的感情に好奇の目が注がれたものの、主題としてはありふれた永遠の命への渇望のドラマである。ただ、男性主人公の若さへの未練が美への執着と同義であり、当時の男らしさの観念からは逸脱しているという意味では、十九世紀末という時代を映す作品と言えるかもしれない。

十九世紀末のロンドンは、若さと美への執着が広く大衆に浸透していた時代だった。ワイルドの身近でも、スペランザという筆名で『ネーション』誌に投稿していた母親が六十歳に近づくと、自身の老いを見られるのを避けるために、午後三時にはカーテンを閉め切ってガス燈に覆いを掛けさせたという逸話が残っている(鈴木　四八七)。また、現在はウェブ上で閲覧できる『ストランド・マガジン』（一八九一年六月号）誌上には、「世界的に名高い薄毛の治療法」と謳った育毛剤の広告が確認される。若々しく髪の長い女性の隣には、豊かな髪と髭を蓄えた男性が描かれ、この育毛剤により髪、口髭、顎髭の白髪が元に戻ると宣伝されている。奇しくも『ドリアン・グレイ』の出版と同じ年に、読者の若さへの執着心をくすぐるような育毛剤の広告が紙面に出ていたことになる。

このように、人々の老いへの抵抗が、効果の怪しい育毛剤という商品を生み出すような時代に、若さと美への執着を主題とする『ドリアン・グレイ』は書かれた。ここでは、清純が若さや美しさと、堕落が老いや醜さと結びつけられながら物語が展開する。四十九歳で死去したワイルドは、生涯、老人の視座に立った作品を書くことはなかった。鎖を引きずる老紳士の幽霊という表象を通して、イギリスの保守主義を皮肉る『カンタヴィルの幽霊』（一八八七）においても、ワイルドは傍観者の眼差しで哀れな老人を描いている。一方、ワイルドは『ドリアン・グレイ』とほぼ同じ時期に、「星の子」、「王女の誕生日」（一八九一年出版の童話集『ざくろの家』に収録）など、美醜に囚われた青年をめぐる物語をいくつか残しており、老人や若者にまつわる機知に富んだ警句も多い。そこで本論では、若さと老いを対立させる『ドリアン・グレイ』において、ワイルドが老いをどのように描いたのかを明らかにしたい。そして、この作品における老若の表象を十九世紀末という枠の中で捉え直してみたい。ワイルドの生きた世紀転換期に老いがなぜ厭われたのかについて、当時の老人をめぐる言説と、西洋で流布していた犯罪人論、そしてデカダン派という勢力の三点から考察していく。

二　笑われ、恐れられる老い

『ドリアン・グレイ』において、老いに伴う変化は揶揄の対象である。年配の女性をめぐっては、外見に対する嘲笑が目立ち、彼女たちは善良であるが、見栄えが悪いとされる。「巨大な王冠をかぶり、オウムのくちばしのような鼻をした老婦人たち」(三二)や、[3]「大柄な建築的体型」(四〇)と描写される公爵夫人に、非の打ち所のない聖女であるが野暮ったい外見ゆえに「製本の悪い讃美歌集」(四二)に例えられるヴァンデルー夫人などが登場する。その一方で、年配の女性が少しでも若さに執着すると、「若々しく見せようとして顔を塗り立てる」過ちを犯し、「女は自分の娘より十歳も若く見えるうちは完全に満足しきっている」(四七)と揶揄される。

老いた女性の悲哀は、女優シビル・ヴェインの初老の母親に顕著に描かれる。彼女もまた、かつては美しい女優であったが、今は娘の「花のような唇」（五八）とは対照的に、「荒い白粉の下で青ざめ、乾いた唇」（五六）に「萎びた頬」（五八）をしている。彼女は「色褪せて」疲れた様子で、部屋に差し込む強い日光に背を向けて座り、「まがい物の宝石をつけた曲った指」が揺れる様子は「グロテスク」（五五）な印象を与える。この母親はかつて紳士に見初められたものの、シビルを身ごもり棄てられて、場末の劇場で女優としてどうにか生計を立ててきた。ワイルドが作品に登場させることの多い、語れない過去を持つ女の一人である。彼女は娘がドリアンの名前も知らずに恋い慕う様子に自らの過去を重ね、娘を諭そうとする。その様子は、「薄い唇をした知恵が、使い古された椅子から少女に話しかけ、それとなく分別を教え諭し、常識という名を騙る著者の臆病の書から引用して聞かせた」（五五）と、寓話的に描かれる。つまり、概して母親というものは色褪せて、知恵と常識を盾にして、臆病で教訓めいているということだろう。彼女の哀れな姿は、自殺せずに生きていれば、いずれシビルの成れの果ての姿であったことを容易に連想させる。

老いを厭うのは、美醜に囚われて顔を塗りたくり、日光に背を向ける初老の女性たちだけではない。男性たちもまた、老いによる醜形恐怖を口にする。ヘンリー卿は、ドリアンがいずれ「老いて皺だらけで醜くなり、物思いのために額に筋が寄り、情熱は唇におぞましい炎の焼き印を押すだろう」と予告し、「皮膚は黄ばみ、頬はくぼみ、目がどんよりと曇ってくる。君は恐ろしく苦しむだろう」（三二）とドリアンを脅す。ヘンリー卿が失うことを恐れるのは、若さに伴う外見の美だけではない。

人間はその若さを取り戻しはしない。二十歳のころに激しく高鳴った歓喜の鼓動は鈍くなる。四肢は力を失い、感覚は衰える。我々は醜悪な人形となり果て、かつて経験することを恐れた情熱の記憶や、身をゆだねる勇気をもてなかった極上の誘惑につきまとわれるようになる。若さ！　若さ！　この世に若さ以外の何があろうか！　（三二）

ヘンリー卿はドリアンよりも十歳年上であることから、ドリアンと出会ったころの推定年齢は三十代前半である。この小説が発表された当時、ワイルドは三十五歳であったことから、当時の作者の心の有り様がヘンリー卿の造形に影響を及ぼしていると考えるのは妥当であろう。登場時のヘンリー卿は、「若い男性」でありながら「やつれた表情」（三〇）をしており、二十歳のドリアンの輝くばかりの若さとは明らかに差異がある。青春を失う痛みの只中にあるヘンリー卿によって、ドリアンは自分の存在意義が若さと美貌にしかないという価値観を突きつけられる。その結果、老いによる醜形恐怖を覚えるようになる。

そうだ、いつか彼の顔には皺が寄り萎びて、目はかすんで色を失い、優美な姿も崩れて醜くなるだろう。唇からは赤みが消え、髪の金色は色褪せるだろう。彼の魂を形成していく生命が、肉体に対しては傷を与えるだろう。彼は恐ろしく、醜く、武骨になるだろう。

（三三）

三十八歳で命を落とすドリアンの死体は、「萎びて、皺くちゃで、ひどく忌まわしい容貌」（二五九）とある。『フレイザーズ・マガジン』の一八八一年二月号に掲載された「老人の快活さについて」のなかで、四十歳から五十歳までを「年をとりつつある（growing old）」（チェイス『ヴィクトリアン』四）年代としていることから、三十代のドリアンの死体は過度に老いが進行しているように思える。この老いの早さには彼の罪が関係しているようだ。次節では、『ドリアン・グレイ』における老いと罪の相関性について考察していく。

三　混淆する老いと悪

作中では、ドリアンが悪事に手を染めるたび、肖像画は邪悪な表情に変わり、身体はグロテスクに歪み、全身に皺が現れる。狡猾な表情による表情皺と、老化によるそれらは画布の上で混じり合い、次第に判別がつかなくなる。たとえば、老いと悪は同じ黄色のイメージを帯びて描かれる。五十歳手前のヘンリー卿は、「皺だらけで、やつれ、黄色く」（一五四）、バジルの死相は「ギラギラ光る黄色い顔」（一一七）と表現される。『イエロー・ブック』[4]で知られるように、黄色は十九世紀末を象徴する色となったが、作中でドリアンはヘンリー卿から贈られた「黄色い本」（九六）に毒され、また彼が読むテオフィル・ゴーティエの書には殺人者の「冷たい黄色い手」（一二〇）という描写がある。ドリアンが犯罪の温床である阿片窟に向かう場面では、頭上に「黄色いドクロのような」（一三四）月が架かっており、黄色という色のイメージ一つとっても、悪と老いを結びつける装置となっている。

さらに「キャンバスの上の邪悪な老いゆく顔」、「皺の寄った額に焼き印を押し、厚ぼったい官能的な口元を這いまわる醜悪な筋」、「奇怪な体つきと衰える手足」（九八）など、悪相に伴う形で老いによる皺や歪みが出現し、四肢は弱体化する。老いはなぜ悪と結びつけられたのだろうか。実は、肖像画の邪悪な悪相には、ドリアンの祖父ケルソーというモデルがいる。

刻々と、週を追うごとに、キャンバスの上の物は老いていった。罪悪ゆえの醜悪さは避けられるかもしれないが、年齢ゆえの醜悪さは待ち構えていた。頬はくぼみ、たるんでくるだろう。黄色い目尻の皺が霞んでいく目の周りに忍び寄り、恐ろしく見せるだろう。髪は輝きを失い、口は半開きとなりだらりと垂れ下がり、老人の口のように愚かしくゾッとさせるだろう。喉には皺が寄り、手は冷たく青い静脈が見え、胴はねじれてくるだろう、幼いころ、彼にひどく厳格だった祖父がそうだったのをよく覚えている。（九四）

ドリアンの祖父ケルソーは、馬車の御者と料金のことでいつも争い、「愛情を知らない老いた男」（三九）で「孫を憎んでいた」（九四）。彼の娘であるドリアンの母親が身分違いの男と駆け落ちしたときは、金で雇ったベルギー人に決闘を申し込ませて男を殺害してしまったとの噂が立った。つまりドリアンは、父親を祖父によって殺された可能性がある。さらに、「祖父のことが話に出ると、ドリアンは身を竦ませた。祖父には嫌な思い出があるのだ」（九二）とあるように、祖父は幼いドリアンを屋根裏部屋に閉じ込めて虐待していた。この屋根裏部屋は、ドリアンの悪行が老いと不可分の醜悪さとなって肖像画に現れるようになって以降、それを隠す場所として使用される。屋根裏部屋で増殖していく悪の表象は、そこに巣食う恐ろしい祖父の思い出とリンクしている。

また、心の歪みが身体の歪みとして現れるという着想には、十九世紀後期に流行した人相学や骨相学の影響が見られる。バジルはドリアンに「罪は人の顔にありありと現れるものだ。それを隠すことはできない。人々は時々秘めた悪行について話す。そんなものは存在しない。一人の哀れな人間に悪行があるとすれば、その悪行は彼の口の皺や瞼のたるみ、手の形にまで現れる」（二一二）と告げる。そして、バジルはドリアンに過去の体験談を語る。

ある男――名前は言わないけれども、君も知っている男だ。去年、私のところに肖像画を描いてもらいに来た。それ以前には会ったことがないし、当時は何も耳にしていなかったが、その後は噂をだいぶ聞いた。彼は法外な謝礼を出すと言った。私は断った。彼の指の形には私が嫌いな何かがあった。今となってみれば、私が彼に感じたことは極めて正しかった。彼の生活は恐ろしいものだ。（二一二）

バジルに限らず、物語の後半でドリアンと恋に落ちるヘティも「悪人はいつだってひどく老いていて、ひどく醜い」(二五六)と主張する。このように、悪行と老いは不可分であるという信念が繰り返され、誰も若々しいドリアンのことを純真だと信じて疑わない。

チャールズ・ダーウィンは『人および動物の感情表現』(一八七二)のなかで、動物と人間の表情の連続性を論じたが、ダーウィンに傾倒した犯罪人類学者のチェザーレ・ロンブローゾは、犯罪者の身体的特徴を丹念に調べ、身体と犯罪には相関性があると論じる『犯罪人論』(一八七六)を出版した。ロンブローゾは犯罪者の手足を類人猿や猿に似ていると分析し(三〇七―〇八)、若者は思春期が終わると、成年であることを証明するために本能的に犯罪行為に惹かれていくと述べている(一二七)。ただしロンブローゾは、犯罪は成年期に多く、中高年では精神異常の事例が増加するとして、老いと犯罪が比例するとは述べていない。しかし『犯罪人論』第五版(一八九六―九七)には「皺」の項目が追加され、二百名近くの一般人と犯罪者の額、目尻、目の下、鼻下、頬、顎の皺を比較した結果、どの年齢層でも犯罪者の方が皺は多いと報告している(三〇九―一〇)。解剖学的見地と犯罪者の模倣癖に拠りつつ、罪を犯す若者の身体には皺が早々に現れるため、それらが大人の男性のように見せると論じている。

犯罪と身体の相関性に係る言説の余波は、ドリアン以前にも、ロバート・ルイス・スティーブンソンの『ジキル博士とハイド氏』（一八八六）で、ハイドの歪んで節くれだった身体表象に現れている。また、後年ブラム・ストーカーは『ドラキュラ』（一八九七）のなかで、ロンブローゾや文明の退化に警鐘を鳴らしたマックス・ノルダウに言及し、彼らならドラキュラを犯罪者の型に分類するだろうと述べている（三三六）。一八九〇年前後に書かれたイギリスのゴシックホラー小説では、犯罪者に特有とされる皺や奇形の身体表象が、ある程度、ステレオタイプ化していたようである。

四　老いを早める早熟

死亡時のドリアンが皺だらけで酷く忌まわしい姿をしている件について、ヴィクトリア朝文学の性的逸脱について論じた、アン＝ジュリア・ツヴィールラインの考察を取り上げたい。文芸評論家で生物学にも通じていたジョージ・ヘンリー・ルイスは『日常生活の生理学』（一八五九―六〇）のなかで、あらゆる有機体には割り当てられた生命力があり、長命であれ短命であれ、それが増えることはないと述べている。また、作家兼医者のサミュエル・スマイルズは、ヴィクトリア朝の帝国建設と資本主義の成功を、男性優位主義的なイデオロギーに結びつけ、忍耐と勤勉を説いた『自助論』（一八五九）において、早熟な男性は生命力を消費し尽くし、真の幸福の源が干上がってしまうと警告した（ツヴィールライン 四〇）。これらを元にツヴィールラインは、ロマン主義作家たちは、この早熟に対する考えを借用し、生命力の浪費ゆえの早すぎる死を描いたと述べ、クリスティーナ・ロセッティの「ゴブリン・マーケット」（一八六二）を例に挙げている。この詩のなかで、性的な逸脱を示唆する妖精との交流が少女の髪を薄く白髪交じりに変え、生命力を急激に衰えさせる様は、若い人たちの放蕩が早すぎる病を招くことへの警告だと論じている（ツヴィールライン 四〇）。

早熟が身体の老いを早めるという考えがあったのだとしたら、「早熟（premature）」（『ドリアン・グレイ』五三）で「まだ春なのに収穫を始め」（『ドリアン・グレイ』五三）、「色情狂の怪物になっていく」（一一六）ドリアンの肖像画が加速度的に老いていく理由も理解できる。快楽を求め続けたドリアンが心を疲弊させているのは、しばしば挿入される彼の精神的苦痛の告白からも明らかだ。たとえ身体は若くても、さまざまな経験を経て積み重なる記憶がもたらす精神的な老いからは逃れられない。ヘンリーと出会う前のドリアンの純朴さは、彼が人生に対して無知であったからである。経験は人に知恵を授ける一方で、精神を疲労させ、老いさせる側面もある。「経験とは人が己の過ちにつけた名前に過ぎない」（五四）というヘンリー卿の考えにのっとれば、人は生きるほどに過ちを積み重ねるということになる。生きることが大なり小なりの過ちを重ねるということであれば、老いた者ほど罪悪感を抱く機会も増えるだろう。早熟で放蕩と罪悪を重ねたドリアンの肖像画が、加速度的に老いていくのは妥当だとも言える。

五　変わりゆく老いの力学

老いを恐れる物語が書かれたヴィクトリア朝において、老齢人口は増えつつあった。一説には、一八六一年には六十五歳以上の者はイングランドとウェールズに九十三万二千人いたが、一八九一年までに百四十万人になり、そのうち七十歳以上は八十万人であった（ツヴィールライン三八）。また、十九世紀の終わりにかけて、イングランドとウェールズの高齢者のうち自立した生活を送れていない者は四十五パーセントに上り、そのうち五パーセントは教区の保護、別の五パーセントは親族からの援助、その他十パーセントは慈善団体からの金銭的援助、残り二十五パーセントはこれら複数の方法を組み合わせて生活をしていた（セイン三一二）。このように平均寿命が延びて人口も増えつつあった時代に、男性の老いへの抵抗が高まっていった理由として、産業革命後の男性観の変化が挙げられる。ジョン・トッシュは十八世紀の「男らしさ（masculinity）」とは社会的ヒエラルキーに基づいた「紳士らしさ（gentlemanliness）」を指したが（トッシュ 二）、十九世紀の「男らしさ（manliness）」は肉体的な雄々しさを意味したと論じている（トッシュ 八六―八七）。この時代の「男らしい男（manly man）」とは「家庭的で礼儀正しく、肉体的頑丈さを持ち、自立していて自制心がある」ことを意味した（ヒース 二七）。かつて紳士階級のものであった土地の所有に起因する経済力は、工業、投資、金融市場によるものに取って代わられ、時代は「新しい男」（この言葉は一八五七年のアンソニー・トロロープの作品に認められる）を求めるようになっていく（ヒース 二八）。旧態然とした価値観を持ち、肉体は衰えゆく中高年にとっては、肩身の狭い時代の到来である。ワイルドの『真面目が肝心』（一八九五年初演）では、主人公ジャックが恋人グウェンドレンの母親から質問攻めに合う場面で、収入は土地か投資かと尋ねられる。ジャックが主に投資だと答えると、彼女は「それは結構ですこと。土地というものは、生存中は税金をかけられ、死後は相続税をかけられ、もはや利益でも楽しみでもありません。土地があれば地位は得られますが、その地位を維持していくことは簡単ではありません。土地なんてその程度のものです」（三六八）と返答する。この台詞は、紳士といえども土地と身分だけでは結婚において有利とは言えなくなった状況を示していると言えるだろう。

こうして、後期ヴィクトリア朝の老年に対する悲観的なイメージは確たるものとなり、老いは「ガタが来て、時代遅れで、取り澄まして、やっかいで、若さとは正反対」（マンガム一〇二）になっていった。『ドリアン・グレイ』においても、ヘンリー卿にとって父と祖父は物笑いの種だ。彼が珍しく父親について語るとき、あの世代は「馬鹿な少年、もしくは口は聞けぬが無邪気」といった演目の劇が好きだったはずだと小馬鹿にし、「私たちの父親にとって良かったものは、私たちにとってはそうではない。芸術においても、政治と同じように、『おじいちゃんたちはいつだって間違い』だ」（四八）と述べる。さらには、「老人がまだ感情をもつことができるなら」（一九）と揶揄し、「司教は八十歳になっても、十八歳の少年時代に教えられたことを繰り返している」（一九）と嘲笑する。

老人について言えば、老人に対して私はいつも否定的だ。それが私の主義だ。昨日起こった事件について老人の意見を尋ねたら、彼らは厳粛な口調で一八二〇年に流布していた意見を述べるだろう。人々が襟巻を立てて、すべてを信じ、何一つ知らなかった時代のね。

（二五四）

ヘンリー卿にとって、老人たちは過去に埋没した存在だ。彼が耳を傾けるのは、「自分よりも先んじているように思える」（一五四）年少者の意見だけである。

そんなヘンリー卿でも、五十歳を目前にしたとき「ドリアン、私にだって、君にはわからない、私自身の悲しみがある。老年の悲劇とは老いたことではなく、若いことだ。私は時々自分の誠実さに驚くことがある」（一五四）と告白する。肉体が衰えゆくのに魂は若さを保つ、その肉体と魂の乖離が老いの切なさということだろうか。しかし、逆もまた然りである。経験を積み重ね、疲弊して老いる魂と、輝かしい若さを保持する肉体の乖離もまた、自己分裂の苦しみを生むことをドリアンが証明している。それが魂であれ、肉体であれ、老いから逃れられる者はいないという極めて常識的な結末へと物語は収束していく。

六　老いと闘うデカダン

ドリアンらデカダンによって老いが厭われたもう一つの理由として、植民地拡大により繁栄を極めたイギリスが女王と共に老熟してゆき、老いゆく社会の様相を呈していたからだと考えられる。カレン・チェイスは十九世紀に老いが社会問題として新たに顕在化したと指摘し、「それを偽装したり、隠したり笑ったり、軽蔑したり、あるいは中立の立場をとったりした——老年を否定し、無視し、対抗しようとするさまざまな試みは、文化が老いゆく展望への強い社会不安を示している」と述べている（『老年の性』一三二）。厳格な道徳観を重んじるヴィクトリアニズムに閉塞感を感じていたワイルドは、ヘンリー卿に「若返るには過去の愚行を繰り返すに限る」（四三）と言わせるなど、再三、道徳的な同時代の価値観を忌避する様子が窺える。グレン・クリフトンは十九世紀のデカダンによる唯美主義運動について、「イギリスの唯美主義は断固として若くあろうとした。世代間闘争のイメージを通して、道徳に逆らう位置に自らを置いた」（二八六）と論じている。実際、ドリアンをめぐっては、二十歳を超えているにもかかわらず「まだほんの少年（little more than a lad）」（一三）、「いい子（good boy）」（二八）、「少年期（boyhood）」（四〇）など、若さを強調する言葉が並ぶ。若さと美貌で仲間のうちに君臨し、周囲の期待に応えようと振る舞う彼は、老いて醜くなることは敗北であると刷り込まれている。ヘンリー卿はドリアンに「美には天賦の主権がある。美を所有する者は王子になれる。笑っているね。しかし、美を失ってしまえば、笑っていられなくなる」と言ったり、「君が真に、完璧に、完全に生きられるのは、ほんの数年。君の若さと共に、美しさも消える。そのとき、君はどんな勝利も残されていないことに突然気づくだろう」と脅したりしている。

そして「新しい感覚を追い求め、何をも恐れない、新しい快楽主義」こそ「我々の世紀が求めるもので、君はその歴然たる象徴になれるかもしれない」（三一）とドリアンを唆し、道徳に逆らう新しい生き方へと導いていく。

ヘンリー卿が上流階級の人々の前で滔々と述べる愚行礼賛では、その哲学が若返り、古代ギリシア神話のイメージを帯びる。

彼の愚行礼賛はやがて一つの哲学になり高揚し、哲学それ自体は若返り、快楽の狂った音楽に乗り、ワインの染みがついた衣と蔦の冠をつけて、バッカスを讃える女性たちのように人生の丘で踊り、つまらなそうなサイリーナスが素面でいる様子をからかうのだ。（四三）

さらに作中では、ヘンリー卿の古代ギリシアへの憧憬も描かれる。

もし人が人生を完全に完璧に生き、あらゆる感情に形を、あらゆる思想に表現を、あらゆる夢に現実を与えれば、世界は新鮮な歓喜の刺激を受けて、人間はすべての中世的な病癖を忘れ、古代ギリシアの理想に立ち返るだろう――もしかしたら、古代ギリシアの理想よりも素晴らしく、豊かなものであるかもしれない。（二一八）

このように、同時代の思想から解き放たれて若返り、自由になることを希うヘンリー卿は、ドリアンにヴィクトリア朝の道徳の根幹とも言える「社会を恐れる心」（二一八）と、宗教の真義である「神を恐れる心」（二一八）を手放し、人々の心を殺している「ぞっとするような常識」（四三）から解放されるよう説得する。ドリアンは十九世紀の低俗なリアリズムから脱却し、ロマン主義の情熱とギリシア精神の完璧さを内包し、その佇まいだけで画家に「新しい芸術技法」（一三）や「まったく新しい様式の方法」（一三）を啓示する存在となる。

世紀末は「ニュー・ウーマン」に代表されるように「新しい」という言葉が流行した時代でもある。前述の「新」快楽主義も「新しい人生構想」（九九）であり、世紀転換期を目前にして、前衛的な価値観を象徴する思想であったと考えられる。ジョージ・ムーアは、自伝『若者の告白』（一八八八）のなかで、「あらゆる世紀にはその特定の理想があり、十九世紀の理想は若者であった」（一七六）と述べており、クリフトンはこれを「デカダンの若さへのカルト」（二八七）と呼んでいる。彼らが新しい時代を求めたのなら、ドリアンの逸脱に警鐘を鳴らす古き良き

「良心」(『ドリアン・グレイ』一五八)が当時の最新テクノロジーである写真ではなく、グレイ家に連綿と続く伝統的な肖像画の形態をとっていることにも、意味があるように思えてくる。

ヘンリー卿はドリアンに「人生の目的は自己発展だ。自己の本質を完全に実現すること――それこそが我々がここにいる意味だ」(二八)と説くが、その実現の障壁となるヴィクトリア朝の道徳は、彼らの足枷となる古い頸木のようなものである。ヘンリー卿は「生涯に一度しか恋をしない人々こそ真に浅はかなのだ。彼らが忠実や誠と呼ぶものを、私は習慣の惰性とか、想像力の欠如と呼ぶ」(四八)と批判し、[5] ドリアンも「中流階級の連中は、品のない晩餐の席上で自分たちの道徳的偏見を吹聴し、彼らが言うところの上流階級の人々の放蕩についてひそひそと囁く」(一一二)と嫌悪感を露わにし、イギリスは「偽善者の祖国」(一一二)とまで言うようになる。

『ドリアン・グレイ』にはびこる老いへの嫌悪は、ヴィクトリア朝の惰性的な生き方、すなわち精神的老いへの抵抗としての側面があり、「人生がもっと美しかった」(一〇四)時代の優美さを取り戻し、新しい「世界の創造」(二九五)を夢見るデカダンたちの因習への抵抗と捉えることができる。ドリアンの「ありきたりの女は想像力に訴えない。その世紀の外に出られないから」(四九)という発言や、ありとあらゆる国や時代の格調高雅な芸術品に囲まれて、多種多様な主義思想に思いを巡らせる様子も、義務や良心や道徳を重んじる女王と共に老熟していくヴィクトリア朝時代からの逃避を希っているように思える。デカダンが抗ったのは、倹約、節制、美徳を重んじる思潮が飽和状態に達した、イギリス社会の精神的な老いであったと考えられる。

七　おわりに

老いと若さの対立を描いた『ドリアン・グレイ』は、表層的には、若さと美に執着したワイルドの個人的嗜好を下敷きにした物語のように見える。しかし、老いと悪を一体化した表象の裏には、当時流布していた犯罪人論の影響があった。また、後期ヴィクトリア朝の人々にも、性別を問わず若さへの執着があった。彼らの間で若さがもてはやされたのは、工業、投資、金融市場における新たな勢力が、それまでの「紳士らしさ」の価値を凌駕し、力を増していたことに起因していた。新興勢力が台頭する一方で、祖父世代の時代遅れで厳格な価値観は疎まれることもあった。特にデカダン派は、ヴィクトリア朝時代そのものに老いの表象を重ね、自らを新しい時代を象徴するカウンターパワーの位置に置いた。このように『ドリアン・グレイ』

が老いを厭い、若さを礼賛した背景には、ヴィクトリア朝が孕んでいた老いと若さをめぐる多重構造があると言えよう。

注

（1）作中の新快楽主義（New Hedonism）とは、何も恐れず常に新しい感覚を追い求め、思うままに人生を謳歌することを意味する（『ドリアン・グレイ』三二）。

（2）ウェスト・エンド・スキャンダルはクリーブランド・ストリート事件とも呼ばれ、一八八九年にクリーブランド・ストリートの男色専門売春宿を警察が摘発した事件である。そこでは電報係の少年たちが名士や貴族に売春を斡旋させられていた。このスキャンダルにはアーサー・サマセット卿が関わっていたとされ、さらに当時王位継承権二位であったアルバート・ヴィクター王子（後のジョージ五世）が関わったとの噂も流れた（ローラー 三二九—三三〇）。

（3）引用文の日本語訳にあたっては、福田恆存訳を参考にした。

（4）一八九四年四月、ヘンリー・ハーランドを文芸編集者、オーブリー・ビアズリーを美術編集者として刊行された季刊誌で、『サヴォイ』と共に一八九〇年代のイギリス世紀末文学を代表する雑誌である。表紙はビアズリーによるもので、黄色と黒の二色刷りが特徴。一八九七年に廃刊となった。

（5） ヘンリー卿には妻がおり、その名をヴィクトリアという。彼女は神経質でセンチメンタルで、教会に足を運ぶことに強い愛着を持つとされる。ヘンリー卿と上手くいっておらず、物語の後半で離婚する。

文献一覧

"Advertisements." *The Strand Magazine*, vol.1, no.6, iv, Jun. 1891, archive.org/details/TheStrandMagazineAnIllustratedMonthly/page/n673.

Boehm, Katharina, et al., editors. *Interdisciplinary Perspectives on Aging in Nineteenth-Century Culture*. Routledge, 2014.

Chase, Karen. "'Senile' Sexuality." Boehm, pp. 132-46.

——. *The Victorians and Old Age*. Oxford UP, 2009.

Clifton, Glenn. "Aging and Periodicity in *The Picture of Dorian Gray and The Ambassadors:* An Aesthetic Adulthood." *ELT*, vol. 59, no. 3, 2016, pp. 283-302.

Hartung, Heike. *Ageing, Gender and Illness in Anglophone Literature: Narrating Age in the Bildungsroman*. Routledge, 2016.

Heath, Kay. *Aging by the Book : The Emergence of Midlife in Victorian Britain*. Suny P, 2009.

Hyde, Montgomery H. *Oscar Wilde: A Biography*. Penguin Books, 2001.
Lawler, Donald L. "Reviews and Reactions." *The Picture of Dorian Gray*, by Oscar Wilde, edited by Lawler, W.W.Norton, 1988, pp. 329-33.
Lonbroso, Cesare. *Criminal Man*. Translated and with a New Introduction by Mary Gibson and Nicle Hahn Rafter, Duke UP, 2006.
Mangum, Teresa. "Growing Old: Age." *A Companion to Victorian Literature and Culture*, edited by Herbert F. Tucker, Blackwell, 1999, pp.97-109.
Moore, George. *Confessions of a Young Man*. Edited by Susan Dick, McGill-Queen's UP, 1972.
Stoker, Bram. *Dracula*. Edited by John Paul Riquelme. Bedford/St.Martin's, 2002.
Tosh, John. *Manliness and Masculinities in Nineteenth-Century Britain: Essays on Gender, Family and Empire*. Pearson Longman, 2005.
Wilde, Oscar. *The Importance of Being Earnest. The Complete Works of Oscar Wilde*, introduced by Merlin Holland, Collins, 2003, pp. 357-419.
——. *The Picture of Dorian Gray. Complete Works*, pp.17-159.
Zwierlein, Anne-Julia. "'Exhausting the Powers of Life': Aging, Energy, and Productivity in Nineteenth-Century Scientific and Literary Discourses." pp. 38-56.
鈴木英明「ワイルド、ジェイン」『オスカー・ワイルド事典——イギリス世紀末大百科——』山田勝編、日本ワイルド協会協力、北星堂、一九九七、四八六―八七。
セイン、パット『老人の歴史』木下康仁訳、東洋書林、二〇〇九。
ワイルド、オスカー『ドリアン・グレイの肖像』福田恆存訳、新潮社、二〇一一。

第三章

生へ至る死

——ジョージ・マクドナルド『リリス』における老いから若さへの回帰

鵜飼 信光

George MacDonald, *Lilith* (1895)

ジョージ・マクドナルド『リリス』荒俣宏訳（筑摩書房、一九八六）

◆作者略歴◆

一八二四年、スコットランドに生まれる。アバディーン大学で化学と物理を学ぶが、会衆派の牧師となる。その後詩人、作家となる。一九〇五年病没。

◆作品梗概◆

大学を出たばかりで、両親を早くに亡くしている青年ヴェイン（Vane）は、数百年も前からの司書であるレイヴン（「大鴉（Raven）」の意）と屋根裏部屋の鏡から、現実界と同じ場所に併存している異界へ行く。異界においてレイヴンは人類の始祖アダムであり、妻のイヴとともに田舎家に併設された墓地を管理している。広大でありながら屋内にあるその墓地には多数の寝椅子が並んでいて、死者たちはそこで眠りながら目覚めを待っている。ヴェインはいったん現実界に戻るが、再び入った異界で、水のない荒れ地に住む小さな子供たちの集団に出会う。その多くがいつまでも子供であり続ける彼ら（「愛する者たち（Lovers）」とも呼ばれる）の助けになる知識を得ようと、さらに旅に出発したヴェインは、瀕死で倒れていたやせ衰えた女性を介抱するが、女性は体力を回復すると、感謝もせず怒りながら去る（これが後にリリスだとわかる）。ヴェインは豹に赤子を奪われかけた女性を助け、その女性からブリカという都市に住むリリスという王女が、自分の子供が自分の命取りになるという伝説におびえ、子供を見つけては殺しているという話を聞く。ヴェインはブリカの宮殿でリリスに再び会うが、リリスの望みで大木に登るうちに、自宅の噴水のてっぺんから落下して現実界に戻ってしまう。リリスからの危機が愛する者たちに迫っていると聞き、ヴェインは異界へ行き、愛する者たちを兵士として訓練し、ブリカを襲撃し、リリスと対面するが、リリスは愛する者たちの母親役の少女で、自身の娘であるロウナを床に投げ落として殺してしまう。それと同時に、衰弱したリリスは捕らえられ、悔い改めてアダムの墓地の寝椅子に横たわる。リリスは左手に不当に奪った水を握りしめていて、それを手放すことができずアダムに頼んで手を剣で切断してもらっていたが、ヴェインはアダムの命令でそれを水源の地へ運んで埋め、それとともに川が復活する。ヴェインは愛する者たちと再び動き回っているロウナと山上の都市に入るが、ヴェインだけ現実界に戻され、彼は彼女との再会を心待ちにして自分の死の時が熟するのを待つ。

一　はじめに

「老い」をテーマとした研究で、ジョージ・マクドナルドが取り上げられることは少ないだろう。後述するように、老いの特異な表現が見られる作品がいくつもあるとはいえ、老いを主要なテーマとした作品はなく、老いによるさまざまな衰えや、介護などの現実的な問題は、マクドナルドの幻想的な作品と無縁に思われるからである。それにもかかわらず、本章でマクドナルドを取り上げるのは、あまりに現実的、形而下的になりかねない「老い」についての考察に、高い空を望み見るような天窓を開けたいと願ってのことである。

『リリス』(一八九五)の◆作品梗概◆では触れる紙幅がなかったが、リリスはアダムのイヴ以前の最初の妻であり、アダムに対して対等ではなく、支配者的な地位を望んだその過剰な権力欲が彼女の罪深さの一つである。また、それとともに、彼女の脇腹には傷があり、そこから生命力が流出して老い、衰えてしまうことを彼女は非常に恐れてもおり、若さと美に強く執着してもいる。しかし、作品の終わり近くで、リリスは権力と美への執着から解放されることで、逆説的に、真の若さと美を獲得し始める。

そうしたリリスの執着からの解放と若さと美の獲得の超自然的な物語は、一見、高齢化社会で私たちが直面する老いの諸問題に現実的に有益な示唆を与えてくれるようには思われない。マクドナルドは牧師になった人物でもあり、『リリス』の根幹にあるキリスト教の思想を受け入れられない読者もいるだろう。しかし、若さや生命への執着からの解放を説く『リリス』は、現実的な諸問題や、信仰、無信仰の違いを超えて、ある一つの解決を「老い」の問題に対し示唆するのである。

本章のメイン・タイトル「生に至る死」は、「生の中へ死ぬ（die into life）」（四八六）という『リリス』の中の語句を名詞的に表現したものである（「生の中へ死ぬ」は「死んで生の状態になる」とも表現できる）。マクドナルドの作品においても老いは、その後に訪れる死と密接に関わっており、死が高度な生に至るものであることが、サブタイトル中の「老いから若さへの回帰」につながる。本章ではまず、マクドナルドの短編「黄金の鍵」（一八六四）で『リリス』と共通する「生に至る死」の主題を見て、それを一つの「鍵」として、より複雑な『リリス』の考察を試みたい。「黄金の鍵」はまた、老いのいくつかの特異な表現の例をも提供してくれるだろう。

二　かつてないほど若く、善良に、強く、賢くなる二人

妖精の国との境近くで大叔母と暮らしていた少年モシィは、虹の根元で見つかる黄金の鍵の話を聞き、しばらく後、妖精の国の森にかかった虹の根元で黄金の鍵を見つけ、その鍵が開けるものを探し始める。これが「黄金の鍵」の始まりだが、この短編にはもう一人タングルという主人公がいて、この少女は妖精たちに意地悪をされて、家から飛び出し妖精の国の森に入る。彼女は宙を泳ぐ「空気魚(air fish)」に導かれ、「祖母」と自称する婦人の田舎家に着く(この祖母は年齢が数千年であるのに美しく、老いと若さの併存という老いの特異な表現の一例である)。

祖母は空気魚にモシィを連れてこさせ、彼とタングルを黄金の鍵が開けるものを探す旅に送り出す。二人は数多くの美しい影に満ちた盆地にさしかかり、その真ん中に座り、涙しながら、それらの美しい影がそこから降りてくる、影の源の国へ行きたいと切望する。二人は休んだ後、夜までにその平地を横切ろうと出発するが、夜にならないうちに長い歳月が流れ、モシィは白髪交じりになり、タングルは額に皺が寄り、二人とも老人になる(一日とも思われる時間で老人になるという特異な老いの表現)。そうしているうちに、周りの影が高まって闇が深まり、二人は強く手を握り合うが、何か厳かなものの存在を感じるとともに突然、タングルはモシィの手を

離して彼を見失っているのに気づく。

タングルはその後一人で苦しい旅を続け、海の老人、大地の老人、火の老人の三人を訪れる。そして、影が降りてくる源の国へ導く蛇だと火の老人が言う、小さな蛇の後について出発する。一方、モシィは海の老人にだけ会い、海の上を歩き、崖にあった穴に鍵を刺して道を開き、たどり着いたところでタングルと再会する。二人のそばに虹の七色のそれぞれの色の七本の柱が現れ、さらに八本目の柱にあった鍵穴に黄金の鍵を刺して扉を開けてその中に入り、二人は美しい影となって他の影たちとともに柱の中の螺旋階段を上っていく。

この短編の中でまず注目したいのは、モシィが海の老人の家で水浴をさせられた後の一節である。水浴しているとき、モシィは自分が老人で身体が痛むと言うが、海の老人は立って水に自分の姿を映して見るように言う。すると、白髪も皺もなくなっているのが見える。

「お前は今、死を味わったのだ」とその老人は言った。「おいしいか」
「おいしい」とモシィは言った。「生よりおいしい (better than life)」
「いいや」とその老人は言った。「それはより生である (more life) に過ぎない」（四九三）

海の老人の家での水浴は、「死」を象徴するものと考えられるが、その死は「より生である」ことと捉えられる。「死んで生の状態になる」という『リリス』と同じ思想がここにある。この「より生である」状態への参入とともに、モシィの老いが消滅していることも注目したい点である。

「死」はこのように、より充実した高度な「生」と捉えられているが、しかし、「死」がそれで十分なものとはされていないことも重要である。タングルも海の老人の家で水浴させられているが、影の源の国へ行くには、さらに多くの試練をくぐり抜けることが課される。モシィはタングルより少ない試練で同じ場所にたどり着いているが、ボニー・ガーデンは、黄金の鍵がキリスト教の信仰を象徴していて、モシィはそれを手にしているおかげでタングルが課された試練を省略されているのだと考える（三八―四二）。黄金の鍵が象徴するものがそのようにキリスト教の信仰だと狭く限定されないとしても、数々の試練、何か貴重なものが、影の源の国という理想の地へ到達するのに必要なのである。

そのように「死」は、それだけでは十分ではないのだが、さらに、死を迎えるにも成熟が必要だとされることも注目される。空気魚たちには人間に食べられて死ぬことが最善の死であり、タングルを導いてきた空気魚は田舎家に着くやいなや祖母が湯を煮立たせていた鍋に入り、食事後に鍋の蓋が取られると、白い翼の生えた人間の形の美しい生き物になって空へ飛び去る。空気魚にとって死は、より次元の高い存在へ変わるための喜ばしい契機なのだが、祖母が「魚たちは、あなたや私と同じように、自分の時を待たなければならない」（四八〇）と言って悲しそうな表情をするように、人間も空気魚もいつでも好きなときに死ねるのではない。同じことは、祖母が海の老人に「準備のできた」（四八二）空気魚を持っているか尋ねるようタングルに伝言を頼み、海の老人がまだいないと答えることにも描かれている。

ところで、この短編での特異な老いの描写の二つの例にすでに言及したが、海の老人、大地の老人、火の老人がそれぞれ老人と言われ、その通り老人のように見えながら同時に、それぞれ中年、青年、幼児にも見える、という設定も注目される老いと若さの併存の例である。この設定については、ジェフリー・レイターの次のような、興味深い考察がある。当時の地質学の有名な著作（ロバート・チェンバース『創造の自然史の痕跡』一八四四）では、地球は初期には火のような状態であったのが、中期に大地ができ、現代に近い時期に海が現れた、とされていた。マクドナルドは、それと対応させて、最も年をとった火の老人が地球の初期として幼く、中期の地球が青年である、という設定にしたのだという解釈である。

マクドナルドはそのように、老いや若さの独特な表現をするのだが、モシィが再会したタングルの顔が「祖母のそれのように美しく、火の老人のそれのように静かで安らいでいた」（四九四）という描写も注目される。「祖母のように」と言っても、その祖母は数千歳もの年齢なのに美しい。先に見たように、タングルもモシィも一日とも思われる短い時間で老いていたが、二人とも海の老人の家で水浴するという象徴的な死を経験し、若返っている。再会した二人は「かつてないほどに若く、善良で、強く、賢かった」（四九四）とも言われる。

「黄金の鍵」においてはこのように、成熟と死と試練によって最高度に充実した生が獲得され、それが老いからの若さへの回帰によって表現されている。『リリス』においてもこうした老いから若さへの回帰はいくつかの重要な箇所で見られ、また、「成熟」「死」「試練」も短編「黄金の鍵」と共通しつつも、異なった独自な描かれ方をする。

三　未熟なヴェイン、老いと死のイメージ、リリスの幻

『リリス』はリリスがかろうじて最後に「生に至る死」を受け入れる物語であるが、それとともに、この作品は未熟なヴェインが死を迎えるための成熟を渇望し始めるまでを描く物語でもある。本節では、異世界に戸惑い、死を受け入れられないヴェインの未熟さを中心に考察し

ながら、独特な老いと死のイメージ、リリスの幻の出現を見ていきたい。

印刷術以前の時代から収集が始められ、今では一階をほとんど占拠している蔵書の間で、ヴェインは科学思想史の研究に耽っていたが、視界の端に黒い人影を見たように思う。彼は執事からその人影がレイヴンという名の司書であったと聞き、大昔の先祖で魔術書にのめり込んでいたアップウォード卿（「上へ（Upward）」の意）がレイヴンと失踪し、レイヴンだけがその後まれに姿を見せる、という言い伝えを知る。数日後、再び司書レイヴンを目撃したヴェインは彼の後について屋根裏の最上階へ行く。ヴェインは司書を見失うが、板で囲われた一画の中の、見知らぬ屋外の景色が映っている奇妙な鏡をのぞき込んでいるうちに、その中へ入り込んでしまう。そこで、大鴉になっているレイヴンと当惑するばかりの会話をした後、松林の中にあったもやもやとした幕のようなものを通してヴェインは屋根裏に戻る。翌日、大鴉の姿のレイヴンが窓の外から入ってきて、ヴェインは屋根裏にはついて行くまいと決心するが、小さな草地の一角へ通じているはずの扉を一緒に出ると、そこはもう異世界であった。レイヴンが地面からミミズを嘴で掘り出して宙に投げると、ミミズは大きな翼を拡げて空へ舞い上がったりする。

「黄金の鍵」において妖精の国は現実界の隣にあるが、『リリス』において異界は現実界の隣ではなく、同じ場所に、重なるように存在している（作品冒頭のエピグラムには、ヘンリー・デイヴィド・ソローの「歩く人」の中の、松林の中に貴族の家が重なるように存在している幻想を述べる散文詩のような美しい一ページ弱の一節が用いられてもいる）。こうした、異質な世界の同じ場所での併存は、レイヴンが、何百年も前からのその家の司書である老人であり、かつ大鴉であり、少し後では人類の始祖アダムでもあるということにも見られる。こうした異質なものの同じ場所、人物での不可思議な同時的存在は、単に作品の幻想的な一性質にはとどまらず、「死」が同時に「生」でもあるという、正反対な二つのものの同時的存在の形を変えた表現でもある。

ヴェインとレイヴンは、半日ほど歩いて（しかし、季節は夏だったのに冬になっている）レイヴンの田舎家に着き、彼の妻のイヴにも会う。レイヴンは彼の田舎家に併設される墓地の墓守なのだが、ギリシア語由来のcemeteryの原義「寝る所」そのもののように、レイヴンの管理する墓地はひんやりとした広大な屋内に並ぶ寝椅子の一つ一つに人々（おそらく死者たち）が眠る場所である。人々は一定の期間眠った後、それぞれ目覚めの時を迎え、墓地から歩み去る。どこへ歩み去るのかは、作品の終わり近く、ヴェインが寝椅子で目覚め、他に同時に目覚めた者たちと、山上の天国とおぼしき都市へ向かうエピソードで示唆される。アダムとイヴはかつて自分たちも寝椅子で眠り目覚めた者たちである。「老い」のテーマの関連でこの夫婦の外見に触れておくと、イヴは「彼女の顔と全身の命が目に集められ集中させられ、そこでそれが光になっていた」（三一七）と言わる。アダムは非常に薄い顔で皮膚の下の骨が目立つが「実のところ、そんなにも生き生きとしている顔、薄青い目（それにはまるでたくさん泣いたかのように霞がかかっている）に表れているようにそんなにも鋭く友好的な表情を見たことがない」（三一八）と描写されている。そのように、どちらの描写でも、「生」が様子に表れていることが強調される。アダムはヴェインに対して、この墓地の寝椅子で眠り目覚めることは現世での生よりはるかに高度な生へと移行することだという趣旨の説明をするが、ヴェインは理解できず、アダムが狂っているのかとも思う。しかし、アダムの言う高度な生はアダムとイヴの顔の生気に表されているのである。

ヴェインはレイヴンの田舎家でパンを食べさせてもらった後眠くなり、泊めてもらえないかと言う。レイヴンはこの家を一晩だけの宿のつもりで使うのは危険であり、この家では目覚めのことは心配せず、心から、完全に、徹底して眠らなければならないと答え、棺の形の扉の向こうの墓地のヴェインのための空の寝椅子へ案内する。しかし、ヴェインは墓地から逃げ出し、扉から出ると自宅の図書館に戻っている。

ヴェインは戻った図書館の机の引き出しに、父の残した手記を見つけて読む。すると、父もまたレイヴンと出会っていたこと、レイヴンからの伝聞で、アップウォード卿が卿自身の作った塔の部屋で遠くへ行って小さくなるように消えたこと、父が屋根裏の鏡の中へレイヴンが消えて行ったのを目撃して逃げたことが書かれている。手記はそこで終わっているが、ヴェインは父がその後レイヴン＝アダムの墓地の寝椅子で眠っただろうことを思い、自分がそうしなかったことを悔い、屋根裏の鏡から三度目に異界へ入る。ほどなくして出会ったレイヴンにヴェインがあの墓地に自分の父もいたか尋ねると、父がヴェインのための寝椅子の近くで眠っていたのをヴェインは見ており、眠る準備ができていれば、教えられなくてもそれがわかっただろうと言われる。また、アップウォード卿はだいぶ前に目覚めて去り、ヴェインの曽祖父は眠っているが、祖父は「邪悪な森」（眠ろうとしない者が死者たちと戦い、彼らを埋める場所）で死者たちと戦っている、とも聞かされる。ヴェインはレイヴンの言うことが理解できず、田舎家の墓地へ連れて行ってもらえず、レイヴンが地中から掘り出して宙に浮かばせた、蛍よりも大きな光る生き物の後について日の暮れた異界を進むことにする。

ヴェインには早世した両親の記憶がなく、父の後を追うように墓地の寝椅子に戻ろうとしたのにはいくらかの必然性があり、彼はまた最初に寝椅子で眠るのを拒んだことに償いをしようという意図も持っていたのだが、そういう意図を持つに至っただけでは死のために十分な成熟を達成したことにはならないようである。そうしたヴェインの未熟さ、彼の中に残存する邪悪さと対応するものを見るかのように、彼はしばらく先の道中で、泥炭のような地面から現れる恐ろしい異形の者たちを目にする。作品の終わり近くで、ヴェインは「愛する者たち」と捕縛されたリリスとともにこの場所を通るが、そのときには彼の進んだ成熟の度合いに応じてか、異形の怪物たちは池の水面下で眠っているように静まっている。静まっているだけで復活の可能性があり、消滅しているのではないところに、死のための成熟が繰り返し深められるべきものであることが示唆されてもいる。

この異形の者たちの領域で、ヴェインはリリスの幻を最初に目撃する。顔に誇りと惨めさが奇妙に同居していて、美しいけれども目が死んでいて、霞を衣のようにまとった女性が、よろよろと近づいてきてやがて倒れる。この女性がリリスの幻だとわかるのは、後に彼女の特徴として繰り返し言われる、脇腹の黒くなった場所を痛みをこらえるように時々押さえる、という動作をしているからである（「幻」よりも分身的存在と言うべきかもしれないが、作品の文言からそれが何であるかを特定するのは難しい）。地面に倒れた女性はもがき始めるが、手足が胴から千切れて蛇のようにのたくって逃げ去り、コウモリのようなものが彼女から飛び立って、再び見ると、彼女は消え去っている。ヴェインは基本的に善良な人物だと言っていいが、それでもリリスが象徴する罪や未熟さをこの段階ではかかえていることが、リリスの幻をこの場所で見ることに表れていると考えられる。

ヴェインの邪悪さの一例だが、彼は自分を導いている光る生き物を見ているうちに、それを所有したいという気持ちに襲われる。その所有欲に応えるように、光る生き物は彼の所に近づいてくるが、彼が手を触れると同時に消えてしまう。代わりに月が彼を導き、彼を捕らえようとする異形の動物たちからもその光が彼を守っていて、その月が沈む直前に彼は異形の者の領域を去って丘の上に着く。ヴェインは丘で眠った後、日の出とともに、人の気配がなく、川も乾いている荒地を森に向かう。ユーカリの木の根元に横たわっていると、風に揺れる枝と葉の塊が、骸骨になった馬の首と頭のように見え始め、その上に、リリスの幻とは特定できないがそれを思わせる女性が横柄に腕を振って立っているのが、異様に強い現実感とともに見えてくる。暗くなって眠りから目覚めると、辺り一帯で骸骨や幽霊が激しくののしり合いながら、剣で戦っていて、死んだ目と（脇腹の）黒くなった部分からリリスの幻と考えられる女性が自在に移動し腕を伸ばして、戦いをせき立てながら「お前らは男だ。互いに殺し合え」（三四二）と叫んでいるのが見える。ヴェインはここで自分の祖父を見つけられないが、これがレイヴンの言っていた寝椅子で眠ろうとしない者たちと死者たちとの戦いだと考えられる。その邪悪な戦いをさらに激しくさせようとしているのが、リリスなのでもある。

日の出とともに森は静まり、地面に耳を当てると水の流れる音だけがする荒れ地を一両日進んだとき、ヴェインは「愛する者たち」に出会う。灌木の大きな実を一口食べたらあまりにまずくて捨て、小さな実を食べたらおいしくて食べ続けたら、子供たち（ドワーフとは書かれていないが『ガリバー旅行記』（一七二六）のリリパット人のように小さい印象がある）が現れ、善良な巨人だと大喜びするのである。あたりには人相が悪く愚鈍で、大きな実を好んで食べる巨人（と言ってもだいたい普通の背丈の大人）がいて、ヴェインは彼らに捕らえられて枝刈りの仕事をさせられるが、巨人が去ると愛する者たちがヴェインに群がり小さな実を食べさせたりする。この子供たちの群の中では、十三歳ほどに見えるロウナという美しい少女が母親役を務めていて、ヴェインは彼女から、時々森で赤子が発見され、子供たちの中でたまに強欲で愚鈍な者がどんどん大きくなって悪い巨人になり、自分が昔子供だったことも忘れてしまう、ということを聞く。巨人にならない子供は子供であり続けるようで、ロウナ自身も自分のことはずっと昔に森で見つかったのだろうということしか知らない。ヴェインはこの愛すべき子供たちの間でずっと暮らしたいと願うが、巨人に殺される危機が彼に迫り、子供たちが成長できるように、彼らの背景を知るためにも、ヴェインはさらに西へと旅立つ。

一日目の夜、ヴェインは地面で眠っていたところ、マーラという顔を布でくるんだ女性に地面では獣に襲われ危険だと、彼女の荒野に一軒だけぽつんと建つ田舎家に泊めてもらう。ヴェインは彼女から子供たちが「愛する者たち」と呼ばれること、さらに西にブリカという、住民が宝石の交易に従事し、心が強欲で邪悪になっている都市があり、リリスが王女（princess）として都市を支配していること、リリスがこのあたりの地上の水を奪って手中に握りしめていて、愛する者たちが成長しないのは、地上に水がないからであること、などを聞く。このマーラは、愛する者たちがこの先にいる「猫女」としてヴェインに警告していた人物だが、実際には善良であり、顔の布をほどけばイヴのように美しい。彼女は純白の雌豹に変身したり、自らはそのままで雌豹を分身として遣わしたりすることもできる。作品の別の箇所では、アダムとイヴの子供であり、新約聖書のマグダラのマリアに相当する人物であることが言われている。

翌日出発したヴェインは、最初の夜は岩の麓で眠り、二日目の夜、ツタやバラが絡み合ってできた廃墟のような場所で眠る。夜中に目覚めると、眼球があって頭から髪も生えている骸骨たちが音楽に合わせ踊り狂っているのが見える。突然戸口に、脇腹の黒い影からリリスだとわかる、骸骨ではない完璧な姿の女性が、台座の上の女神のように現れ、その横柄な目は「死んだ者どもよ、私は生きている」（三七〇）と言っているかのようである。彼女に注目していた骸骨たちは一瞬ひるむが、ダンスを再開する。彼らの目は「お前も私たちと同じように弱い、お前もじきに私たちのようになる」(三七〇)と言っているかのようで、リリスは脇腹の影を押さえ、うめきながら逃げる。骸骨たちもやがて消え去る。

少し先へ行くと、崩れかけの馬車に骸骨の夫婦がいて、あさましい言い合いをしている。突然レイヴンが現れて、その夫婦が昔は宮廷一の美男美女だったこと、今はいがみ合っているが、互いへの嫌悪にも飽きて愛し合うだろうこと、昨夜踊っていた骸骨たちは、その夫婦より数百年先を行っていて、少しずつ人間らしい顔に近づくという希望に支えられていることを告げる。そして、この世界では一度裏切った者を信頼してはならない、その者の頼みを聞くと災いが起きるだろう、とヴェインに警告して、レイヴンは去る。

老いと死の極めて独特なイメージを示す、この踊る骸骨たちと骸骨の夫婦は、アダムの墓地の寝椅子で眠るのを拒否し、邪悪な森で戦っているヴェインの祖父といくらか似た存在なのだと推測される。ただし、リリスと同類の邪悪さは持っておらず、「私は生きている」と誇るリリスが実際には死んでいるも同然であることを目の力で思い知らせ打ち負かす。ずっと後でリリスが捕らえられ、アダムとイヴの田舎家へ向かうとき、愛する者たちは踊る骸骨たちにも、骸骨の夫婦にも恐れる様子はなく、友好的な態度を見せる。レイヴンの予言が少し実現しかかっているかのように、骸骨の夫婦は骨の調子が少しよくなって、いがみ合いも減っている（そして、数百年後には踊れるほどになるらしい）。不可解さに満ちたこの異界で骸骨たちの位置づけをするのは困難だが、寝椅子での眠りを拒否している亡者たちと推測されるこれらの者も、骸骨から人間へ変化しつつあり、死や老いから若さへ向かいつつあるということは注目される。

四　リリスとの戦い、捕縛と就寝

異形の者たちの領域、骸骨の馬の頭部、戦う死者たち、踊る骸骨たちのエピソードで幻のようにリリスは登場してきたが、レイヴンが警告を残して去った後、ヴェインは衰弱して骨と皮だけになっていた女性（後でリリスだとわかる）を助ける。彼女は眠っているヴェインからたびたび血を吸って回復し、助けたことで彼を非難し、一人で去る。さまざまな困難を経て、ヴェインがブリカにたどり着き宮殿へ来るとリリスは冷酷な態度を翻して歓待し、自分は野蛮なドワーフ族を訪れようと出発したものの、熱い水の川を飛び越したとき（「飛び越した」という表現で彼女は、自分が雌豹に変身していたことをうっかり示唆してしまう）、そこにかけられていたまじないで衰弱していたのだと説明する。リリスはやがて大木のてっぺんの小さな花が自分の傷を癒やす力があるので取ってほしいとヴェインに頼み、彼は大木に登りかけるが、足に紐のようなものを巻かれる。ヴェインが大木のてっぺんに着くと、大木は現実界の自宅の噴水に変化し、彼はそのてっぺんから落ちる。すると、そこに現れたレイヴンが、一度裏切った者の頼みを聞くと災いが起こると忠告した通りになったと、ヴェインを責める（レイヴンは、リリスがヴェインを非難しながら去ったことを「裏切り」と捉えているようである）。レイヴンはリリスが最初の妻だったが、出産後、自ら生命を創り出したと奢り、対等ではなく自分がアダムの支配者になることを望んで、受け入れられずに去ったといういきさつを説明し、今回、リリスがヴェインの後についてこの世界にやってきていると言う。そして、レイヴンはリリスの邪悪な所業を歌う太古の詩を朗読し、リリスは耐えきれず猫の姿になって捕らえられ、小部屋へ閉じ込められる。

リリスがヴェインを木に登らせたのは、ロバート・リー・ウォルフが推測するように（三五三）、熱い水の川を通っては愛する者たちの間にいるロウナ（この自分の娘が自分の命取りになる、という伝説を彼女は恐れている）を殺しに行けないので、現実界と屋根裏の鏡を経由して異界へ入り、川の反対側からロウナに接近しようとしたのだと考えられる。そのため、彼女はヴェインの足に紐を結び、それにつかまって（あるいは紐そのものとして）ついてきたのである。ヴェインはそこまではっきり推測しないものの、愛する者たちに危機が迫っていると感じ、鏡を通って四度目に異界へ入るが、閉じ込められたはずの猫の姿のリリスが彼の先に鏡の中へ走り込む（幸い、アダムから警戒を指示されていたマーラが雌豹になってリリスを追ったので、リリスがすぐに愛する者たちに危害を加えることは防がれた）。ヴェインはますます危機感を募らせるが、レイヴンはヴェインがまず自分の墓地へ行って寝椅子で眠らなければならないと言う。レイヴンのこの言葉は、死を静かに受け入れることが最も重要で、そのことが困難を真に解決する、ということを示唆しているが、ヴェインは理解できず、レイヴンに田舎家へ向かうと嘘を言って馬を借り、ロウナと愛する者たちの住む荒れ地へ向かう。しかし、愛する者たちを訓練し、小さなサイズの動物たちと軍隊を作ってブリカを襲撃し、リリスと対面するところまではうまく行くものの、リリスは母親に駆け寄ったロウナを床に投げ落として即死させてしまう。

リリスはアダムたち男性を憎悪しており、ジョン・ドチャーティーの言うように、彼女に「新しい女たち」のイメージを読み込み、アダムを当時の男性の男尊女卑的な物の見方のパロディとする解釈があり得る。その論拠としてドチャーティは、マクドナルドの息子グレヴィルがフェミニストの運動を父が積極的に支持していたと自伝で証明していることを挙げている（一一五、一三〇）。しかし、マクドナルドがフェミニズムを支持していても、アダムが皮肉に描かれていると解釈することも、リリスを戦闘的なフェミニストの表現と見ることも適切ではないと考えられる。確かにアダムはリリスに改悛を説くが、それはアダム自身への服従を求めているのではない。彼の言葉では、リリスはアダムが彼女を愛し名誉ある扱いをしても、彼が崇拝や服従をしなかったために、人でない者たちの間へ逃げ、影を奴隷にして地獄の女王となった（四二七）。彼女はアダムと対等な立場では満足せず、さらに、創造主である神に対しても帰依を拒むのである。（ただし、リリスに子殺しの属性を負わせ、ロウナの子供を慈しむ姿を理想として描く作品自体は、ことさら女性に母の役割を負わせるマクドナルド自身の偏見を露呈してしまっていると考えるべきではある。）

アダムはリリスが彼から逃げるために「彼女の血を流した」（四七二）とヴェインに述べる。その意味ははっきりしないが、リリスの左脇腹の黒い部分（おそらく傷）は、そのことと関連しているようである。彼女は権力を志向する邪悪さとともに、脇腹から自身の生気が流出してしまう恐怖に捕らわれている。とりわけ、彼女自身の子供によって自分の死がもたらされる、と恐れていたため、愛する者たちの軍隊の接近を宮殿の塔から見た彼女は、自分自身の輝かしい美しさを鏡で見て、自分が思うとおりの自己であることを確認することを支えにして策を考える。しかし、ロウナを殺してしまうと、彼女の自己意識を支える美しさと若さは瞬時に失われ、彼女はヴェインに発見されたときのように衰弱して捕らえられる。彼女は小型の象二頭に乗せられてマーラの田舎家へ連れて行かれ、改悛を求められるが、自分が望むとおりの自己であり続けると主張する。しかし、マーラはそれが自分の望んでいる自己ではなく「影」の影響であるとし、彼女の真の姿を見せるために、炉から銀色の白熱した這う虫を出現させる。それはリリスの足から胸へと這い体内へ潜り込む。それが心臓に達するとリリスは創造主に与えられた美しい自己を醜くしてしまったことを認め、ついに改悛する。しかし、奪った水を握りしめている手を開くことはどうしてもできない。やがて彼女はアダムの田舎家へ着き、墓地の寝椅子に寝かせられるが、それでも手を開くことができず、リリスの希望で、アダムの剣によって手首から先が切り落とされる。それと同時にリリスは眠りに入り、ブリカから連れてこられていた十二人の愛する者たちは、リリスが美しくなったと言い、彼らの中の二人が彼女の寝椅子の中で彼女の両側で眠る。

五　おわりに

リリスが握りしめていた手は、権力、若さ、永遠の生などへの彼女のさまざまな執着を象徴するだろう。自発的にはどうしても手を開けず、切断されることによってだが、その執着から切り離され、彼女は寝椅子での眠りに入り、執着から切り離されることによって逆説的に若さと美しさを獲得し始める。寝椅子での眠りから目覚めるとき、人は最も美しい状態になって目覚める、という設定になっているようで、ロウナも寝椅子に寝かされやがて目覚めたとき、完全に大人の女性として成熟した美を獲得している（しかし、子供のまま眠った、愛する者たちは愛らしい子供のまま目覚める）。

リリスが改悛し、執着から解放され、寝椅子で眠りについたところで物語は終わっているべきで、その後の、最後には現実界に戻されてしまうヴェインの物語の続きはアンチクライマックスとみなされる可能性もあるだろう。しかし、続きのその部分が決してアンチクライマックスではないことを確認して、この論の締めくくりとしよう。

ヴェインはロウナを深く愛していたので、彼女がリリスに殺されてしまったことを悲しみ、レイヴン＝アダムが寝椅子で眠るようにと言っていたのに背いたことを悔やむ。彼はリリスの腕を埋めてくるという使命を果たし、愛する者たちが住んでいた荒れ地に地上の川が復活する。ずっと子供であり続ける愛する者たちの成長に必要であったのは地上の水であったことが言われもする。帰途、ヴェインは、老いて惨めなので死にたいのに墓地で眠ることを拒まれたと嘆いている男に出会うが、ヴェインは生きるのが嫌で死のうとする者は死ぬ準備ができておらず、より一層生きようとする者にこそ死ぬ資格が与えられる、と諭せるほどに認識を深めている。アダムの田舎家に戻ったヴェインは、寝椅子で眠り至福の夢を見るが、現実界に戻ってしまい、彼は死んでロウナを探し、もし見つからないのなら存在をやめてしまいたいと思う。この時点でのヴェインのこの気持ちは、寝椅子で眠りつつあっても彼が未熟であることの印として重要である。

現実界で四度目に眠って目覚めると、彼はアダムの墓地で目覚め、そばには大人の女性に成長したロウナが立っている。ほぼ同時に愛する者たちも何人か目覚めていて、ヴェインとロウナは、愛する者たちや田舎家の外で待っていた動物たちとともに旅立つ。やがて山上の都市に至り、ヴェインとロウナは二人で雲に隠れた天国の領域と思われるところに入ろうとする。しかし、両手を使って岩を上るために握り合っていた手を放した隙に、ヴェインだけが何者かに腕をそっと捕まれ、本の表紙のような扉が閉じられると現実界へ戻っている。重要なのは、そうして現実界へ戻されたヴェインが今回は決して自分で行動して異界へ入ろうとしないことである。

私は決して再びあの鏡を求めなかった。あの手が私を戻したのだ。私はあのドアから再び外へ出るつもりはない。「私に割り当てられた時間のすべての日々、私は私の変化がやってくるまで待つつもりだ」（五二二）

前回、現実界へ戻ったのが夢だったとわかったことを経験し、今回もこれが夢であり、目覚めれば再びロウナと一緒になれる、と期待できるようになったというのが、ヴェインのこの落ち着きの背景にあるだろう。また、何者かの手によって押し戻されたからには、自分にはまだふさわしい時が訪れておらず、それを静かに待つのが自分のつとめだと悟るほどに、成熟が深まってきたのでもあるだろう。ヴェインはまだ青年であるが、そうして待つ歳月はずっと長く続いて、ヴェインは老いるのかもしれない。しかし、その老いは、ロウナと再び一緒になることに象徴される、さらに幸福な、死後の生の中へと死ぬ（die into life）ことを待ち望みながらの老いであり、目覚めの後には、最高の若さと美しさのうちに自分自身を見出すことになる。そうした生へ至る死、老いから若さへの回帰への静かな希望の可能性を、この作品の結末は描いているのである。

文献一覧

Chambers, Robert. *Vestiges of the Natural History of Creation and Other Evolutionary Writings.* 1844. Edited by James A. Secord, U of Chicago P, 1994.

Docherty, John. "An Ambivalent Marriage of Heaven and Hell: Some Aspects of Irony in *Lilith.*" *George MacDonald: Literary Heritage and Heirs*, edited by Roderick McGillis, Zossima Press, 2008, pp. 113-37.

Gaarden, Bonnie. "'The Golden Key': A Double Reading." *Mythlore*, vol. 24, no. 3-4, Winter/Spring, 2006, pp. 35-52.

MacDonald, George. "The Golden Key." *The Fantastic Imagination of George MacDonald III*, Coachwhip Publications, 2008, pp. 473-95.

——. *Lilith. The Fantastic Imagination of George MacDonald II*, Coachwhip Publications, 2008, pp. 293-522.

Reiter, Geoffrey. "'Down the Winding Stair': Victorian Popular Science and Deep Time in 'The Golden Key.'" *North Wind*, vol. 30, 2011, pp. 2-12.

Wolf, Robert Lee. *The Golden Key: A Study of The Fiction of George MacDonald.* Yale UP, 1961.

第四章
ジェイムズ・ジョイス『ダブリンの市民』における家族の肖像写真と老い(1)

岩下 いずみ

***James Joyce, Dubliners* (1914)**
ジェイムズ・ジョイス『ダブリンの市民』高松雄一訳(集英社、一九九九)

◆作者略歴◆
一八八二年、アイルランド生まれ。ヨーロッパ大陸に渡りコスモポリタン的作家として生活。代表作『ユリシーズ』(一九二二)。一九四一年没。

◆作品梗概◆

『ダブリンの市民』は少年期・青春期・成年期・社会生活の四つに分類された十四の短編に中編「死者たち」を合わせた計十五編からなる短編集である。「死者たち」は公現祭（おそらく一九〇四年）の一月六日とその翌日のダブリンを舞台にしている。ゲイブルエル・コンロイは妻グレタとともに母方の叔母ケイトとジュリア宅のパーティに参加する。独身の老女二人はゲイブリエルの亡くなった母エレンの妹たち、モーカン姉妹である。良家の子女に音楽を教え、姪メアリ・ジェイン、女中リリーとリフィー河沿いで暮らしている。パーティには叔母の生徒たち、パワー氏、ブラウン氏、マリンズ、ダーシーらが訪れており、食事の前にダンスをする。その際ゲイブリエルはイギリスの新聞にG・Cとして書評を寄稿していたことをミス・アイヴァーズから批判される。ダンスが終わり、叔母ジュリアが「婚礼の装い」という歌を聞かせ賞賛される。豪奢な食事の際ゲイブリエルは例年通り鵞鳥を皆に切り分ける大仕事をすませた後、一堂にスピーチをする。時代が移りゆく中こうした歓待の精神が重要であることを語り、またそれを示した叔母姉妹と姪を称える内容で叔母たちは感動する。その後一堂はともに歌う。

翌朝早く、ゲイブリエルとグレタは馬車で叔母宅を後にしようとする。ダーシー氏の歌う

「オークリムの乙女」を聞きながら玄関階段にたたずむ妻の姿にゲイブリエルは欲望を覚える。予約していたグレシャム・ホテルに到着し部屋に入ると、彼は妻に情熱的に迫ろうとするが、彼女の突然の涙を見てとどまる。涙の理由を問われ、妻は少女時代の思い出を語り始める。自分に想いを寄せていたマイケル・フューリーという青年がいたが、肺病を患いながら彼女の部屋の下で雨に打たれ、翌日亡くなったのだという。彼はその時「オークリムの乙女」を歌っていた。「彼は私のために亡くなったのだ」とマイケル・フューリーへの恋慕を語る妻に自分が愛されていなかったことを知らされ、ゲイブリエルは大きな衝撃を受ける。妻が眠った後、彼は窓の外の雪を眺めながら、アイルランド中の亡霊に思いをはせながら意識を失っていった。

一　はじめに

ロラン・バルトは写真論『明るい部屋』（一九八〇）において、写真を「かつてそこにあったもの」、「歴史」（九三―九四）と述べる。さらに「そこ（写真）には、現実のものであり過去のものである、という切り離せない二重の措定がある」（九三―九四）と続ける。彼はまた「写真は、ときとして、実際の顔（または鏡に映った顔）には決して認められないものを明らかにする。（中略）「写真」は老年のようなものである」（一二八―一二九）とも述べて、老いと写真を関連させて論じている。写真は絵画と違って対象が確実に存在していたことを保証するものであり、（十九世紀中頃にすでにあった修正技術を介さなければ）対象の老いを確実に映し出す。十九世紀中頃からヨーロッパにおいて次第に写真は一般化し、それは肖像写真にまで広がっていった。家族が映った肖像写真は、記録と思い出になり、結婚、家族、共同体の確認作業、またそれぞれの成長だけでなく老いも映し出した。

ジェイムズ・ジョイスの短編集『ダブリンの市民』（一九一四）内の十四の短編と一中編のうち「エヴリン（Eveline）」、「小さな雲（A Little Cloud）」、「恩寵（Grace）」、中編「死者たち

(The Dead)」、以上の四作品に肖像写真または写真についての言及や描写がある。前述の時代背景を考えると、写真がダブリンの人々にも身近なものであったことは想像しやすい。一方で、年齢不詳である登場人物、すなわち成長や老いによって判断できない登場人物が『ダブリンの市民』には多数登場するが、この点と写真との関連も考察の対象とできるだろう。また、それぞれの作品において、写真の扱いや描写はかなり異なるものの、これらは『ダブリンの市民』のいくつかの主題に通じるという、奇妙とも言える合致がある。この合致においてこれらの写真に焦点をあて、老い、または成熟との関連において考察を進めたい。本論の目的は、写真を通じたジョイスのモダニズムのスタイル、十九世紀末から二十世紀初頭のアイルランドの「麻痺(paralysis)」の実像を探ることである。「麻痺」はジョイスが『ダブリンの市民』執筆においてダブリンの現状について用いた言葉であり、これが老いの一形態とも言えることも論じたい。

二　アイルランド大飢饉と家族の肖像写真に見る「麻痺」

パット・セイン『老人の歴史』(二〇〇五)には老人と少女の肖像写真(三一八)が掲載され

ている。一八四八年頃百二歳だった化学者シュヴルールとそれに寄り添う少女は彼のひ孫かもしれない。次のページには、フランスの肖像写真家ナダール（一八二〇―一九一〇）によるシュヴルールの百歳誕生日当日の写真があるが、これは「国民的出来事」（三一九）であったという。彼がすでに有名人であったこと、そして百歳という「超」高齢が祝福されるべきだという社会的背景があったことが、その理由として挙げられるだろう。写真の黎明期において有名人の肖像写真家として名を馳せたナダールは、パリの大きな写真スタジオを所有し、従来の華美と異なる灰色の背景を用いて顔に焦点を当てた肖像写真を量産した。ここには当時の老年と肖像写真のあり方の一例が見られる。

同じ時代、アイルランドではアイルランド大飢饉が全土を襲っていた。これは十九世紀中頃、ジャガイモの疫病に端を発して起こった飢饉である。そのことからジャガイモ飢饉と呼ばれることもある。アイルランドはかねてより隣国イギリスからの支配を受け、イギリスへの農産物供給の場所として機能していた。この支配は、イングランド国教徒（イギリス人）によるカトリック教徒（アイルランド人）の支配も意味していた。大飢饉の事態にあってもなおイギリスへの農産物供給を続けたことで、アイルランドでは百万人に及ぶ多数の餓死者、百万人の亡命者が出て総人口が激減した。国勢調査によると、大飢饉前の人口は約八百万人だったが、大飢饉後には約六百万人へと減少したのである。いまだにアイルランドの総人口は大飢饉前の八百万人には及ばず、大飢饉の影響は現代も続いているとも言われる。大飢饉の後、国民の結婚年齢が上がり、出産が少なくなったが、このことは大飢饉の打撃と影響が根強く残っていたことを示し、それが『ダブリンの市民』全体に影を落とす共同体の危機となっており、本論における一つの焦点となる。

こうした近年までの歴史を振り返れば、『ダブリンの市民』の舞台である一八九〇年代から一九〇四年までという時代には、大飢饉はつい最近のものであっただろう。そればかりか老人の登場人物は過酷な時代を生き延びていることが考えられる。「死者たち」にはパーティの豪華な食事が描写される。メインディッシュである鵞鳥の丸焼きをはじめとして、ゼリーなどの菓子や果物、さまざまな種類のアルコールを含む飲料が美辞麗句とともに供される（一七〇―七二）。「死者たち」を戯曲化したマクギネスは、この食事には大飢饉の記憶が反映されていると説明している（七）。食事を用意したのは、主人公ゲイブリエル・コンロイの叔母姉妹ジュリアとケイトである。彼女たちの年齢は明示されていないが、ジュリアが白髪であること、姪のメアリ・ジェインが三十年前に「短い服を着た幼い少女」（一五二）だったことなどから、二人がいわゆる老齢に達していることが想像される。彼女たちは大飢饉そのものを体験したのではないかもしれないが、その余波がより色濃い中で成長したことが推測できる年齢である。彼女たちが豪華な食事を準備し、「なんでも最上のもの」（一五三）にこだわるのは、大飢饉の記憶の反動とも受けとれる。大飢饉の影響はゲイブリエルのスピーチにも見られる。叔母たちとメアリ・ジェインの三人がこうした豪華な食事を用意するもてなしの精神を示すことを彼が賞賛するのは、大飢饉後のアイルランドの厳しい状況が背景にあると思われるからである。

しかし、彼を含め誰も大飢饉について口にすることはない。そればかりか、『ダブリンの市民』全体において、「アイルランド大飢饉」はおろか「飢饉」という単語が用いられることもないのである。これは直接的な描写を避けるジョイスの作為的な描写であると言えるだろう。独身女性や男性が出てきても、当時の結婚状況の説明も一切なく、年齢すら不詳にしてその人物が若者なのか中年なのか不明のままのこともある。この点については、高松雄一が指摘しており、この特徴が『ダブリンの市民』の物語の中に淀みを生むと論じている（四〇三）。

『ダブリンの市民』において「死者たち」のパーティの場面のみ、かろうじてジャガイモ飢饉に直結する食物「ジャガイモ」が登場し、鵞鳥とともに供されるが、ジャガイモを添えるのはメアリ・ジェインのアイディアである。彼女はさらにアップルソースを添えることも提案したのだが、ケイトが「今までアップルソースなしの焼いた鵞鳥だけでおいしかったので、何もつけないとおいしくない、となるといけない」（一七二）と却下した。このエピソードは、大飢饉の記憶が叔母たちより遠い、三十代から四十代と思われるメアリ・ジェインと老齢のケイトとの違いを表している。同時に、ケイトがいかに豪華な食事にこだわろうと、大飢饉の記憶は拭えないのだということが、「贅沢さの中の節制」、すなわち「ジャガイモを添えたアップルソースなしの鵞鳥」で示されている。

さて、そうした陰鬱な記憶が残るアイルランドでも肖像写真は発展していたことが、「小さな雲」、「死者たち」の中で家庭に飾られる肖像写真からうかがわれる。しかし、皮肉なことに家族全員が写っている肖像写真は『ダブリンの市民』の中で一つも描写されない。このことには、ここまで述べてきた社会的状況の影響や、それによる家族生活の苦境が反映されていることが推察される。スーザン・ソンタグは、『写真論』（一九七七）において「家族や他の集団の一員と考えられる個人の業績を記念することが、写真の最初の一般的な利用の仕方である」として、写真撮影が「家庭生活のひとつの儀式」（八）となったことを指摘する。

社会における最小単位の共同体である家族が、業績を記念することも、儀式を経ることもできなかった、というのが『ダブリンの市民』で描かれる現実なのである。こうした共同体の危機的状況、ジョイスの言葉で言うところの「麻痺」が、肖像写真の描かれ方によって作品で浮き彫りとなっている。金井嘉彦は「麻痺」という単語は、ジョイスが関わりを持っていた雑誌『ダーナ』の「無気力（apathy）」、「不活性（inertia）」、「麻痺させる存在としてのドグマ（paralyzing presence of dogma）」などの語句に起源があるとしている（三八―四二）。「麻痺」は『ダブリンの市民』の最初の短編「姉妹たち（The Sisters）」冒頭で、少年が口にする言葉の一つである。「麻痺」は『ダブリンの市民』全体に漂う飢饉の影響や停滞感を表し、作品全体のテーマでもある。これらの点から、「麻痺」はこう着状態、老いや死と繋がる単語であると言える。

「麻痺」という単語は、『ダブリンの市民』最初の短編「姉妹たち」に登場する。主人公の少年は、懇意にしていたフリン神父が倒れたことを知り、神父宅の窓の下で夜ごと「麻痺」（三）とつぶやく。この単語は神父に教えられた「ノーモン（gnomon）」、「聖職売買（simony）」という言葉と同じく「奇妙に」（三）響いたとある。神父は聖杯を壊したことで聖職を追われ、正気を失っていたことが結末部分でほのめかされたり、そのような神父と少年の交流を快く思っていなかった周囲のコメントがあることから、老神父を介して「麻痺」が少年を蝕む構図、老いと「麻痺」が重なる構図がここで見てとれるだろう。

ジョイスは『ダブリンの市民』について、「麻痺」を用いて以下の通り出版業者グラント・

リチャーズに書簡を送っている。

私の意図は自分の国の精神史の一章を書くことで、ダブリンをその場面に選びました。というのは、この都市が私には麻痺の中心と思われたからです。私は無関心な大衆にそのさまを四つの相のもとに提示しようと試みました。少年期、青春期、成年期、社会生活です。短編はその順序に配列されています。私はその大部分を細心な卑小な文体で書きましたし、何であれ、自分の見聞きしたものを、写実において変更したり変形したりできる者は、きわめて大胆な人間であると確信しています。（『書簡集第二巻』一三四　傍点は筆者）

私の物語に、灰だめや古びた雑草や、臓物の匂いがたちこめているとしても、それは私の責任ではありません。私のきれいに磨かれた鏡で、アイルランド人たちに自身を見させることを拒むようなら、あなたはアイルランド文明の流れを遅らせることになると痛感しています。（『書簡集第一巻』六三―六四　傍点は筆者）

これら二通の書簡で特に着眼すべきは「細心な卑小な文体」、「きれいに磨かれた鏡」であろう。これらを一読すると、ジョイスが計画的にダブリンの現状を描き出そうとして徹底した冷徹な姿勢を貫いたように受け取れるが、「細心の（scrupulous）」、「磨かれた（polished）」、というずれも作為・意図を感じさせる語にさらに注目すると、そのスタイルがあたかもカメラのようであることに気づくだろう。カメラは対象をありのままに映し出す。しかしある人物を真正面からストレートスタイルで撮影するとき、その人物の背面は映し出せない。カメラを介して撮影される写真、すなわちジョイスの作為的なスタイルから描き出される作品は、あくまで対象の一面であり、鑑賞者もしくは読者は対象の他の面を想像することになるのである。また、「私のきれいに磨かれた鏡」の「私の」には、自分から見たきれいさ、つまりいかにきれいかというさじ加減は自分次第であるとの含意も感じられる。ジョイスのそうしたスタイルは、「死者たち」のどのような点に見られるだろうか。たとえば叔母姉妹が独身の老女であることを断片的に読者に推察させながらも、その背景にある社会的状況については一切説明を交えない点だろう。こうしたいわば欠落した語りは、登場人物の年齢、そして以降で論じる肖像写真の描写でも見られるものである。

三　未婚の老女――「死者たち」と「エヴリン」

「死者たち」で登場する写真は、ゲイブリエルの亡母エレンと弟コンスタンティンの肖像写真である。弟は現在バルブリガンで助任司祭として働いている。写真の構図は、「彼女（母親）は膝に開いた本を載せ、足元の水兵服を着たコンスタンティンに本の何かを指差しているところだった」（一六二）とある。奇しくもこの写真の構図や服装は、幼いジョイスが母親とともに撮った家族の肖像写真と同じである（エルマン 図一）。「死者たち」の写真は客間の掛け鏡の前にあり、ゲイブリエルはメアリ・ジェインがピアノを弾くのを耳にしながら、この写真によって母は自分がグレタと結婚することを生前反対していたこと、自分と弟の名づけ親は母親で、母のおかげで現在の自分たちがあることを考える。舞台が一九〇四年に設定されており、写真前述したように明示はされないものの、ゲイブリエルの年齢が三十代と仮定してみよう。写真が撮られたのがジョイスと同じく幼年期とすると、肖像写真が撮られたのはおそらく一八七〇年から八〇年代だろうか。写真が一般的になり始めた頃で、アイルランドでも肖像写真が流行していた。しかし中流家庭でも豊かでないと家族の肖像写真を撮影することはできなかったのではないかと推察される。というのも、ジョイス自身中流家庭の出身だが、父親の事業失敗や浪費癖により一家は極端に困窮し、おそらくそれが理由で前述した幼年期の肖像写真以降、家族の肖像写真がないからである。

また、肖像写真がないことには別の理由もある。家族という共同体において何らかの破綻や欠落、劣等感がある場合である。前述した客間の肖像写真はその住人ではないゲイブリエルの母と弟のもので、住人ケイトたちのものは出てこない。肖像写真以外で客間を飾るものとして、「ロミオとジュリエットのバルコニーの絵」、「ジュリアが少女時代に赤、青、茶の毛糸で刺繍したロンドン塔の二人の暗殺された王子の絵」があり、「多分、叔母たちが生徒として通った学校で、あのような手芸が一年間も教えられたのであろう」（一六一）とゲイブリエルは考える。その技術を用いてジュリアはゲイブリエルが幼い頃に、刺繍を施したベストを贈ったこともあった。これら二点の客間の装飾物から、老齢の叔母たちの人生が垣間見える。悲恋物であるロミオとジュリエットの絵は、叔母たちのロマンスへの憧れの名残りと彼女たちが独身で過ごしている現実の二重性を示す。一方、ロンドン塔に幽閉され、幼くして非業の死を遂げたとされるエドワード五世ら王子たちは、自身の非なくして閉ざされた人生という叔母たちと重なる部分を示す。叔母たちが準備したパーティの食事の豪華さを考え合わせると、「客間」という、客をもてなすための空間にも自分たち家族の最上の思い出を置くのが自然だろう。しかし客間にある家族の理想形は亡き妹とその息子の肖像写真で、自分たちのものはない。その代わりに鎮座するロミオとジュリエットの絵とロンドン塔の王子の刺繍が、自分たちの最上の思い出を示すものである。それらは彼女たちが若かった頃の感傷をいまだに強く示すものであり、その空間に不似合いとも言える。しかし彼女たちにとっては、それら少女時代の記念品はいまだに色褪せないものであり、結婚して家族を持ち得なかった現実を直視できない状況をも語るものである。

大飢饉の結果として、当時のアイルランドの平均結婚年齢の高さが挙げられる。人々は独身のまま老い、人生を終えることも多かった。フローレンス・ウォルツルによると、女性の結婚年齢については「大多数が三十歳を過ぎてから結婚し、女性は四十五歳以上になると生涯独身であることが多かった」(三四)とされる。それを踏まえると、四十五歳以上と思われる叔母たちはこれからも独身生活を続けるのだろう。彼女たちの少女時代を示すロミオとジュリエットの絵と王子たちの刺繍は、こうした現実とこれからの老いを暗示している。また自分たちの肖像写真がないことは、共同体としての家族に自分たちが加われず、その代替物として理想の親子像、つまり姉とその子供の肖像写真を飾り、老齢を過ごしていることによって満たされる。

ゲイブリエルの母エレン、ケイト、ジュリアのモーカン家三姉妹のうち、ゲイブリエルの母のみが結婚し、二人の息子を産んだ。結婚と出産は、三姉妹の中でゲイブリエルの母が二人に秀でた要素に数えられるようだ。その論拠は、以下に挙げるゲイブリエルの母にまつわる描写である。まず、彼女は「モーカン家の頭脳保持者」（一六二）とされる。しかしそれを示す具体的エピソードはまったくない。当時高給だった港湾関係会社で働いていたゲイブリエルの父・コンロイ氏と結婚するだけの教養や身の処し方を彼女が知っていたことが、しいて言えば「頭脳保持者」の論証となるのかもしれない。しかしそれはあまりにも皮肉な頭脳明晰さの論拠と言えるだろう。また息子たちの名づけにおいては、聖人にちなみカトリシズムで好まれる名前ゲイブリエルとコンスタンティンを選び、しかるべき教育を受けさせたことも賢さの発揮だったのかもしれない。叔母たちにとって「頭脳保持者」とはすなわち、適齢期で立派な男性と結婚し、立派な子供を産み育てるということを意味しているようである。

第二に、ケイトとジュリアが音楽の才能を活かして、老いてなお音楽を教えることで生計を立てていることに対して、ゲイブリエルの母は「音楽の才能がなかった」（一六二）とある。当時ダブリンにはおよそ二百人の音楽家がおり、その半数以上は女性だった（ウォルツル 四二）。女性の職業は教育や看護に集中していた時代である。音楽の才能はなかったものの、前述した頭脳明晰さによりゲイブリエルの母は時代を生き抜いたと言えよう。

第三に、「ケイトもジュリアも真面目で主婦らしい姉を多少誇りにしていたようだ」（二六二）とあるが、結婚できなかった二人からの姉に対する憧れや羨望と同時に、「多少」、「ようだ」という表現には、何らかの裏も垣間見える。二人と違ってゲイブリエルの母には音楽の才能がなかったが、結婚したことでゲイブリエルの母は二人より秀でたと見なされたのかもしれない。しかし、またしても皮肉なことに、ゲイブリエルの母の「主婦らしい」具体的な描写はまったくない。刺繍を施したベストを甥に贈ったジュリアの方こそ「主婦らしい」側面が見られるようである。以上の描写は意図的な、欠落した語りによるものである。ゲイブリエルの母と弟の肖像写真のように、映し出される一面は賞賛されるべき親子かもしれないが、その一面では計り知れない多くの側面が親子には、そして家族には隠されているのである。

ケイトやジュリアは生涯独身を貫くであろう老女であり、その予備軍とも言える存在が短編「エヴリン」の十九歳の主人公エヴリンである。彼女は安月給で百貨店で働き、母の死後一家をまとめる役割で、酒浸りの父からの家庭内暴力に耐えながら弟たちを守る。そのような生活からの脱出の道が船乗りフランクからの求愛だったが、父に交際を反対される。フランクとのアルゼンチンへの駆け落ちを前にして、エヴリンは家の居間に飾られた写真を眺める。壊れたオルガンの上には「司祭の黄ばんだ写真」(二七)が飾られている。家族の肖像写真について言及はない。司祭についての詳細は「彼は父の学校時代の友人だった。その写真を訪問客に見せる時はいつも、父はそっけない言葉とともにそれを手渡すのだった。——彼は今メルボルンにいます」(二七―二八)というのみで司祭の名前すらわからない。この写真は家族の体裁を繕い、信心を示すものとして機能しているが、「壊れた」オルガン、「黄ばんだ」写真にはその破綻が暗示されている。その破綻は直接的ではなく「静かに荒涼とした家を描写する」(トーチアナ 七三)と指摘されるものである。この写真と一緒に飾られているのが聖人マーガレット・アラコック(一六四七―九〇)の十二の約束、聖心の絵である。カトリシズムを象徴する写真と絵は、エヴリンに対して父権的な「見張り(Watchman)」であるとメアリー・ロウ＝エヴァンスは指摘する(三八)。アラコックは病弱で苦難の少女時代を過ごしたことから、苦難を乗り越える姿が、エヴリンの希望である駆け落ちの成功と重なるのかもしれないが、一方でキリストがアラコックにした十二の約束には、家庭を守ることで信心が報われるという項目があり、彼女にとっては二重のイメージ、すなわち家庭からの脱出と家庭での安定のイメージを持ちうるものである。司祭の写真もまた、カトリシズムを表すものである一方、現在メルボルンにいるとの説明から、海外脱出のイメージも持ち合わせている。

いずれにせよ、エヴリンの家に家族の肖像写真がないことの原因には、貧しさと家族の不和があるのだろう。イギリス下層階級家庭の暖炉上に飾られる家族の肖像写真の重要性について、「一枚六ペンスの写真は、貧しい人々のために、世界中の全慈善家よりも多くのことをしている」（二〇三）という雑誌記事をソンタグは引用している。時代と国、階級の違いはあるものの、貧しい家庭における家族の肖像写真の重要性と受容の様子がこの記事から読みとれる。その肖像写真がないエヴリンの家庭は、慈善の手も届かないような荒んだ状況といえる。

エヴリンはしかし、港で船上のフランクから呼びかけられるものの、彼とともに旅立つことはなく物語は結末を迎える。この結末は幸か不幸か、それはオープンエンディングに委ねられている。なぜなら、フランクはその年齢も不確かなあやしげな人物で、彼女への愛情もはっきりしない。また、ヒュー・ケナーは、当時の時代背景からフランクが人身売買を生業としている可能性もあることを指摘している（二〇）。つまり、フランクがエヴリンを身売りしようとしていたということである。この観点からはエヴリンは正しい判断をしたと言えよう。一方で彼女はアイルランドで囚われの身となって生活を続け、多くの女性と同じく生涯独身で老いる可能性が高いことから、一縷の望みに賭けて駆け落ちすべきだった、という捉え方もできるだろう。結末でのエヴリンの「無力な動物」（三二）のような顔は「麻痺」の象徴でもある。この観点ではエヴリンは誤った判断をしたことになるだろう。なぜなら、前述した通り「麻痺」は『ダブリンの市民』において老いや死を示すからである。

幸、不幸、いずれの結末の場合においても前述した司祭の写真とアラコックの十二の約束は彼女に大きな影響を与えている。それは、国外脱出と家を守る約束のメッセージである。また、大飢饉後のアイルランド中流家庭のあり方、女性の結婚、年のとり方という暗黙の了解も彼女の決断には不可欠なものだっただろう。

こうして女性と結婚を当時のダブリンにおいて考察していくと、「麻痺」の状況は家庭における肖像写真のあり方、そして老いというテーマに連関していく。男性もまた、女性以上に結婚年齢の高さがこの時期に見られたが、この点から次章の議論を進めたい。

四　既婚男性と老い――「死者たち」と「小さな雲」

当時のアイルランド人男性の結婚について、「多くの男性が三十五から四十五歳になるまで結婚を延期した」（三四）とウォルツルは指摘する。大飢饉後、経済的な安定を得るのに社会に出てから十年は要するような社会背景のためであった。前章で論じた女性の結婚年齢が高いことと考え合わせると、結婚に対しての障壁が社会全体で大きかったと結論づけられるだろう。「死者たち」のゲイブリエルは年齢が明示されないが、二人の子供がおり、その容姿などからおそらく三十代であることが想定される。これらの点から、ゲイブリエルは当時では「早婚」だったのだろう。

前章で論じた肖像写真にはゲイブリエルと父の姿はなかった。そしてその理由は不明である。客間に飾る完璧な家族像を叔母姉妹が求めていると仮定すると、母と弟だけの肖像写真は不自然と言えるかもしれない。父の消息もわからず、「ダブリン港務局」（二五六）という職業についての言及のみであることも語りの欠落の一つに数えられるかもしれない。ゲイブリエルのアイデンティティは、名づけや教育など、母親によって立つところが大きい。ウォルツルは、「アイルランド女性は家庭で大きな存在であるべきだとされた」（四六）とアイルランドのジャーナリストであるメアリー・フランシス・キーティングの指摘を引用しているが、ゲイブリエルの家庭はその「理想形」だったのかもしれない。

ゲイブリエルは、しばしば女性とのやりとりでぎこちない様子を示す。年頃の女中リリーに異性関係について尋ねたところ、「今の男性は口がうまいだけで、女性からできる限り絞りとるだけです」（二五四）と切り返され、赤面してしまうのがその一例である。アイルランド愛国主義的なミス・アイヴァーズとの会話においても然りで、イギリスの新聞に匿名で書評が掲載されたゲイブリエルを彼女が批判するが、そのことでゲイブリエルは動揺を引きずってしまう。また、ヴィンセント・J・チェンが「およそ家庭の暴君」（三四八）とゲイブリエルについて指摘するが、彼が父権を振りかざそうとするも、失敗に終わるパターンが散見される。前述したように、彼には父権的な存在が見えないが、その代りのように自身はそのようにふるまおうとするもぎこちなく、未成熟な様子である。これは父の不在によってお手本となるような男性像が彼にはなかったことが背景にあるのかもしれない。

ゲイブリエルによって想起される母の思い出は主に次の二つである。アイルランド西部の出身である妻のグレタを母が馬鹿にしていたこと、亡くなる前の母をグレタが介護したことである。これらは写真を見たことで引き出されるが、母の思い出はすべてグレタと関連している点が興味深い。

ゲイブリエルはグレタに欲望を感じ、パーティ後ホテルに戻ると彼女に情熱的に迫ろうとするが、自分が知らなかった妻の一面に自己が揺らぎかねないような衝撃を受ける。他の男性へのかなわぬ恋慕をいまだに抱いているとの告白から、妻が自分の支配の埒外にあったことを知るのである。ある意味で彼もまた亡き母と同様に彼女を軽々しく捉えていたことが露呈する瞬間である。母の写真を見たことで、母がグレタを理解していなかったことを批判的に思い起こしていたゲイブリエルは、この瞬間に成長の機会を得て許容、寛容、成熟、実年齢相応の老いの契機となる涙を流して作品は幕を降ろす。

ゲイブリエルと同じような文学への傾倒を示し、同じ年頃だと思われる既婚男性が、「小さな雲」の主人公チャンドラーである。三十二歳の彼は、去年結婚し、男の子が生まれたが、いまだに何かを書いて身を立てたいという思いがある。旧友と酒場で久しぶりに酒を飲み交わし、帰宅したところ、ちょっと買い物に出かけるという妻から子守りを頼まれる。自分もまだ何か書けると本を読もうとするが、子供が泣き出したため彼は大声で叱る。激しく泣き出した赤ん坊に、帰宅した妻は夫を叱責する。この状況において、チャンドラーは自分の人生について悔恨の涙を流す。

チャンドラーもまた、ゲイブリエルと同じく未成熟さを示す男性である。ロンドンで成功した旧友ギャラハーのささいな言葉で赤面し、妻アニーがいない時は彼女より優位に立った思考を展開するが、実物の妻には何も言い返せない。彼はアニーが不在の際に、新婚時代の彼女の写真を眺めて、「彼［チャンドラー］は写真の中の眼を冷たく見やり、その眼も冷たく答えた。……なぜ自分は写真の中の眼と結婚したのか？」（六八）と、写真の中の妻アニーと冷たい眼どうしの「対話」をする。眼が分離してアニー本人となり、まるでそれと結婚したかのようなこの描写は、チャンドラーの妻への理解、愛情が部分的であり、すなわち欠落していることを示しているかとも思われる。写真が対象の一部しか映し出していないことは前述したが、この場面でのチャンドラーは一部どころか妻の眼しか見ておらず、彼の未熟さや狭量の一端、すなわち物事や人物のごく限られた部分しか理解できない点を表すものである。

　結末でチャンドラーが流す涙はゲイブリエルのそれとは異なる。しかし、自己の状況をまざまざと突きつけられ、自らの望まない生活を送っている現実を認識し、チャンドラーは痛烈に状況把握はしている。アニーの愛情の対象は夫から赤ん坊に移っているが、アニーが赤ん坊にかける言葉「坊や、坊やくん、こわかった？……さあ可愛い子、ほらほら！ママの大事な子、ほらほら！」（七〇）の対象はチャンドラーであるとトーチアナは指摘している（一三三）。赤ん坊もだが、チャンドラーも涙を流している未成熟な存在であり、この点にもチャンドラーの未熟さが示されている。そして、作家としての未来を願う彼が、写真に表される過去、すなわち結婚という決断とそれに連なる家庭生活の失敗に囚われているさまを描き出すのである。

　ゲイブリエルの涙は、マイケル・フューリーを含むすべての死者への同情、寛容に基づくものであり、自分が死者に近づいている状態である。「彼女［グレタ］の顔はもはや美しくないと自分にも言いたくはなかったけれども、もはやマイケル・フューリーが命を賭けてまで求めた顔ではない、ということはわかっていた」（一九三）とグレタの老いを受け入れた時、彼もまた自分の老いを受け入れている。彼は妻の意外な一面を知ったことで現状を把握して、ある意味での成熟、老いに内面で到達する。数時間前に叔母宅で「ただの二人の無知な老婦人」（一六七）と思っていた叔母たちに対しても、ジュリアの死がそう遠くないことを想像するとともに己の愚かさや未熟さを痛感する。「死者たち」は『ダブリンの市民』全体の締めくくりとしての作品でもあるが、ゲイブリエルの寛容の涙もまた、両義的な意味合いを持つオープンエンディングと言えるだろう。写真は男性の未熟さを示す引き金として「死者たち」、「小さな雲」で役割を与えられ、その成長や老成への契機となる媒体と言えるだろう。また、そうした彼らの状況を生んだ社会背景、「麻痺」について決定的な打開策はないものの、ともかくも彼らの生活が続いていくことは確かなものとして読者に残る。

五　カトリシズム批判に見る麻痺・老い・共同体――「死者たち」

前述したように『ダブリンの市民』で大飢饉の影響は大きく働いているが、同様にカトリシズムの影響も非常に大きく、これは苦境の中、信仰がよすがとして人々に求められたためだろう。これら大飢饉とカトリシズム信仰二つの影響の結果、厳しい社会的状況から当時アイルランドは「人口に対する聖職者の数が非常に多い」（ケネディ 一一七）という状況が生まれた。すなわち、当時の状況下で、聖職は食い扶持を稼ぐことができ、社会的安定を望める職として人気を集めていた、との解釈が可能である。その状態にあって、『ダブリンの市民』の登場人物がカトリシズムや聖職者たちに対して敬意を抱き、全幅の信頼を寄せていたわけではないことが全編を通して描かれる。

「死者たち」では、ジュリアが美声を聞かせる場面の後、教会の第一ソプラノだった彼女が女性だからという理由で聖歌隊から除外されたというカトリシズム批判をケイトが行う。「あなた［ジュリア］はただあの聖歌隊の中で埋もれてしまった」（一六八）、「一生を捧げて奉仕する女性たちを聖歌隊から追い出し、小生意気な若造たちを引き上げるなんて、教皇様の名誉にはなりません。教皇は教会のためになさるのでしょう。でもこれは公平ではない」（一六九）とケイトは皆に訴える。ギフォードは、一九〇三年十一月二十二日、新教皇ピウス十世（在位一九〇三—一四）が教令によって聖歌隊に女性が参加することを実際に禁じたことを挙げている（一一九）。

『ダブリンの市民』で教皇を通じて語られるローマ・カトリック教会もまた、アイルランドと共通するようなこう着状態、いわば「麻痺」の中にあった。「死者たち」の前に収められている短編「恩寵」では、前述したピウス十世の先々代ピウス九世（在位一八四六―七八）は写真が最初に流布した教皇であること、その次のレオ十三世（在位一八七八―一九〇三）は写真についての詩を書いたことが言及される（一四四）。こうした教皇たちの行動は、ローマ・カトリック教会が写真に代表されるような近代化を受け入れ、カトリック信仰と近代化を融合させていく姿勢を表している。また同時に、そのような姿勢を示さざるを得ない状況に追い込まれていたとも言える。ピウス九世は当初穏健だったが、イタリア統一運動に敗北したことで方向転換し、近代化を否定する「誤謬表」（一八六四）を発表し、それに対する外部の反発から「ヴァチカンの囚人」となり人生を終えた。次のレオ十三世は一転して「ノールム・レヴァールム」（ラテン語で「新しきもの」）（一八九一）を発令し、信仰と科学思想の共存を訴え、「誤謬表」後の解決策にしようとした。[2] こうした紆余曲折からもうかがい知れるように、ローマ・カトリック教会は時代の変革の中にあって、自らの「麻痺」を打破しようと近代化への歩み寄りをした。これは、瀕死の状態にあったローマ教皇の再生のための計画と言える。

ジョイスは「恩寵」執筆においてピウス九世、レオ十三世の教皇について詳細に調べており

『書簡集第二巻』一九三、そのことから「恩寵」の主人公トム・カーナンの人生と二人の教皇の時代を重ね合わせていることがわかる。前述したように、この時代のローマ・カトリックはこう着状態、麻痺の状態にあったと言えるが、カーナンもまた同様であった。彼はもともとプロテスタントで結婚を機にカトリックに改宗した。仕事も苦境にあり、飲酒癖でトラブルを起こしている中年男性となったカーナンは、カトリック教徒の仲間たちから共に「静修」の儀式に参加する。「静修」は「祝日などに修道院その他で行われる宗教的な黙想、講話の聴講、秘蹟受領など」（高松 二八六）であると注釈がある。カーナンは破綻した生活から立ち直ろうと静修に参加するのだが、彼の立ち直りは疑わしい。そのことは清修で世俗的かつ冒涜的な説教をするパードン神父によって強く印象づけられている。ジョイスがこうしたアイロニカルなカトリックの描写をしたことからも、彼自身がアイルランドにおけるカトリックについて批判的な立場であったことが考えられる。論文「アイルランド、聖人と賢者の島」でジョイスはカトリックを「首尾一貫した不条理」（「アイルランド」一二二）と述べる。さらに「アイルランドがイギリスとカトリックの二重支配状態に陥ったのは、十二世紀に教皇ハドリアヌス四世がイギリスのヘンリー二世にアイルランドを与えたことに始まった」（「アイルランド」一二二）とし、それが彼の時代にも続いていると指摘している。こうした彼の観点を色濃く反映したのが「恩寵」をはじめとする『ダブリンの市民』でのカトリックの描かれ方である。

一方、「死者たち」のケイトは信徒を顧みない教会、教皇のあり方を鋭く批判するが、カトリシズムについて理解できていない部分もうかがわせる。たとえば、カトリシズムによるトラピスト修道僧の掟、すなわち「彼らが決して喋らず、朝二時に起床し、それぞれ棺の中に眠る」（二六五―六六）掟の主旨をケイトは答えることができない。最後の「棺の中に眠る」というのは実は俗説であるため、これらのカトリシズムに関連する描写は、当時のカトリシズムをどのように教徒が受け入れていたか、またその理解のほどを端的に表している。

写真は、今は亡き者を写している場合も多く、死や過去と結びつきが強いという特徴を持つが、この特徴は「死者たち」の亡母の写真にも通じる。「麻痺」はある意味で生きながら死んでいるようなものである。「死者たち」というタイトルでジョイスが指しているのは字義通りの亡者だけではない。ゲイブリエルはじめ、生者である全員が「麻痺」に冒された死者であるという暗示もある。『ダブリンの市民』の登場人物がおしなべてそのような状態である。

そうしたアイルランドの中でのカトリック教徒の共同体は、ケイトが抱くような疑念も含んで機能していた。それでも彼女たちが、いわば「信頼できない共同体」を必要としたのは、寄り添いあいともに老い、死んでいく場がそこにあったからである。

イーマ・ノランは、ベネディクト・アンダーソン『想像の共同体』(一九九一)に言及しつつ、次のように指摘している。

無名性の中に共同性を探し求めようとするのは、より大きな無名性に対する恐怖によってである。人は死においてアイデンティティを失うことではなく、死の意味を失うことを恐れる。死の意味は、結合した社会によってのみ守られ維持される。(ノラン 三六)

共同体に属すれば、自己の死が意味のあるものとなるのだが、ケイトやジュリアのような女性たちの場合、適齢期に結婚し子供を産み育てることで共同体に属し、社会での地位を確かなものとしながら老い、死ぬことができると言える。また、子孫を残し自分の存在意義や価値を後世に残すことで、共同体に属することが可能になり、自分の共同体での位置を意味あるものにもできる。共同体に属して死ぬことは老いることも含まれるだろう。彼女たちは、アイルランド大飢饉の社会的背景によって結婚することなく、子供をもうけることもなかった。そして、ジュリアが教会の聖歌隊から除外されたことは、共同体からの疎外に他ならず、彼女は老い死んでいくことの意味を奪われたも同然だった。カトリックを信仰しその共同体に属し、聖歌で神を称えてきたにもかかわらず、それを裏切るようなカトリシズムを、ジュリア本人ではなくケイトが批判する。ジュリア本人や、姪のメアリ・ジェインはカトリシズムの「裏切り」に冷静に対応するが、これは女性だけの家族という共同体に属している三人のそれぞれの役割が示されている一例なのかもしれない。またお互いの欠落部分を補完して生きる彼女たちの人生の一端、共同体の本来のあり方が示されているとも言えるだろう。

本章では、カトリシズム批判、そして共同体形成という意味でのカトリシズムについても合わせて考察した。ジョイスは、カトリシズムにおける「麻痺」の実像を、麻痺した共同体に属して老い、死んでいくダブリンの人々を通して描いている。共同体に属さない、属せないことを否定的にジョイスが捉えているわけではなく、障壁の大きい結婚や信条のあり方によって、共同体に属するか否かの選択肢を与えられない当時のダブリンの状況こそが問題であるとジョイスは考えていたのである。

六　おわりに

『ダブリンの市民』における家族の肖像写真は、何らかの欠落、「麻痺」を示すもので、「麻痺」は老いと深く関連している。「死者たち」のゲイブリエルの母と弟の肖像写真は、ケイトとジュリア姉妹が理想とするも実現できなかった母親や家族の姿、「小さな雲」のチャンドラーの妻の肖像写真は、チャンドラーの果たされなかった夢を表している。「エヴリン」の場合は、家族の肖像写真の代わりにアイルランドを去った司祭の黄ばんだ写真が飾られ、家族の土台が母親の死によって崩れ「麻痺」状態であることが示唆される。

肖像写真は、家族の撮影時の瞬間を閉じ込めることによって、老いやその先にある死が想像される。また、肖像写真は被写体が故人となっている場合もあり、そのまま死を暗示するものである。さらに、家族の肖像写真は社会にあって最小の共同体を映し出したものとも言える。

写真を介したジョイスのモダニズムのスタイルは、間接的、ある意味での意図的な一面からの描写が特徴であるとも言える。その特徴は、彼が『ダブリンの市民』執筆時すでにヨーロッパ大陸におり、そこからアイルランドの記憶や情報からアイルランドの現実を描いたことにも起因している。先に述べたように、ジョイスは意図的に登場人物を年齢不詳にしているが、これもまた一面的な語りの一例である。これらはジョイスが実践しているモダニズムの特徴の一つでもあり、この特徴は、リアルに見えながらも実は一側面、一瞬しか捉えない写真とも共通している。

さらに、十九世紀末から二十世紀初頭のアイルランドの「麻痺」、不活性は停止している状態でもある。この状態には、静止した写真の被写体の状態と通じる部分がある。飢饉の影響、政治・経済の停滞、信仰の揺らぎの中にそうした「麻痺」は描きだされる。しかし老いや死と隣り合わせである「麻痺」を生み出す根源も共同体にあるが、「麻痺」から脱するためのヒントも共同体にあると言える。その一端は、『ダブリンの市民』の最後に収められた「死者たち」の結末でゲイブリエルが流す寛容の涙に見られる。すなわち、自己の「麻痺」に気づき、他者への共感、寛容に目覚めることが「麻痺」を打ち破るのに必要な第一段階だということが、死者も含んだ共同体に対するゲイブリエルの涙に示されているのである。

『ダブリンの市民』における家族の肖像写真は共同体のあり方、共同体の歴史、老いを映し出す。これは『ダブリンの市民』執筆に関してジョイスが書いた「きれいに磨かれた鏡」と同様の働きをしていたと言える。それはある人物の一瞬と一面しか映し出せないが、そこから「麻痺」、老い、死までを暗示しているという働きである。ジョイスは家族の肖像写真のさまざまな欠落を意図的に作品に組み込むことで、登場人物やアイルランドの抱える欠落、そしてそれを補完するための共同体形成の必要性を暗示しているのである。

注

（1）本論は、日本英文学会九州支部第七十二回大会（二〇一九年十月二十六日、熊本県立大学）において口頭発表した原稿に、加筆修正を施したものである。

（2）ローマ・カトリック教会と教皇については、文献一覧中のオーベール、松本を参照した。

文献一覧

Anderson, Benedict. *Imagined Communities: Reflections on the Origin and Spread of Nationalism.* Rev. ed., Verso, 1991.

Cheng, Vincent V. “Empire and Patriarchy in “The Dead.” *Dubliners: Authoritative Text, Context, Criticism*, edited by Margot Norris, Norton, 2006, pp. 341-64.

Ellmann, Richard. *James Joyce.* New and Rev. ed., Oxford UP, 1982.

Gifford, Don. *Joyce Annotated: Notes for* Dubliners *and* A Portrait of the Artist as a Young Man. 2nd ed., U of California P, 1982.

Joyce, James. *Dubliners: Authoritative Text, Context, Criticism.* Edited by Margot Norris, Norton, 2006.

——. "Ireland, Islands of Saints and Sages." *Occasional, Critical, and Political Writing*, edited by Kevin Barry, Oxford UP, 2000, pp. 108-26.
——. *Letters of James Joyce*, I. Edited by Stuart Gilbert, Viking, 1966. 3 vols.
——. *Letters of James Joyce*, II. Edited by Richard Ellmann, Viking, 1966. 3 vols.
Kennedy, Liam. *Colonialism, Religion and Nationalism in Ireland*. The Institute of Irish Studies, 1997.
Kenner, Hugh. "Molly's Masterstroke." *James Joyce Quarterly*, vol.10, 1972, pp. 19-28.
Lowe-Evans, Mary. "Joyce's Sacred Heart Attack: Exposing the Church's Imperialist Organ." *Twenty-First Joyce*, edited by Ellen Carol Jones and Morris Beja, U of Florida P, 2004, pp. 36-55.
McGuiness, Frank. *The Dead: In a Dramatization by Frank McGuiness*. Faber and Faber, 2012.
Nolan, Emer. *James Joyce and Nationalism*. Routeledge, 1995.
Sontag, Susan. *On Photography*. Picador, 1977.
Torchiana, Donald T. *Backgrounds for Joyce's* Dubliners. Allen and Unwin, 1986.
Walzl, Florence L. "*Dubliners*: Women in Irish Society." *Women in Joyce*, edited by Suzette Henke and Elaine Unkeless. U of Illinois P, 1982, pp. 31-56.
オーベール、ロジェほか『キリスト教史９：自由主義とキリスト教』上智大学中世思想研究所編訳／監修、平凡社、一九九七年、一七―五七。

金井嘉彦「一九〇四年の「姉妹たち」、あるいは一一〇年のパララックス」、金井嘉彦・吉川信編著『ジョイスの罠：『ダブリナーズ』に嵌る方法』、言叢社、二〇一六年、三七―五三。

セイン、パット『老人の歴史』木下康仁訳、東洋書林、二〇〇九年。

高松雄一「ジョイスの両義的リアリズムと『ダブリンの市民』」、ジェイムズ・ジョイス『ダブリンの人びと』高松雄一訳、集英社、一九九九年、三九四―四一九。

バルト、ロラン『明るい部屋：写真についての覚書』花輪光訳、みすず書房、二〇一四年。

松本佐保『バチカン近現代史』中央公論新社、二〇一三年、三二―七四。

第五章
愛される国民的おばあちゃん
——ミス・マープルに見る老いとイギリスらしさの再構築

濱　奈々恵

***Agatha Christie, The Body in the Library* (1942), *The Mirror Crack'd from Side to Side* (1962)**
アガサ・クリスティー『書斎の死体』山本やよい訳（早川書房、二〇〇四）、『鏡は横にひび割れて』橋本福夫訳（早川書房、二〇〇四）

◆作者略歴◆
一八九〇年、イギリス生まれ。第一次世界大戦時に薬剤師の助手となり、そこで得た薬の知識を生かして「ミステリーの女王」となる。一九七六年没。

◆作品梗概◆

「奥様、書斎に死体が転がっています！」イギリスのセント・メアリ・ミード村から少し離れたところにあるゴシントン・ホールで、早朝にメイドの声が響き渡る。それは派手な格好をした若い金髪女性の死体で、屋敷に住むバントリー夫妻にもこの女性がどこの誰なのか、見当がつかない。妻のドリーは、友人であるミス・マープルに連絡をとり、助けを求める。ちょうどその頃、警察は屋敷から少し離れたところにあるホテルから、若い女性ダンサーが姿を消したとの情報を得る。屋敷で見つかった死体と行方不明のダンサーが同一人物だとわかり、警察は行方不明者の捜索願を出した裕福な老人のもとに赴き、捜査を開始する。（『書斎の死体』）

その後、ゴシントン・ホールは売りに出され、映画女優マリーナ・グレッグとその夫が移り住む。まもなくこの夫妻は屋敷の披露も兼ねたチャリティー・パーティを開くが、そこで事件が起きる。出席者の一人がカクテルを口にした後、死亡したのである。カクテルからは毒が検出されるが、これは本来、マリーナが飲むはずのものだった。彼女は誰かに命を狙われていたのだろうか。ミス・マープルは捜査にあたっている警部から情報を得て、事件解決に挑む。（『鏡は横にひび割れて』）

ミス・マープルは、牧師館で嫌われ者の退役大佐が射殺される『牧師館の殺人』（一九三〇）で事件を解決に導いたのを皮切りに、匿名の手紙が原因で受取人が自殺する『動く指』（一九四三）、昔の殺人を思い出す『スリーピング・マーダー』（一九七六、死後出版）、予告通りの殺人が起きる『予告殺人』（一九五〇）、二十年ぶりに再会した旧友宅で事件に遭遇する『魔術の殺人』（一九五二）、特別なお茶を飲んで会社社長が死亡する『ポケットにライ麦を』（一九五三）、友人が目撃した列車内殺人の真相を暴く『パディントン発四時五十分』（一九五七）、滞在先で事件を目撃する『カリブ海の秘密』（一九六四）と『バートラム・ホテルにて』（一九六五）で捜査に加わり、『復讐の女神』（一九七一）で依頼通りに犯罪調査を終えたのを機に表舞台から消える。

一　はじめに

「ミステリーの女王」とも呼ばれるアガサ・クリスティーは、一九二〇年に『スタイルズ荘の怪事件』で文壇に登場し、一九七六年に八十五歳で死去するまで、長編小説を六十六作、中・短編小説を百五十六作、劇を十五作生み出している。その数と人気ゆえ、聖書とシェイクスピアの次に読まれる作家とも称され、ユネスコによる最新版の統計では、最も翻訳される作家ランキングの第一位に輝いている。シェイクスピアはこのランキングで第三位にいるため、翻訳の多さ、読者層の厚さからすると、クリスティーはすでにシェイクスピアを超えているのかもしれない(1)。

クリスティーの作品で特に人気が高かったのが、エルキュール・ポワロとミス・マープルの探偵シリーズである。彼らに対する読者の人気はすさまじいもので、クリスティーには二人を一緒に出して欲しいという読者からの要望が絶えなかったようだ。クリスティーはそれに対して、「ポワロはわがままだから年配の独身女性にものを教わるなんて我慢できないと思う」（『自伝』四四七―四八）と述べて、夢の共演は実現していない。ポワロはベルギー出身の私立探偵で、一方のミス・マープルはイギリスの小さな村に住む老婦人、いわゆる「おばあちゃん」である。実はこの「おばあちゃん」が探偵として活躍し、事件を解決に導くという設定は、探偵小説の歴史においてかなり珍しい。[2]『オックスフォード・コンパニオン英文学大辞典』によると、探偵小説のジャンルはエドガー・アラン・ポー（一八〇九—四九）によってその基礎が作られたとされており、「犯罪」と「読者を勘違いさせること」が不可欠な要素だった。次第に「一匹オオカミ」で「日常の雑事と縁がない」探偵がその典型となり、その後、「知的な探偵」と「頼りない相棒」という組み合わせが探偵小説の定番として浸透していく（一八八九—九〇）。現代でも人気を博している『シャーロック・ホームズ』シリーズは、その最たる例である。P・G・ウッドハウス（一八八一—一九七五）の『ジーヴス』シリーズもやはりこの組み合わせであり、しかも「知的な執事」と「頼りない紳士」という滑稽な人物設定がさらに面白さを増している。男性作家が男性の探偵小説を書くことが主流であった時代において、女性作家が女性、しかも「おばあちゃん」を探偵に仕立て上げたことで、それまでに築き上げられた男女や老若の役割に対する規範が一変した。のどかな田舎に住む「おばあちゃん」が、平凡な人生経験をもとにして事件を解決するというのは奇抜な展開であり、当時の読者には衝撃をもって受け入れられただろう。

ミス・マープルの誕生について、クリスティーはよく覚えていないと説明しながらも、そのモデルとして二人の女性を挙げている。一人はクリスティーの祖母で、この点については短編集『火曜クラブ』(一九三二)の冒頭で明かされている。もう一人は『アクロイド殺し』(一九二六)に出てくるシェパード医師の姉で、年配女性のキャロラインである。後にこの作品は『アリバイ』(一九二八年初演)と題する舞台劇になったが、その際にキャロラインはポワロと恋に落ちそうな若い女性(キャリル)に姿を変えられている。お気に入りの登場人物を消されたクリスティーは、「やや辛辣な独身女性、好奇心が旺盛で何でも知っているし、何でも耳にする、そんな家庭内の探偵を削除するなんて」(『自伝』四四八)と嘆いて、演出家の変更に不快感を示している。クリスティーの探偵小説にとって、日常生活と年配女性は欠かすことのできない要素だったのだ。

本論では「おばあちゃん」を主人公にしたミス・マープルの長編シリーズを通して、老い方や老いとの向き合い方、老いた人に対する周囲のまなざしを探っていく。そのうえで、作品内で経過する時間に注目して、変化したものと変化しないもの、いわゆる新旧の対立とそこに付随する価値観を読みとり、平凡な「おばあちゃん」探偵がなぜこれほどまでに有名になったのか、ミス・マープルに課せられた大きな役割について考察していく。

二　「おばあちゃん」になっていく
――消された年齢と老いの活用術

ミス・マープルは一九二七年十二月、イギリスの月刊誌『ロイヤル・マガジン』で初めて世に登場する。白髪でピンクの頬をした穏やかな女性は当初、全身黒ずくめの服に身を包んでいたが、それは後に時代遅れのツイードのコートとスカートに変わり、これが定番のスタイルになる。趣味は編み物、バードウォッチング、人間観察、そしてガーデニングで、周囲の目には「典型的な村のおばあちゃん」として映る。ミス・マープルは一連の作品の中で年配であることがことさら強調されるが、そもそも彼女は何歳なのであろうか。

クリスティーは長編シリーズの一作目にあたる『牧師館の殺人』（一九三〇）を書くにあたって、ミス・マープルを六十五歳から七十歳のつもりで書いたと説明している（『自伝』四五〇）。当時のクリスティーは、ミス・マープルがポワロのライバルになるなど想像もしていなかったようで、「ポワロもそうだが、（年配であることは）かわいそうなことだった。なぜなら（ミス・マープルには）長生きしてもらわなければ困るということになったから。もしあの時に千里眼があれば、おそらく私はませた少年を探偵にしたと思う。そうすれば私と一緒に年をとれたのだから」（『自伝』四五〇）と悔やんでいる。おそらくクリスティーは、老婦人を主人公にした作品を書くつもりはあっても、それを長く書くつもりはなかったのだろう。

『牧師館の殺人』が出版されてから二十七年後、長編シリーズの七作目となる『パディントン発四時五十分』（一九五七）（以下『パディントン』と略記）が出版された。この作品は先にアメリカのドッド・ミード社から『マギリカディ夫人が見たものといったら！』（以下『マギリカディ』と略記）と題して発表されているが、そこに次のような会話がある。ミス・マープルが家政婦のルーシー・アイズバロウに連れられて暖炉の前に座り、サンドイッチを片手に屋敷の住人と話をしているところである。


「ありがとうございます。おうかがいしてもよろしい—？ あぁ、卵とサーディンね、ええ、これならいいわ。私ったらいつもお茶になると欲張りなんです。年をとると、ほら—もちろん、夜は軽いものだけにして—気をつけなければいけませんわ。来年で九十歳なんです。ええ、本当に」

「八十七歳ですよ」とルーシーは言った。

「いえ、あなた、九十歳ですよ。若い人ったら、物事の一番いい時っていうのを知らないんだから」ミス・マープルはかすかに辛辣な物言いをした。それから彼女はまたルーシーの方を向いた。(3)　（第十三章　九九）

この会話の中で初めて、ミス・マープルが九十歳近くに達していることが明らかにされ、老いが具体的な数字で表現されている。しかし、イギリスで『パディントン』と改題して発表されるときには、「来年で（中略）物言いをした」までが削除されている。つまり、イギリスで出版するのにあたって、ミス・マープルの年齢だけが意図的に消されているのである。この点について詳しい理由はわかっていないが、クリスティーと出版社の間で意見の相違があったと考えるのは自然なことであろう。つまり、クリスティーはミス・マープルに年をとらせ、彼女の年齢を数字で具体化することを狙ったが、作品を長く出版することを願っていた出版社にとって、この数字は不都合な要素だったというわけだ。クリスティーが自伝に記していた「（ミス・マープルには）長生きしてもらわなければ困るということになった」との意見は、この件とも関係があるだろう。

クリスティーの頭の中で、ミス・マープルはどのように年を重ねる予定だったのであろうか。

『マギリカディ』と『パディントン』はある年の十二月二十日から五週間の話であるが、それが具体的に何年のことなのかは記されていない。そこでジェイムズ・ゼンボイは、クリスティー作品の時代設定とミス・マープルの年齢の特定に挑み、それを『アガサ・クリスティーの探偵小説』（二〇〇八）にまとめている。ゼンボイは作品内で言及される死刑制度とそれに対するミス・マープルの反応、および列車の構造や登場人物の服装、持ち物などから総合的に判断して、作品の時代設定を一九五六年の十二月から翌年の一月だと主張する。[4]この説にしたがえば、ミス・マープルは一八六七年頃、ヴィクトリア朝中期に誕生した可能性が高いことになり、また長編シリーズ最後の作品である『復讐の女神』（一九七一）では計算上、ミス・マープルが九十九歳に達していることになる。[5]『鏡は横にひび割れて』（一九六二）（以下『鏡』と略記）や『バートラム・ホテルにて』（一九六五）で、ミス・マープルを「百歳に見える」と話す人たちがいるが、ゼンボイの説を考慮に入れると、決して突拍子もない数字だとは言えない。

『マギリカディ』を『パディントン』と改めて出版したとき、ミス・マープルの年齢は意図的に消されたものの、それ以降の作品では年齢に根差した変化が顕著になっている。一つは肉体的、精神的な老いである。ミス・マープルは長編シリーズの四作目、『予告殺人』（一九五〇）で初めてリュウマチの症状を訴えており、その記述は『パディントン』以降で明らかに増えている。医者からはガーデニングを禁じられ、肺炎や気管支炎にも罹ったことから、ミス・マープルは転地療養に出かける。『パディントン』はミス・マープルの友人による殺人の目撃談で始まるが、老齢と体力の衰えを気にする彼女は、「年をとりすぎていてもう冒険はできない」（第三章　三六）と話して、家政婦のルーシーを屋敷に送り込んで調査を依頼する。体力の衰えに伴って、自然とミス・マープルからは愚痴めいた気弱な発言が出始める。彼女は「いかに自分が老いたか、無力感を味わわされている」（『鏡』第二十二章　二五五）とか、「この年齢になるとまったくの役立たずになった気がする」（『カリブ海の秘密』第二十一章　二三三）、あるいは「私は年寄りのよぼよぼ、力がでない」（『復讐の女神』第二十一章　三三二）などと発言して、肉体的、精神的な弱さを垣間見せる。

もう一つの変化は社会的な老いである。ミス・マープルは老いによる肉体的、精神的な変化を嘆きつつも、その点についてはある程度受け入れている。ただ、彼女にとって一番つらいことは周囲から「おばあちゃん」として扱われることである。自宅にいようが外出しようが、「一人にしてもらえない」（『鏡』第三章　三二）ことが多く、「階段から落ちないように観察」（『復讐の女神』第二章　二六）され、「バスの乗り降りは危険」（『バートラム・ホテルにて』第五章　七五）との理由からバスに乗るのを反対される。編み物を片手に井戸端会議に参加していても

「あら、いらしてたんですか」『カリブ海の秘密』第七章 六八）と存在に気づいてもらえず、ひど い 場 合 に は 「 も う お 亡 く な り に な っ て い る か と … … 」（『 鏡 』 第 八 章 一 二 八 、『 復 讐 の 女 神 』 第 四 章 五 八 ） と 生 存 そ の も の を 驚 か れ る 。

周囲の人々から「老い」の烙印を押されるミス・マープルだが、彼女の場合、その烙印を利用する逞しさを備えており、これがミス・マープルの真骨頂だと言える。多くの人は「おばあちゃん」を前にした途端に警戒心を解き、親しげで穏やかな雰囲気に安心して秘密を明かすこともある。つまり、ミス・マープルはゴシップや事件に近づける特権を持っていると言っても過言ではないのだ。その証拠に、たとえば『書斎の死体』（一九四二）（以下『書斎』と略記）では、殺人に関わる重要な証言を少女たちから得たのはミス・マープルであったし、募金の依頼だと偽ってまんまと犯行現場に侵入することにも成功している。わざとぼけたふりをして新しい情報を得ることに成功したり、重要人物と接触することに成功したりもする。「本当は疲れていないのだが、私くらいの年齢になると恰好の言い訳になる」（『復讐の女神』第十九章二八九）と言ってはバス旅行を切り上げて別行動をとり、耳が聞こえない、ひざが曲がらないと言いながらも小さな音を聞き分けて、軽やかな足取りで怪しい人物の動向を探り続ける。また、クリスティーが描くミス・マープルの「老い」は「豊富な経験」と同義に扱われており、年を重ねるごとに彼女の名声が高まっている。手に負えない事件があれば警察でさえもミス・マープルを頼り、助言を求めて「本部」と呼ばれる彼女の自宅に足を運ぶ（『鏡』第八章　一三一―三二）。「この土地で起きたことで、マープルさんが知らないことはないともっぱらの噂だ」（第十一章　一二八）との評価を聞けば、この田舎の「おばあちゃん」がいかに情報通で人に頼られているか、明らかであろう。

誕生時ですでに六十五歳あたりに達していたミス・マープルだったが、クリスティーは密かに頭の中で少しずつ彼女に年をとらせて、老いに付随する肉体的、精神的、社会的変化を作品に反映させていた。しかもミス・マープルの老いには悲壮感が漂っておらず、むしろ「おばあちゃん」であることを最大限に利用する逞しさ、痛快さがあり、そのことが一連の作品に軽やかさと面白さをもたらしているのである。

三　変わりゆく田舎の生活
――変化の到来と失われていく伝統

『牧師館の殺人』の出版から、『スリーピング・マーダー』（一九七六）の出版まで、現実の世界では実に四十六年の時間が経過している。当初、四十歳だったクリスティーは八十六歳へと年を重ね、一方、ゼンボイの読みにしたがえば、作品内ではおよそ三十五年から三十六年の時が経過し、ミス・マープルも六十二歳から六十三歳のあたりから九十九歳へと年を重ねている可能性がある。これだけの時間が経過したのであれば、当然、ミス・マープル以外の人や社会にも大きな変化が訪れているはずである。ここでは時代がもたらす変化を考察するために、主に『書斎』と『鏡』の二作品を取り上げる。

物語の舞台はともに、ゴシントン・ホールと呼ばれる、ヴィクトリア様式の大邸宅である。『書斎』は一九三九年の設定、一方の『鏡』は一九六二年の設定であると考えられ、二つの作品の間で二十三年の時間が経過していることになる。それぞれの作品の様子を考察すると、まず『書斎』では古くからあるゴシントン・ホールと新しい住宅地帯とのいわゆる新旧の対比が明白で、ミス・マープルが住むセント・メアリ・ミード村の住人たちは新しい物に対して、侮蔑にも似た否定的な反応を見せる。事件の重要参考人としてマークされる男は、「見せかけのチューダー様式」と揶揄される趣味の悪い外観に現代的な設備を取り入れたコテージで暮らしている。男は映画界のスターだと噂されるが、実は単なる大道具担当であることが判明して、住民たちにがっかりされる。それだけでなく、派手な格好をした若い女性が頻繁に出入りし、下品な乱痴気騒ぎも相まって悪評が立っている。社会での経験が乏しく、品性と礼儀に欠ける彼らは、伝統を重んじる旧式な村では異質な存在なのだ。

村の周辺の変化はこの後にも続き、『鏡』ではその規模が拡大している。かつて牛の放牧地であった場所には、都市計画の一環として新住宅地が建設され、ミス・マープルの家に住み込みで働いていた家政婦たちは、この住宅地から通いのお手伝いとしてやってくる。テレビのアンテナが張りめぐらされた新住宅地には近代化の象徴としてステレオや掃除機が使われ、その使い方と騒音の問題で人々は日々悩まされている。また、以前にはなかったスーパーマーケットで買い物をする生活が始まり、ミス・マープルはワイヤー製の籠を持って店内を歩きまわるシステムをひどく嫌う。さらには、シリアル、フレークといった新しい食材、魚屋に設置されたショーウィンドウなど、二十三年前の生活にはなかった物が目につく。ただ、大きな変化の波は村や町などの空間だけにとどまらず、あの伝統の象徴であったゴシントン・ホールにも及んでいる。

ゴシントン・ホールはもともと、バントリー大佐が先代から受け継いで所有していたものだったが、大佐が亡くなってから妻のドリーが売却している（『鏡』第三章 二三）。売却後、最初は高級な宿として利用されていたが、経営に失敗し、その後、四人の住人が屋敷を共有で買い取り、分割して住んでいた。しかし、彼らが喧嘩別れをしたのを機に、今度は保険省がよくわからない目的のために買い取る。だが、それも不要になったとして売り払われ、最終的にアメリカの映画女優マリーナ・グレッグが購入したという経緯になっている。マリーナは夫とともに屋敷内を近代化し、カリフォルニアスタイルのプールを敷地内に作りつけて、異国の要素をイギリスの田舎屋敷に持ち込む。一方のドリーは、屋敷の大部分を売却しながらも、屋敷の東側にある物置同然の場所を改築して、そこに一人で暮らしている。子供と孫に恵まれながらも、ドリーは世界中に散らばっている家族に会うために一人、世界を旅してまわる。かつて家族がつどっていた屋敷は家庭の機能を失い、分譲に伴って、伝統や継承といった連続性に付随する価値観も失われている。

ミス・マープルの作品では屋敷を含む財産相続は不和の原因になるか、あるいは親子の間で相続されないことが多い。たとえば、このゴシントン・ホールは相続ではなく、切り売りすることで多くの他人の手が加わっているし、『書斎』でも財産家コンウェイ・ジェファソンは家族を飛行機事故で亡くしているため、その財産は家族でもない十七歳のダンサーに譲られる手配がなされる。『パディントン』のクラッケンソープ家も同様に、親子の間で相続が行われない。大邸宅（ラザフォード館）はもともと先代のジョサイア・クラッケンソープが巨万の富を築いて建てた屋敷であるが、長男のルーサーは父の仕事を引き継ぐことを拒否する。次男は若くして事故死しているため、すべての財産は孫世代（長男の息子たち）にわたることが決まっている。戦死した兄に代わって、屋敷の権利を持つ弟のセドリックは将来計画についてこのように語る。

「親父［ルーサー］が死んだらこの屋敷をどうするか、計画を練っているんだ。すごくいい土地だから。自分で一部を開発するか、それとも区画に分けて一度にすっかり売ってしまうか、まだ決めかねている。産業用としてすごく価値がある土地だ。屋敷は老人ホームか学校にでもすればいい。土地を半分売って、その金を利用してあとの半分で何かするっていう考えもある」（第二十一章 二八九―九〇）

前の世代から継承されるものに愛着がないセドリックは、この後にも繰り返し売却することを提案し続ける。『鏡』にも夫婦喧嘩の場面が描かれているが、代々受け継がれるジョージ王朝時代のスプーンを捨てたことをめぐって、夫はスプーンに対する「愛着」を述べ、妻は「執着」だと言い返す（第二章 二二）。伝統や継承に向けられる価値観が次第に薄れていく様子を前に、ミス・マープルは「何もかもが違ってきているけど、これは単純に私が年をとったせいね」（第一章 三）と、変化に対応できない原因を個人の問題として片づけようとする。しかしこれは、ミス・マープル個人の感じ方や年齢が原因なのではなく、村の内部には確実に変化が起きている。効率化や機能性が重んじられる時代において、伝統や継承は価値を失いつつある。そのため、よそから入ってきた他人や若い世代にとって、古い物への価値観を共有するのは無理な時代になってしまっているのだ。かつてのセント・メアリ・ミード村を知る人は、「あそこは本当に純朴でいい村だわ。以前と変わっていないんでしょ」と尋ねるが、ミス・マープルはため息をついて「世の移り変わりは、受け入れなければいけませんね」（『バートラム・ホテルにて』第二章 二二）と答える。受け入れると言いながらもため息をつくあたりに、ミス・マープルが村の現状を残念がっているのは容易に想像できる。

時代がもたらす変化として、まずは時間の流れに伴う価値観の変化に注目したが、もう一つ、注目すべき要素がある。それが戦争である。ミス・マープルの甥で作家のレイモンド・ウエストは、「おばさんみたいに余った女性（superfluous woman）は暇でいいですね」（「クリスマスの悲劇」一五七）と発言し、村のゴシップやガーデニングにいそしむ彼女をからかう。この点について、ピーター・キーティングは『アガサ・クリスティーと抜け目ないミス・マープル』

(二〇一七)の中で、ミス・マープルがヴィクトリア朝期に結婚市場で取り残された「余った女性(redundant woman)」であった可能性と、第一次世界大戦で多くの男性を失い、その結果誕生した「余った女性(surplus woman)」であった可能性に触れている(四七—四八)。ミス・マープル自身、一度も結婚したことがないと話しているが(『鏡』第三章 二四)、貧しさのために働きずくめで婚期を逃したわけではなさそうだ。むしろ幼い頃の彼女にはドイツ人家庭教師がついており(『四人の容疑者』一五二)、イタリアでも教育を受けている(『魔術の殺人』第六章 八六)。思春期には恋人もいたようだが母親に別れさせられ、後々、この男性が大したことのない人だったとわかって母親に感謝したというエピソードも語られる(『バートラム・ホテルにて』第二章 二六)。そのため、ミス・マープルが比較的恵まれた家庭環境にいたことが理解でき、そのことが男性を遠ざけた原因だったと考えることもできる。キーティングは彼女が「余った」事情について見解を述べていないが、K・D・M・スネルは第一次世界大戦にその原因を見出して、「一九二一年までの時点で、イングランドとウェールズでは女性の方が男性よりもおよそ百七十二万人多かった」(一四二)と、男女の比率が不均衡であったことも示している。もしミス・マープルの誕生時期をゼンボイの説にしたがって一八六七年とすると、第一次世界大戦が勃発した時点で、ミス・マープルは四十七歳に達していることになるため、未婚の直接的な原因が戦争にあるのかどうかは判断がつかない。結局、彼女が独身である理由は、一連のマープル作品の中で明らかにされないため、これ自体が一つのミステリーになっている。

キーティングとスネルが指摘する通り、ミス・マープルと戦争の影響は切り離すことができない。クリスティーは戦争そのものを正面から描くのではなく、戦争による社会への余波を物語の背後にわずかに潜ませている。『牧師館の殺人』の舞台は第一次世界大戦後、一方、『書斎』以降では第二次世界大戦中および大戦後の様子が描かれている。『動く指』の中で療養を目的に田舎に赴く男性は傷痍軍人であり、『パディントン』では長男が戦死し、次女の夫が第二次世界大戦からの帰還兵で社会に適応できない人物として描かれる。一部の生活用品は配給に頼り、場合によっては闇市でも取引がなされている。深刻な労働力不足に対応するために外国人の流入を許可し、中には身分を偽称している人もいる。登場人物たちはどこか疲弊しており、栄華を誇ったイギリスは大きく傷つき、人々はそこから立ち直る必要に迫られている。

立て直しを図るものの、家屋敷、家族の形態、共通の価値観は次々に失われているため、ことは簡単に運ばない。中でも特に、印象深い描写が庭である。「戦争中に庭師はいなかった」(『魔術の殺人』第三章 三五)という発言がある通り、当時、庭は食料物資を生産するために軍に没収され、観賞用の庭という機能は失われていた。それでも、たとえば『書斎』のパントリー夫人は、フラワーショーで一等賞を取った夢を見るくらいにガーデニングに入れ込んでいるし（第一章 九）、その屋敷の持ち主がマリーナに代わってからは、観賞用としての庭がさらに豪華さを増している。ただその庭が、「個人の手によるものではなく、契約を結んだ造園会社によるもの」（第五章 四七）である点に、家庭的な手作り感が失われた悲しさが滲む。唯一、花や土に直接触れていたミス・マープルも、老齢ゆえに医者からガーデニングを禁止されているため、思うように手出しができない。そこで彼女は庭師の力を借りようとするが、なぜかミス・マープルの作品に出てくる庭師はどれも年老いた人で、しかもやる気のない人ばかりである。[6]イギリスらしさ（Englishness）の象徴である庭、言い換えれば庭に象徴されるイギリスが元の華やかさを取り戻すのはまだしばらく先になりそうである。

四　ミス・マープルに課せられた使命
――イギリスらしさの再構築

ミス・マープルと庭の関係については、スネルも注目している。スネルはミス・マープルが草取りをする姿に関心を寄せ、不要な物を取り除いてかつての姿を取り戻す様子と、イギリスがかつての姿を取り戻そうとする様子とを重ねる（一三三）。ただ、ミス・マープルの一連の作品において、この「イギリスのかつての姿」がどのようなものなのかは、はっきりしていない。作品で触れられるイギリスらしさに関する記述を探すと、次のようなものがある。肌寒い日の夕方、編み物を片手にしたミス・マープルのもとに屋敷の住人（次男の妻パトリシア）が近づく。


パットは長い脚を暖炉の方に伸ばした。

「ここはいいですね」と彼女は言った。「暖炉も灯りもついていて、おまけにあなたは赤ん坊のために編み物をしていらっしゃるんですもの。いかにも心温まる家庭的な雰囲気で、イギリスならこうでなくっちゃという感じ」

「そうですわね、イギリスらしいという感じね」とミス・マープルは言った。（『ポケットにライ麦を』第二十二章 二四六）

また他にも、このような記述がある。

「この国にやって来る外国の人たち（特にアメリカ人、彼らはお金を持っていますからね）は、イギリスについて妙な考えを持っておられます。（中略）多くの人がめったに外国に出かけない人たちで、そういう人たちは、この国が、まあ、ディケンズの時代とまではいかなくとも、『クランフォード』とかヘンリー・ジェイムズは読んでいる人たちですから、自分の国と同じようだと嫌だというわけです。帰国してから、こうおっしゃるんです。ロンドンにいい所があるぞ。バートラム・ホテルというところで、まさに百年もさかのぼったような所だ、昔のイギリスだ。（中略）そこでは昔風のイギリス料理に、昔風の素晴らしいステーキ・プディング、（中略）それに昔風のイングリッシュ・ティーに素晴らしいイギリス風の朝食まで。（中略）とにかく居心地がいいんだ。それに暖かい。薪を焚く暖炉まであるんだから、とね」（『バートラム・ホテルにて』第一章　一六―一七）

さらに言えば、マリーナ・グレッグがゴシントン・ホールに移り住んだ理由は、「イギリスの静けさとイギリスの田舎」（『鏡』第四章　三五）や「昔ながらのイギリスののどかな田舎風景」（第四章　四一）が気に入ったからであり、彼女は屋敷の内部を改造することがあっても古風な趣へのこだわりから外観を変えることがない。これらの引用から読み取れるのは、イギリスらしさを求めるのは国内の人よりもむしろ国外の人たちであるということだ。彼らにとって典型的なイギリスには田舎、のどかな風景、暖炉、ティーなどがキーワードとして添えられ、そのイメージに合わせるかのようにイギリスの方が一部、アトラクションと化している。

クリスティーの作品は映像化されたものが多く、読者だけでなく視聴者までもがクリスティーの世界を楽しむ機会に恵まれている。それに伴って誕生したキャッチフレーズが、「クリスマスにはクリスティーを」である。これは当時、本が最もよく売れる時期にクリスティーの本を販売しようと出版社の戦略で作られた表現で、イギリスでは毎年、十月から十一月頃に、クリスマスプレゼントとしてクリスティーの本が販売されてきた。しかもクリスマスの時期にはイギリス公共放送（ＢＢＣ）がそのドラマを放送し、クリスティーとクリスマスを戦略的に結びつけていた。ミス・マープルがテレビで放映されたのは一九八四年の『書斎』が最初で、その後もほぼ毎年のペースでテレビ放送が続いた。当然、多くの家庭ではクリスマスの時期にミス・マープルを読んだり見たりすることが増え、次第に「家庭」や「団らん」にはミス・マープルが欠かせない存在になっていく。アンナ・マリー・タイラーはこの戦略的な手法に注目し、クリスティーが描くイギリスらしさは、新しい時代において国民が再びいわゆる「古き良きイギリス」に関心の目を向けることに大きく貢献したと述べる（一四七―四九）。この流れを考えるのにあたって、サッチャー政権時代に施行された国家遺産法（一九八〇）の存在を無視することはできない。というのも、税金を投じて国の遺産を保護するためには、国民の同意が必要となる。その点からいくと、多くの人が思い描く伝統的なイギリスの風景を選び出し、そこを舞台にして文学作品を映像化（アダプテーション）することは、国益にかなうことだったのだ。この黄金期が一九八〇年代から九〇年代頃にあたり、チャールズ・ディケンズの『二都物語』（一八五九、一九八〇年に映像化）、ウィルキー・コリンズの『白衣の女』（一八六〇、一九八二年に映像化）、ジョージ・エリオットの『サイラス・マーナー』（一八六〇、一九八五年に映像化）と『ミドルマーチ』（一八七一―七二、一九九四年に映像化）など、主にヴィクトリア朝期の作品が次々と家庭の娯楽として浸透していった（マコー 二）。

この経緯を考えると、クリスティーの作品がこの時代に映像化されていったのも、単なる偶然ではないはずだ。一家団らんの場に映るミス・マープルの世界には、皆が思い描くかつての「古き良きイギリス」と、そこで平凡な日常を送る人たちの姿がある。近代化や戦争で犠牲にならざるを得なかったイギリスの象徴、たとえば古い教会、パブ、コテージ、森林、カントリーハウス、庭などを見るにつけ、視聴者が懐かしい気持ちになるのも当然のことだろう。ミス・マープルを演じたのはジョーン・ヒクソン（一九〇六―九八）で、彼女はクリスティー本人から直接、「いつかあなたにミス・マープルを演じて欲しい」との手紙を受け取ったと言われている（ブンスン 六八四）。また一九八七年、八十一歳で大英帝国勲位（OBE）を叙勲されたときには、エリザベス女王から「まさに皆が思い描く役を演じてくださった」と評価されている（ディーコン）。クリスティーが生み出したミス・マープル作品そのものが人々の郷愁を誘うものであったのと同時に、それを映像化するのに選ばれた土地も役者も人々が思い描いた通りのものであった。「イギリスらしさ」はこのようにして皆で作り上げ、再現されていったのである。

五　おわりに

クリスティーは人間が避けることのできない「老い」の問題を取り扱いながらも、決してそれを悲観的に表象することはなかった。その証拠に、クリスティーは、老いることと経験を積むことを同義に扱い、肉体的、精神的な老いに伴って社会から付与される「おばあちゃん」という位置づけを巧みに利用するミス・マープルに花を持たせた。また、しがらみのない自由な生き方をしながらも決してかたくなではない姿、人や物と接し、そこで得た知識や経験を柔軟に受け入れるしなやかさなどもミス・マープルが愛される理由の一つであろう。遺産相続や家庭の不和、借金や年金などといった煩わしいことから見事に解放されたこの「おばあちゃん」は、のびのびと自由に人の間を動きまわる。人に頼られ、人に招かれ、噂話に興じ、時には甥の援助で遠出をする。みじめさや寂しさとは無縁の生活を送るその逞しい姿に、世の女性たちは多少の憧れを抱かざるを得ないのだ。

その一方で、やはりネガティブな側面、つまりミス・マープルの「終わりの予感」も含まれている。クリスティーは『バートラム・ホテルにて』と『復讐の女神』に続けてもう一作品を執筆し、その三部作をもってミス・マープルの長編シリーズを終える計画だったようだ（霜月四四）(7)。ミス・マープルは単に表舞台から去って、隠居する予定だったのだろうか。それとも彼女と人気を二分したポワロが最後の作品『カーテン』（一九七五）で死んだように、ミス・マープルもこうなる運命だったのだろうか。

『復讐の女神』はミス・マープルが『カリブ海の秘密』で知り合った老紳士ジェイソン・ラフィールから彼の死後に手紙を受け取り、ある男性の救出にいたる話である。その男性を救出した後、別れ際にミス・マープルは「さようなら、あなたに会えてよかった。今この国は悪い方向に進んでいるけど、やりがいのある仕事は見つかりますよ」（第二十三章　三六〇）と告げて消える。「やりがいのある仕事」とは何だろうか。ミス・マープルは事件の成功報酬としてラフィール氏の遺産をもらうことになる。「この年齢で投資や貯金をしたって仕方がない」（第二十三章 三六五）と述べて、やりたいことのためにお金を使うと話す。ミス・マープルのこの発言を聞いた弁護士はガーデン・パーティをした遠い昔の甘酸っぱい記憶を呼び起こし、読者は最後に再び庭と結びつけられる。ひょっとしたら、「やりがいのある仕事」とは庭仕事だろうか。最後まで満足な完成を見ないミス・マープルの庭には頼りがいのある、力強い若者が必要である。ミス・マープル、あるいはクリスティーはイギリスの象徴である庭、さらに言えば、かつてのイギリスを取り戻すために力を注いでくれる若者を待っていたのかもしれない。

注

（1）この情報については、ユネスコのウェブサイトを参照した。ちなみに第二位はジュール・ヴェルヌで、クリスティーと同じジャンルの作品を書いたアーサー・コナン・ドイルは第十四位にランクインしている。

（2）エイドリアン・ギャヴィンによると、最初の女性探偵はアンドリュー・フォレスター（一八三二一九〇九）の『女性探偵』（一八六四）に出てくるミス（状況によってはミセス）グラッデンで、二番目の女性探偵がウィリアム・スティーヴンス・ヘイワード（一八三五—七〇）の『女性探偵のお告げ』（一八六四）に出てくるミセス・パスカルである（二五九）。グラッデンは年齢不詳で、パスカルは四十代、共に警察に所属する女性探偵であるという点が、ミス・マープルと異なる。

（3）本論の日本語訳はすべてハヤカワ文庫のものを参考にしている。ただしテクストの解釈上、本論では一部、拙訳を施し、引用の際には必要に応じて、作品のタイトルと原書の章番号、およびページ数を（　）内に記している。

（4）『マギリカディ』と『パディントン』が出版された一九五七年当時、死刑制度の是非については議論されていたものの、死刑制度そのものはまだ廃止されていない（限定的な死刑廃止は一九五七年三月に決定。完全な死刑廃止は一九六五年）。それぞれの結末に注目すると、『マギリカディ』ではミス・マープルが犯人に対して怒りを爆発させながら、次のように話す。「『あの男がしたことはすべてがとても大胆でずぶとくて、残酷で強欲だったわ。私は本当にとっても、とっても嬉しいのよ』とミス・マープルは毛糸にくるまれた老婦人にとって、可能な限り怖い顔をして言った。『まだ死刑が廃止になっていなくて。絞首刑にすべき人がいるとすれば、それはあの男［作品内では犯人の名前が言及されている］だもの』」（第二十七章　一九一）。この部分は現在入手できる『パディントン』の中で、「嬉しいのよ」が「悲しいのよ」に、「まだ死刑が廃止になっていなくて」が「もう死刑が廃止になってしまって」（第二十七章　三四九）に書き変えられている。なお、ゼンボイの時代考証を出版年にしたがってまとめると次のようになる。
一．『牧師館の殺人』（一九三〇）―一九二九年か一九三〇年
二．『書斎の死体』（一九四二）―一九三九年九月のある朝
三．『動く指』（一九四三）―一九四〇年か一九四一年の春
四．『予告殺人』（一九五〇）―一九四七年か一九四八年の十月
五．『魔術の殺人』（一九五二）―一九五一年か一九五二年の暖かい時期
六．『ポケットにライ麦を』（一九五三）―一九五二年十一月
七．『パディントン発四時五十分』（一九五七）―一九五六年十二月から翌年一月（※ミス・マープルが八十九歳に達しているという記述が消されている）
八．『鏡は横にひび割れて』（一九六二）―一九六二年頃の夏
九．『カリブ海の秘密』（一九六四）―一九六四年頃
十．『バートラム・ホテルにて』（一九六五）―一九六四年か六五年の十月末
十一．『復讐の女神』（一九七一）―一九六六年頃
十二．『スリーピング・マーダー』（一九七六）―一九四六年頃の夏　（※死後出版。執筆自体は『動く指』の後だとされており、三十年にわたって金庫に保管されていた。）

（5）マシュー・ブンスンは『アガサ・クリスティ大事典』（二〇一〇）で、「小説世界の漠然とした時間ではなく、現実世界の時間で考えると、最後に出版された事件までに、ミス・マープルは百十歳を

超えているということは、よく指摘されることである」（五二七）と述べている。『牧師館の殺人』から『スリーピング・マーダー』までの間に四十六年が経過し、当初、クリスティーが説明していた「ミス・マープルを六十五歳から七十歳のつもりで書いた」という設定を考慮に入れれば、確かに彼女は百十歳をゆうに超える。ただ、『スリーピング・マーダー』において、ミス・マープルは『牧師館の殺人』、『書斎の死体』、『動く指』での事件に言及することがあっても、『予告殺人』以降の事件については全く触れていない（ゼンボイ 四〇八）。そのため、本論ではゼンボイの説を支持し、『復讐の女神』を最後の作品と捉えている。

（6）たとえば、『予告殺人』の庭師は鋤にもたれて考え事をし、『パディントン』の庭師は仕事をしているふりをして、お茶を飲んでばかりいる。『鏡』の庭師は働かない言い訳を繰り返して、花ではなく野菜を勝手に植える。『復讐の女神』には、ミス・マープルの指示通りに花を植えようとしない庭師と、ガーデニングの知識があると嘘をついて、結局、お茶を飲んでばかりの庭師が出てくる。『スリーピング・マーダー』の庭師も知識が乏しく、お茶を飲んでばかりで、役に立つ庭師が出てこない（ゼンボイ 三四一―四二）。

（7）『復讐の女神』の最後に登場する、ミス・マープルをひそかに尾行していた二人の女性私立探偵は世代交代の比喩として読むことができる。ただ、それ以前の作品においても、ミス・マープルが編み物に興じるところで、「赤ん坊のおくるみを作っている」（『ポケットにライ麦を』第二十二章二四五）と話すなど、次の世代を意識した言動はいくつか散見される。最近の研究では、クリスティーが晩年、アルツハイマー型認知症になっていた可能性が指摘されており、そもそも執筆を続けるのが困難だった事情をうかがわせる。この点についてはイアン・ランカシャーの論考を参照した。

文献一覧

【一次資料（発表された順番に並べたもの）】

Christie, Agatha. *The Murder at the Vicarage*. HarperCollins, 2002.

——. *The Body in the Library*. HarperCollins, 2002.

——. *The Moving Finger*. HarperCollins, 2002.

——. *A Murder Is Announced*. HarperCollins, 2002.

——. *They Do It with Mirrors*. HarperCollins, 2002.

——. *A Pocket Full of Rye*. HarperCollins, 2002.

——. *What Mrs. McGillicuddy Saw!* Dodd Mead, 1957.

——. *4.50 from Paddington*. HarperCollins, 2002.

——. *The Mirror Crack'd from Side to Side*. HarperCollins, 2016.

——. *A Caribbean Mystery*. HarperCollins, 2002.

——. *At Bertram's Hotel*. HarperCollins, 2002.
——. *Nemesis*. HarperCollins, 2002.
——. *Sleeping Murder*. HarperCollins, 2002.
——. *Autobiography*. HarperCollins, 2001.
——. *Miss Marple: The Complete Short Stories*. Willow Morrow, 2011.
クリスティー、アガサ『牧師館の殺人』羽田詩津子訳、早川書房、二〇一一。
——『書斎の死体』山本やよい訳、早川書房、二〇〇四。
——『動く指』高橋豊訳、早川書房、二〇〇四。
——『予告殺人』田村隆一訳、早川書房、二〇〇三。
——『魔術の殺人』田村隆一訳、早川書房、二〇〇四。
——『ポケットにライ麦を』宇野利泰訳、早川書房、二〇〇三。
——『パディントン発四時五十分』松下祥子訳、早川書房、二〇〇三。
——『鏡は横にひび割れて』橋本福夫訳、早川書房、二〇〇四。
——『カリブ海の秘密』永井淳訳、早川書房、二〇〇三。
——『バートラム・ホテルにて』乾信一郎訳、早川書房、二〇〇四。
——『復讐の女神』乾信一郎訳、早川書房、二〇〇四。
——『スリーピング・マーダー』綾川梓訳、早川書房、二〇〇四。

――『アガサ・クリスティー自伝』（上・下）乾信一郎訳、早川書房、二〇〇四。
――『火曜クラブ』中村妙子訳、早川書房、二〇〇三。
――『黄色いアイリス』中村妙子訳、早川書房、二〇〇四。
――『愛の探偵たち』宇佐川晶子訳、早川書房、二〇〇四。
――『教会で死んだ男』宇野輝雄訳、早川書房、二〇〇三。
――『クリスマス・プディングの冒険』橋本福夫訳、早川書房、二〇〇四。

【二次資料】

Taylor, Anna-Marie. “Home Is Where the Heath Is: The Englishness of Agatha Christie's Marple Novels.” *Watching the Detectives*, edited by Ian A. Bell, and Graham Daldry, Palgrave, 1990, pp. 134-51.
Birch, Dina, editor. *Oxford Companion to English Literature*. Oxford UP, 2009.
Deacon, Michael. “Checking in to Murder.” *The Telegraph*, 22 Sep. 2007, www.telegraph.co.uk/culture/tvandradio/3668095/Checking-in-to-murder.html.
Gavin, Adrienne E. “Feminist Crime Fiction and Female Sleuths.” *A Companion to Crime Fiction*, edited by Charles J. Rzepka and Lee Horsley, Blackwell Publishing, 2010, pp. 258-69.

Hart, Anne. *Agatha Christie's Marple: The Life and Times of Miss Jane Marple*. HarperCollins, 1997.

Keating, Peter. *Agatha Christie and Shrewd Miss Marple*. Priskus Books, 2017.

Lancashire, Ian, and Graeme Hirst. "Vocabulary Changes in Agatha Christie's Mysteries as an Indication of Dementia: A Case Study." Cognitive Aging: Research and Practice. 19th Annual Rotman Research Institute Conference, 8-10 Mar. 2009, Metro Toronto Convention Centre, Toronto.

Mezei, Kathy. "Spinsters, Surveillance, and Speech: The Case of Miss Marple, Miss Mole, and Miss Jekyll." *Journal of Modern Literature*, vol. 30, no. 2, winter, 2007, Indiana UP, 2007, pp. 103-20.

McCaw, Neil. *Adapting Detective Fiction: Crime, Englishness and the TV Detectives*. Continuum, 2012.

Shaw, Marion, and Sabine Vanacker. *Reflecting Miss Marple*. Routledge, 1991.

Snell, K.D.M. "Weeding Out Village Life: Detective Fiction and Murderous Community." *Spirits of Community: English Senses of Belonging and Loss, 1750-2000*. Bloomsbury, 2017.

UNESCO. "Index Translationum: Top 50 Authors." www.unesco.org/xtrans/.

Zemboy, James. *The Detective Novels of Agatha Christie*. McFarland Publishing, 2008.

東秀紀『アガサ・クリスティーの大英帝国――名作ミステリと「観光」の時代』筑摩書房、二〇一七。

後藤稔『ミス・マープル――老淑女の直感と推理』書肆侃侃房、二〇一一。

霜月蒼『アガサ・クリスティー完全攻略』早川書房、二〇一一。

早川書房編集部『アガサ・クリスティー99の謎』早川書房、二〇〇四。

廣野由美子『ミステリーの人間学――英国古典探偵小説を読む』岩波書店、二〇〇九。

ブンスン、マシュー『アガサ・クリスティ大事典』笹田裕子、ロジャー・プライア訳、柊風舎、二〇一〇。

第六章 マーガレット・アトウッド作品における「老い」の意味
――『キャッツ・アイ』、『昏き目の暗殺者』を中心に

柴田 千秋

Margaret Atwood, *Cat's Eye* (1988), *The Blind Assassin* (2000)

マーガレット・アトウッド『キャッツ・アイ』松田雅子・松田寿一・柴田千秋訳（開文社、二〇一六）、『昏き目の暗殺者』鴻巣友季子訳（早川書房、二〇〇二）

◆作者略歴◆

一九三九年、カナダのオタワに生まれる。トロント大学、ラドクリフ・カレッジ、ハーバード大学大学院などで英文学を学ぶ。カナダ各地の大学で教鞭をとった後、創作に専念し、詩、小説、評論など幅広い分野で活躍する。

◆作品梗概◆

『キャッツ・アイ』

五十歳になる画家イレイン・リズリーは回顧展のために故郷トロントに戻ってくる。滞在期間中トロントを彷徨する中で、子供から大人になるまでの思い出が浮かび上がる。家族とともに森で自由に過ごした幼少期を経て、学校に通うため定住したトロントでは、遊び仲間やその家族から「文化的矯正」という名のいじめに遭う。当時最もひどい仕打ちをしたコーデリアとは、思春期には一番親しく過ごし、大人になるまで時おり会う。イレインのコーデリアに対する感情は複雑で、二人の力関係も時とともに変わっていく。大学に入り、恋愛や結婚を経て、自分の道を歩み出すイレインが、その後彼女と会うことはない。

恐怖と屈辱に怯える犠牲者から、自己防御と攻撃能力を兼ね備える勝者に変身したイレインは、回顧展に出品した自作の絵画を見ながら、かつての自分に思いをめぐらす。キャッツ・アイのビー玉が持つ不思議な力にすがり、冷たく硬いガラス玉の中に感情を凍結して他者を糾弾した、若き日の自分の偏狭さや未熟さに気づく。人間の中にある「弱さ」を理解し受け入れることで、イレインは心の牢獄から解放され、新たな視力を獲得する。

『昏き目の暗殺者』

トロント郊外に住む八十歳を過ぎたアイリス・チェイス・グリフェンの約一年間にわたる日常生活を軸に、これまでの彼女の生涯が語られる。祖父の代からボタン工場を営むチェイス家は、戦争や時代の波に翻弄され、工場閉鎖へと追い込まれる。チェイス家の姉妹アイリスとローラは、労働運動家のアレックス・トマスという若者に魅かれるが、工場存続のためアイリスが資産家のリチャード・グリフェンと結婚することにより、思わぬ悲劇へと突き進む。このアイリスの一人称の語りの他に、当時の新聞記事、アイリスが妹の名で出版した小説「昏き目の暗殺者」という視点の異なる三つの言説が、互いに絡み合いながら進んでいく。

作品終盤で、自分とアレックスの関係や妹の事故死の真相を告白し終えたアイリスは、孫娘サブリナとの再会を待ちながら、ひっそりと息を引き取る。妹に対するアイリスの愛憎入り混じる屈折した感情、作中小説「昏き目の暗殺者」に見られる彼女の自由奔放な一面、犠牲者の仮面の奥にある打算的で残酷な顔など、自分の中の弱さや狡さを、老いたアイリスは命を削ってさらけ出す。

一　はじめに

カナダはもとより現代の英語文学界の代表的作家であるマーガレット・アトウッドは、二〇一九年、八十歳を目前に『テスタメンツ』で二度目のブッカー賞をとり、今なお精力的に活動を続けている。『侍女の物語』（一九八五）や『オリクスとクレイク』（二〇〇三）のような近未来のディストピア小説を書く一方で、トロントを舞台とした自伝的、歴史的な小説も手掛ける。彼女の長編小説では、トラウマを抱えた語り手が自らの過去を語ることにより、その原因となった秘密や謎が明らかになっていく手法がよく使われる。初期の作品（『食べられる女』（一九六九）、『浮かび上がる』（一九七二）の語り手は二十代、三十代の若い女性だが、作者が年を重ねるにつれ、語り手も五十歳ぐらいの中年女性となり（『キャッツ・アイ』（一九八八）、『昏き目の暗殺者』（二〇〇〇）（以下『昏き目』と略記）では作者の実年齢を超えた八十歳すぎの老女に設定されている。本論で取り上げる『キャッツ・アイ』と『昏き目』では、老齢期目前の中年女性イレイン・リズリーと、死が迫りつつある高齢女性アイリス・チェイス・グリフェンという語り手が、現在の状況や行動を作品の各章冒頭で述べた後、自分の過去を物語る構成となっている。現在と過去の二つの時間がそれぞれ進行していき、最後には一点に収斂していく。このような構成の他にも、両作品にはいくつかの共通点がある。まず、語り手は二人とも女性の芸術家だ。『キャッツ・アイ』の語り手イレインは画家で、『昏き目』の語り手アイリスは文筆家である。どちらも、芸術作品を通して自分の過去を語る、いわば芸術家による自伝と言える。また、アール・インガソルがイレインとアイリスは「姉妹である」と指摘するように（「マーガレット」一一五）、二人にはかなりの類似点がある。当初はおとなしく無口な被害者だった語り手が、知恵と毒舌と才能を身につけ、いつしか加害者に変貌する。そして、人生の後半になって自らが犯した過去の罪の意識に苛まれている。また、エレン・マクウィリアムズが指摘するように、語り手が幼少期から大人の女性に成長していくまでを語る回想部分は、「成長小説（Bildungsroman）」として読むことも可能である（一一四）。さらに、イレインにとってのコーデリア、アイリスにとってのローラという、語り手の分身的存在の設定も共通している。

本論では、このように数多くの共通点を持つ両作品において、その相違点にも留意しながら、アトウッドが描く「老い」の特徴と、「老いること」の意味について考察する。

二 「老い」と「死」

「老い」は時間による生物の変化の一時期である。生命の誕生から死までのサイクルを生物学的に考えると、誕生から成熟までを成長期、その後の生殖期を終えて死までの期間は老齢期と見なすことができる。生殖期を過ぎたあと長い老齢期を与えられている人間は、生物学上稀有な存在だ。それゆえ、「老い」を語るには「時間」と「死」が重要な鍵となる。当然ながら、病気や不慮の事故で、老いる前に死を迎えることもある。女性の場合は、妊娠や出産が死に絡む事例が多い。アトウッドの作品においても、生殖と死は重要なモチーフとなっている。[1] 生化学者の田沼靖一によれば、「性」と「死」には深い関連があり、「死」は有性生殖生物の宿命である。無性生殖の場合は自己細胞が死滅してもまた再生するのに対し、有性生殖では次の世代を生み出すことで種を保存し、古い個体は消滅する。その結果「死」が出現したという（一一八―一二一、一六九―七四）。『昏き目』の作中小説「昏き目の暗殺者」（以下「昏き目」と略記）で男が寝物語で語るＳＦにも、次のような楽園の描写がある。

不老不死の実がなる麗しの花園では肉を食さず、出産がなく、死もない。ここの女たちは、自分の体の分子を分解し、再構成して新しい女になる。しかし、そこに迷い込んだ男たちは、しばらくすると肉を食べたくなり、平和で何不自由のない楽園から出て行きたくなる。出れば死とわかっていても。（四三四―三六）[2]

戦いや肉食と同様、出産や死は人間という種の存続の根源に関わるものであることが示唆されている。

老いることとは、自分自身が死に近づくだけでなく、身近な人々の死を数多く見ることでもある。両作品においても、物語は語り手の脳裏に浮かぶ死者たちの紹介から始まる。『キャッツ・アイ』の語り手イレインは、冒頭で親友コーデリアの死を想像し、その後、すでに亡くなってしまった両親と兄の姿を思い浮かべ、「これが私の心に映る死者たちだ」（二六）と述べる。[3]『昏き目』も、語り手アイリスの妹ローラの事故死から始まり、夫リチャード、娘エイミー、義妹ウィニフレッドの死亡記事が紹介される。語られる人々のほとんどが死者の世界に属している。心の闇を抱える中高年の語り手たちは、自らの過去を清算して次へ進むために、記憶の闇から死者たちを掘り起こさねばならない。

齢《よわい》を重ねた語り手たちの脳裏に甦るのは、若き日の自分と周りの人々の姿だ。『キャッツ・アイ』の冒頭に、「時間は線ではなく（中略）幾重にも重なる液状の透かし絵みたいなものだ」（三）と述べられ、『昏き目』においても、「鏡をのぞけば老女の姿がある。（中略）だが、ときには若い娘の顔が見えることもある。（中略）昔の顔は今の顔の下に溺れて漂っている」（五三）と語られるように、過去は現在に生き続けている。また、現在目にする景色や物が過去を呼び覚まし、過去の記憶が現在の語り手に影響を与える。こうして過去と現在が互いに触発し合い、両者は混じり合いながら未来へと向かう。年を重ねた彼女たちにとって、現在の自分は過去の自分の上書き以外の何ものでもない。

このように、生物として支配される客観的な時間の流れとは異なる、記憶を含む主観的な時の感覚が人間にはある。前者により変化する自己の肉体と、意識の中での自己像は必ずしも一致しない。特に、老化が始まる中年期以降に、その乖離が見受けられる。この中年期以降の肉体と意識の乖離を調べる前に、両作品の大部分を占める主人公たちの成長過程を見ていくことは、彼女たちのアイデンティティを知る上で、また、人生の後半での「気づき」をもたらすトラウマの原因を知る上で重要だと思われる。そこで、中高年になった二人の記憶の中で、今でも鮮明な輝きを放つ人生の転換点となる出来事を調べて、彼女たちが無垢から経験の世界に投げ込まれ、変身していく様子をまず見ていくことにする。

三　無垢から経験へ

『キャッツ・アイ』の主人公イレインは、九歳の誕生日の直前、遊び仲間の女の子たちに地面に掘った穴に入れられ、真っ暗な中放置される。この衝撃的事件の恐怖と屈辱を、彼女は今でも記憶している。それは、その後エスカレートするいじめの手始めだった。「トロントに引っ越すまでは幸せだった」(二一)と振り返るイレインにとって、家族と大自然に囲まれて森で過ごした幼少期は、幸せな無垢の時代だった。トロントの家に定住して学校に通い始め、人の悪意や人間社会の闇の部分を知り、経験の世界に突入する。いじめの苦しみから逃れるため、彼女はキャッツ・アイのビー玉が持つ不思議な力にすがり、弱い自分の心を硬く冷たいガラス玉の中に凍結し、自己防衛する。そして、親友コーデリアの命令で凍った小川にはまり凍死しそうになる事件を契機に、攻撃されても動じない強さを身につける。頭が切れるイレインは次第に傲慢になり、毒舌にも磨きがかかる。いつしか、いじめの犠牲者から加害者へと変貌する。

次の試練は、イレインが十八歳になる頃に出会った中年の美術教師ジョセフとの関係だ。少女が大人の女性に変貌するきっかけとなる男性との肉体関係により、精神的に成長する一方で、嘘や秘密を持つことで大人の狡猾さも覚える。その後も、男女間の嫉妬や幻滅、別れの修羅場などを経験する中で、人間関係を断ち切る強さと冷酷さを身につけていく。

三十歳頃、イレインは破綻した結婚生活を捨て、幼い子供を連れて新しい生活に踏み出す。これまでの失敗や挫折から、自分は「無価値だ（nothing）」（三七二、三七七）という思いに苛まれて自殺を図ったりするが、絵を描くことで次第に自信をつけ、やがて画家として成功し、今の地位を確立する。

『昏き目』では、アイリスが九歳の誕生日を迎えた頃、母が流産で倒れ、数日後に亡くなる。死に際の母に「善きアイリス」の烙印を押されたアイリスは、本来の自分を押し殺してローラの良い姉、父の良い娘、名家のお嬢様を演じ続けることになる。アイリスは、自分だけが期待されることに不満を感じ、母の葬儀の翌日にローラを突き飛ばして泣かせることで鬱憤を晴らす。人の心に潜む闇や悪意を彼女は初めて自覚する。それまで守られていた無垢の世界は消え、悪意と打算に満ちた経験の世界に放り込まれる。

アイリスが十八歳になる頃、さらに大きな試練が立ちはだかる。工場主催のピクニックで、初恋の相手となる労働運動活動家のアレックス・トマスと、将来の夫となる資産家リチャード・グリフェンと出会う。父の工場を救うためリチャードと結婚したアイリスだが、皮肉にも工場は閉鎖され、父は自殺する。妹ローラと自分の生活のために、打算に満ちた冷え切った結婚生活を送るアイリスは、一方で人目を忍んでアレックスとの逢瀬を続ける。

三十歳を目前にした一九四五年の春、すでに恋人アレックスの戦死の知らせを受け取っていたアイリスは、妹ローラと久しぶりに再会する。ローラのかつての妊娠の相手がアレックスだと思い込んだアイリスは、今でも彼を待ち続けるローラに嫉妬と怒りを覚える。母の葬儀の翌日にローラを突き飛ばして泣かせたときと同じ衝動に駆られ、アレックス死亡の事実と、彼と自分が恋仲だったことを邪険に告げる。すると翌日、ローラは橋から車ごと渓谷に飛び込んで自殺する。ローラが夫リチャードに強姦されていたと知ったアイリスは激しく後悔し、幼い娘エイミーを連れて家を出て行く。アイリスが孤独な夜に書き綴った小説「昏き目」（作中作）をローラの名前で出版すると、それが結果的に、夫と義妹ウィニフレッドへの仕返し、復讐となる。その後は貞淑な妻という仮面を脱ぎ捨て、自分に忠実に生きていく。

どちらの作品においても語り手が九歳、十八歳、そして三十歳頃、人生を左右する重要な出来事が起きている。九歳頃を境に、家庭という安全な世界にいた無邪気な子供は、他者の目や社会の中での自分の立ち位置を意識するようになる。十八歳頃になると、異性との関わりの中で女としての生き方を模索し始める。三十歳頃までに、語り手たちは自分が選んだ新しい道を見つけて歩み始める。両作品とも三十歳過ぎから今日までの主人公たちの人生は、わずかなページ数でしか語られない。これ以降、彼女たちの人生に影響を与えた分身的存在のコーデリアやローラは表舞台から消え失せ、語り手たちの心にトラウマとして生き続ける。

三十歳までは、子供が大人の社会に入り、その一員となるために経験を積む重要な時期である。年を重ねて成長する中で、初め無垢だった子供は人間や社会の悪意に傷つき、生き延びるために強く賢くならざるを得ない。そのためには自分や周りを欺いたり、他者を傷つけ、蹴落とすこともある。これらの経験は、たとえ後になってそれがトラウマとなろうと、避けられないものだ。人生の後半で、かつての自分の愚かさや過ちに気づいて後悔し、昔の自分や他者を赦すことで、イレインもアイリスもそのトラウマから解放され、新しい自分になっていく。若い頃の苦い経験は、中年や老齢期になってからの気づきの種《たね》となるのだ。

このような過去の思い出と共生する語り手たちにとって、現在の老いた自分の姿はどう映っているのかを、次に考察してみる。

四　「老い」の描かれ方

人が「老い」を忌み嫌うのは、「死」へと続く不可逆的「時間」に囚われた生物としての宿命を想起させるからだろう。その「老い」を意識させる原因には、まず若さや美しさの喪失、病気や痛みや機能不全を伴う肉体の衰え、記憶の変質や気力の喪失などの精神的変化、さらに食事や服装や生活様式などの社会変化に対する違和感や疎外感などが挙げられる。その違和感や喪失感をより強く意識するのは中年期である。

五十歳の中年女性イレインは自分の年齢を意識することはあっても、老いの先にある自分自身の「死」に関しては、まだあまり切迫感がない。実際イレインは、旅先でも毎朝ジョギングに出かけるだけの元気があり、前夫ジョンとの仲を修復するために肉体関係をもてるギリギリの年齢である。ただ、鏡に映る自分の体を見て若さの衰えを痛感し、街の変化を見るにつけ自分が年をとったと実感する。このような喪失感や挫折感は、本当に老いてしまったときより初老の頃にひしひしと感じられるようだ。イレインは、「今、人生の中頃に私はいる。（中略）たとえば川や橋を半分渡ったか、超えたあたり」（一三）と述べ、コーデリアや自分が「境目の年齢に達している」(六)と認める。彼女は老眼に悩み、光線やドレスの色による顔映りを気にし、腰まわりの肉襞を意識し、顔の皺やシミ取りに精を出す中年女性なのだ。「見栄が煩わしくなりつつある。だから女性がやがてそれを捨て去る理由はよくわかる。しかし、私にはまだその準備ができていない」(五)と肉体の変化を自覚しつつも、まだ若さに執着し、老いを否認し、老人の仲間には入りたくない段階にいる。

若いときは大人に見られたいと背伸びしたイレインも、今ではセピア色の写真のように色褪せた中年女性だ。三十年前に高層ホテルのエレベーターのスモークミラーに映ったのは、「ラファエル前派風の物憂げな瞳をした華奢な少女」(三〇四)だったが、今そこに浮かび上がるのは、「不格好な石のような自分の顔」(三六七)である。「長い間、私は年をとりたいと思っていた。そして、今、私は年をとっている」(二六三)とイレインは吐露する。物乞いする中東風の若い女にお金を手渡すとき、イレインは「女の滑らかな手と淡い半月が見える爪、自分の甘皮がボロボロになった爪とヒキガエルになりかけた皮膚」(三一四)を見比べる。お金では買えない若さや健康という点では、施しをしている自分より彼女の方がはるかに豊かなのだ。イレインは忍び寄る老いを意識し、自分がもはや若さや美しさでは競えないことを実感する。この先に待つのは、ものを忘れる「記憶の病のどれかに苦しみ」(二六三)、「よだれを垂らし、見知らぬ若者にスプーンで、すり潰した食べ物を口に入れてもらっている」（四一三）未来の年老いた自分の姿だ。

イレインはまた、今流行《はやり》の料理やファッションに違和感を覚え、若い画廊スタッフや店員に「中年のダサいオバサン」（八八）と見られることを危惧する。若者たちに自分自身や自分の作品が過去の遺物みたいに扱われることを恐れる。その反動のせいか、若い女性新聞記者のインタビューにわざと辛辣で手厳しい受け答えをし、相手をやり込めて喜んだり、回顧展の初日に奇抜な服装で挑発的に振る舞おうかと想像するような、意地悪な一面もある。今や社会を批判する側でなく、批判される側になってしまったイレインは、年齢から来る社会的立ち位置への戸惑いを次のように語る。

私たちは大したものではないが、今では体制側だ。（中略）かつて私の知り合いは自殺やバイク事故や暴力沙汰で死んだ。今では病気で、心臓発作や癌や肉体に裏切られて死ぬ。世の中は私と同世代の人たちによって動かされている。毛が抜け落ち、健康に不安を抱えた、私と同年代の男たちによって。このことに私は驚く。指導者たちが私より年上だったとき、私は彼らの英知を信じることができた。（中略）今や、私は騙されない。（中略）かつて目指したものになるのに、あまり時間は残されていない。ジョンには可能性があった。しかし、それはもはや気軽に口に出せない言葉である。可能性には賞味期限があるのだ。（二六四―六五）

一方、『昏き目』のアイリスは、若さを維持しようと空しい努力をする中年たちに手厳しい。高齢のアイリスは、中年の担当医師の頭を意地悪く観察しながら思う。

この男、髪の毛をいじったに違いない。明らかに前はてっぺんがもっと薄かった。頭皮に毛の房をせっせと貼りつけているのだろうか？　それどころか植毛とか？　はは—ん、と私は思った。いくらジョギングをしようと、足が毛深かろうと、老いという靴が締めつけ始めているのだ。じきにそんな日焼けも悔やむことになるだろう。顔なんか睾丸みたいにシワシワになってしまうんだから。（四五六）

いくら努力しても年齢には勝てないことを、八十歳を超えたアイリスは身を以て知っている。若さを維持しようと奮闘する中年や初老の男女を、イレインそっくりの毒舌で嘲笑う。べティ・フリーダンによれば、「中年女性は若さを喪失することへの恐怖にとり憑かれているが、高齢女性はそれを超越している」（一六四）と言う。

現在のアイリスは心臓の病を抱え、死が目前に迫っている。ジョギングはおろか、近所に散歩にでかけるのがやっとだ。若さと健康を維持しようと必死になる中年期はとうに過ぎ、老化により機能しなくなった自分の体に怒りをぶつける。肉体の衰えは徐々に進み、雪だまりに倒れて起き上がれなくなったり、地下の洗濯場に降りる途中で洗濯籠を落としたりする自分の肉体に、厳しい目を向ける。

> 肉体とは恐るべき自己中心主義者よろしく、（中略）うるさく要求をがなりたて、浅ましく危険な欲望を押しつけ、そのあげく最後っ屁は、ただみずから消えてしまう。こちらが必要とするときに限って（中略）肉体には別な用事ができてしまうらしい。（中略）そうしたすべてが侮辱である。弱った膝、関節炎にかかった関節、拡張蛇行静脈、もろもろの疾患、もろもろの屈辱。（三八〇―八一）

老いた肉体の醜悪さを、アイリスは容赦なく暴く。「もはや自分では嗅ぎとれないだけで、この私も臭いんじゃないかと、ふと不安になった。古びた肉体と、老いゆく濁った小便の悪臭」(四三)。また、「粥と糸くずでゆるく包まれたようなもろい前腕橈《とう》骨」(四五)、「加齢は皮膚を薄っぺらにする。血管や腱が透けて見える」(五八八)と老いた肉体を揶揄する。

この鋭い観察眼と赤裸々な描写、過度の感傷を排除する傾向は、『キャッツ・アイ』にも見られる。イレインは、虫やカエルやネコの解剖を平気で行う強靭な理性を持ち、恋愛や妊娠期の幸福感はホルモンのせいだと分析する。冷静な判断を狂わせる感傷を否定し、感情を制御できずに人生を踏みはずす女友だちを憐れむ。実利的で冷徹な頭脳を持つアイリスも、世間知らずのローラの無邪気な信念を、現実を無視した甘ったるい感傷だと否定する。このように、感傷やロマンスのベールを剥ぎ、生物の実態を細かく観察して描写する傾向は、アトウッドの特徴の一つである。[4] そして、老いた肉体へのこの容赦ない攻撃は、「死」に対する生物の拒絶反応とも受けとれる。

死を自覚したアイリスにとって、若く美しい肉体は、もはや競い合う相手、嫉妬の対象ではない。生命に満ちた若い体はそれだけで美しく、命の輝きを放つ若者たちを、無条件に賛美せずにはいられない。アイリスは、ローラを記念した文学賞の授与式に参列する若い女学生たちを見て、次のように述べる。

列をなして行進していく彼女らは、おごそかに、輝いている。背丈も体型もばらばらだが、若者だけがもちうる美を誰もが持っている。醜い子さえ美しい。無愛想な子も、太った子も、ニキビ面の子すら美しい。そして、誰ひとり気づいていない——自分たちがどれほど美しいか、に。（中略）若者はわが身の幸運をわかっていない。（四七）

また、女学生の友だちと一緒の孫娘サブリナを見て思う。

三人の少女は美しかった。その年頃のすべての少女がそうであるように、美しかった。どうにも抑えられないものだ、こういう美しさは。しかし、保存することも叶わない。その瑞々しさ、細胞のふくよかさ。それは労せずして得たつかの間のものであり、なにものも真似できない。（三五九）

ところが、若者自身は自分が持っている美に満足せず、自分をいじくって作り変えようとする。若い肉体のあるがままの美しさや生命の価値を真に理解できるのは年をとった者なのだ。

このように、老いることにより見えてくることがいくつもある。そこで、「老い」から得られるもの、「老い」の意味について次に考察する。

五　「老い」の意味

両作品において、老いた肉体が辛辣に描写される一方で、「老い」自体がすべて否定されるわけではない。五十歳のイレインは、かつて激しい喧嘩をした前夫ジョンに対し、昔の戦友に対するような懐かしさや愛しさを覚える。

> 今、私は彼から、彼は私から、多少なりとも離れて安全なので、彼のことを優しい気持ちで思い返すことができる。（中略）昔の恋人というのは古い写真と同じ道をたどる。酸性液の風呂にゆっくり浸《つ》かっているように、徐々に色あせて行く。まずホクロやニキビが、次に色の濃淡が、それから顔自体が消え、最後に全体の輪郭以外は何も残らない。私が七十歳になったとき、何が残っているだろうか？あの奇異な恍惚感、あの醜い衝動のひとかけらも残っていないはず。（中略）私の向かいにはジョンが、小さくはなったが

まだ動いて息をしている。かすかな痛みと愛おしさが湧き上がる。〈まだ行かないで！
まだ時間じゃないわ！　行かないで！〉（二六六）

記憶は薄れていくが、年を重ねることで見えてくることもある。年頃の娘の母親となったイレインは、自分が若い頃つき合った中年男のジョセフに対し、「今ではジョセフのことを当時よりもっと理解できる。それは私が年をとったせいだ。彼の憂鬱、彼の野望、彼の絶望や満たされない空虚な心の片隅を理解できる。その危うさも理解できる」（三一二）と述べ、「ジョセフを責めることはできない。私と同じように、彼も自分なりに現実を解釈し、自分自身の幻を呼び起こす権利があった」（三六五）と理解を示す。自分の母に対しても、「昔、私が大人であることを母が忘れてしまうのが嫌だった。しかし、私自身が、黄ばんだ赤ん坊の写真を探し出したり、赤ん坊の髪の毛をぼんやり見つめながら、取りとめのないことをしゃべる時期に差し掛かっている」（三一三）と共感を覚える。母の死期が近づくと、「母の子どもの役を演じ」（三九三）、地下室のトランクの中の思い出の品々を一緒に眺める優しさを見せる。[5] そこで見つけたキャッツ・アイのビー玉を覗くと、彼女の半生が浮かび上がる。闇を見る能力を持つ猫の目「キャッツ・アイ」のように、昔はわからなかった真実が、今のイレインには見える。

画家であるイレインは、その時どきの思いを絵画作品に昇華させてきた。回顧展に並ぶ自分が描いた絵を眺めながら、イレインは思いをめぐらす。子供たちのいじめに共謀していたスミース夫人への、幼い頃の憎しみをこめて描いた絵を見て、イレインは夫人の目の中に「敗北者」の眼差し、人間の「弱さ」を見てとる。そして、「彼女も強制移民だったのだ、私がそうであったように。（中略）それでも彼女は私を受け入れた。そこには真実もあるに違いない。しかし、それを正当に評価せず、私は感謝すらしなかった。代わりに選んだものは復讐だ」（四〇五）と、自分の愚かさや未熟さを痛感する。また、自分が愛した二人の男性を描いた絵を見て、「彼らの若さにはぞっとしてしまう。これほど未熟な人間たちの手に、私はなぜ自分を委《ゆだ》ねることができたのだろう」（四〇四）と恋の盲目さを振り返る。今のイレインは、若い頃の自分を充分な距離から眺め、相手の立場に立って考えることができる。かつて自分をいじめたコーデリアに対しても、彼女自身が父親に虐待されていたこと、子供のいじめは大人社会の模倣だったことを理解する。そして、当時の自分にとっては死ぬほど辛く大変なことでも、相手にとっては大したことではなかったのかもしれないと、冷静に判断できる。「コーデリアには彼女なりの記憶がある。私は彼女の物語の中心にはいない。彼女自身が主役なのだから」（四一一）と、ものごとを複数の視点で見ることができる。若い頃の近視眼的で単眼的な見方から、複眼的でより広い視野を身につけている。
回顧展に出品した最新作の一つの《キャッツ・アイ》という自画像には、幼い頃の自分と今の自分が融合した姿で描かれている。《統一場理論》という絵には、真理を見抜く青いキャッツ・アイのビー玉を胸元に抱える聖母マリアが宇宙に漂う様子が描かれている。それは、過去、現在、未来のすべてを見通すイレインの姿でもある。画家であるイレインは、絵画という芸術作品を通して人生を再構築するのである。

帰りの飛行機の中で二人の老女が戯れるのを見て、イレインは、「コーデリア、あなたと持てなくてさびしいと思うのはこれなの。失われた何かでなく、決して起こることのない何か。二人の老女がお茶を飲み、くすくす笑ったりするような」（四二一）と本音を漏らす。楽しい思い出、辛い思い出、いずれにせよ、過去の一時期を共有した人がいない寂しさや孤独感が伝わってくる。親密な人との繋がりを切り捨ててきたイレインの後悔にも似た思いだろう。

作品の最後に描かれる星が輝く夜空のシーンには、ありきたりの幸せな結末を書かないアトウッドの特徴が読みとれる。星は不変のものではなく、今見えている光は「数百年前に起こった何かの出来事のこだま。（中略）無の中心からきらめく光のこだま」（四二一）だとイレインは言う。今は存在しない星、はるか昔から届いた光が、明るくはないがものを見るに十分な明るさを与えてくれる。それは、過去のこだまを伝える死者たちの輝きかもしれない。万物は最後に消えてなくなるという冷徹なる認識のもと、老い朽ち果ててもなお輝くものを後世に残すことができるのではないかという、かすかな希望が感じられる結末である。

一方、高齢のアイリスは、若さの価値や素晴らしさに若者自身が気づいていないことを指摘する。若者は肉体的に美しいだけでなく、精神的にも人生の苦難を知る前の純粋無垢な美しさを持っている。その価値は、それを失って初めてわかる。子供や若者にも当然悩みはあるが、後になって振り返ると、若い時期はやはり「楽園（paradise）」なのだ。「昏き目」（作中作）のプロローグとエピローグに描かれるリンゴの木の下で佇む若い男女の写真には、世間の荒波に揉まれる前の真っさらな美しさと、つかの間の幸せが凝縮されている。男の方に身をひねって微笑む女の顔、若き日の自分の顔を、女は、「井戸か池でも覗き込むように、（中略）落としたはずの、そこで失くしたはずの、手には届かないけれどまだ見えている何かを、砂の中で光る宝石のようなもの」を探して覗き込む（八）。その女は年老いたアイリス自身である。インガソルは、ジョン・キーツの「ギリシャの壺に寄す」（一八一九）を引き合いに出し、一瞬の命の輝きを永遠に残せるのは芸術作品においてしかないと指摘する（「待ちながら」五五一）。しかし、幸福な一瞬を保存できる写真や絵画や詩とは違い、物語は紆余曲折の旅を先へ先へと進まねばならない。人生は、入口も出口もなく、時の止まった、ガラスで囲われた庭、「楽園」などではなく、物語と同じように必ず終わりが来る。そして、物語を先へと駆り立てるものは、悔いと嘆きと渇望だとアイリスは言う（六三二）。

自らの過ちを懺悔しないままでは安らかに死ねない彼女は、残された時間と戦いながら、命を懸けて終着点へと突き進む。「オオカミよ、現れよ！藍色の髪と、ヘビの巣穴のような目をした死女よ、ここに出でよ！終わりに近づいているのだ、そばにいておくれ！震えるわが関節炎の指を導き、みすぼらしい黒ボールペンを導け。あと数日、気の抜けたわが心臓を浮かせておいておくれ」（六〇七）と祈る。勇気を振り絞って死神に立ち向かう姿は、ギリシア神話の女神ヘカテのようだ。(6) ローラの学習帳の暗号や、写真の意味に気がついたアイリスは、目の前にある事実に自分は「なぜこうも盲いた眼《まなこ》でいられたのだろう？」（六一一）、「なぜ私はかくも気づかずにいられたのか？」（六三二）と嘆き苦しむ。アレックスとの恋や贅沢な暮しに目が眩《くら》み、夫の本性や妹の苦しみが見えず、ローラの自己犠牲を支えていた神への信仰心を叩き潰して死に追いやったアイリスも、盲目の暗殺者だったと言える。自らが犯した過ちや愚かさを悔いる老女アイリスの姿は、老いたリア王を髣髴とさせる。しかし、若き日の愚かさに対して、彼女は次のように擁護する。

鈍くて、ものも見えず、こうも野放図にうかつになれるとは。けれど、そんな鈍感さやうかつさなくして、私たちはどうして生きていけたろう？　何が起こるかわかっていたら、次に起きることを何もかもわかっていたら――自分の行動の結末をあらかじめわかっていたら、人は運命にがんじがらめになってしまう。（中略）食べることも、飲むことも、笑うことも、（中略）誰かを愛することもない。もう二度と、そんな勇気は持てないだろう。（六三二）

アトウッドは「若者を励まして」という短いエッセイの中で、不安に苦しむ若者に対し、「自分がもう若くなくなった［中年の］頃と比べて、私はとても親切になった。あの頃は厳しかった。私の基準は厳格だった。（中略）でも今は寛大そのものだ」と述べている（『テント』一一八）。人は老いることにより、若い頃には見えなかったものが見え、前より優しくなれるのであれば、「老い」にも意味があるのかもしれない。

この物語を誰に向けて書いているのかとの問いに、アイリスは初め、「誰のために書いているのでもない。子供が雪に自分の名前を書く、そんなときの相手と同じかもしれない」（五三）

と述べる。また、人が自らを記念しようと躍起になるのは、「立会人（witness）を求めているのだ。自分の声がついに沈黙するということに耐えられないのだ」（一一八）と言う。自分の存在を、自分が生きた証を残したいという気持ちが、アイリスを執筆に駆り立てたと思われる。「昏き目」（作中作）を書いたのも、自分とアレックスの記念となるものが欲しかったのだ、と後にアイリスは告白する。

ところが、物語の終盤、自分は孫娘サブリナのために書いているのだとアイリスは気づく。これまでも、孫娘サブリナとの再会をひたすら待ち焦がれる彼女の姿がたびたび描かれてきたが、アイリス本人の死亡を伝える新聞記事のあと、小説の最後に挿入された彼女の白昼夢には心打たれるものがある。

あなたはノックするだろう。私はその音を聞き（中略）ドアを開ける。心臓が飛び上がって震えんばかり。とくと顔を眺めてから、ようやくあなただとわかる。私が大切にしてきた、私に残された最後の願い。こんなに美しい人は見たことがない、そう心の中で思うが、口には出さない。（中略）あなたは入って来る。「おばあちゃん」と言うだろう。そのたったひと言で、私は絶縁の身から救われる。（六三六）

意地悪でつむじ曲がりで毒舌のアイリスも、孫には良き「おばあちゃん」と慕われたかったのだろうか。実際には、アイリスがこの世でサブリナと会うことはなく、誰にも看取られず独り亡くなる。ロマンチックな最期を信じきれないアトウッドならではの厳しい結末だ。しかし、「昏き目」（作中作）のプロローグとエピローグで同じ写真に言及し、季節が一巡して再び花が咲き誇る春にアイリスが死ぬという円環的な物語構成は、四季の循環という大自然のリズムがもたらす再生のイメージと重なり、一筋の光を与えてくれる。(7) 戻ってきた孫娘サブリナ（と異母妹かもしれないマイラ）がこの作品を編集し、(8) 出版したのではないかと読者に想像させる結末は、死と再生という命のつながり、未来へのささやかな希望を抱かせてくれる。

老いて見えてくる自分の愚かさや判断の誤り、若い頃にはわからなかった若さや命の価値、生命をつないでいくことの意味、そうした思いを書き記すことで、たとえこの身は消え去っても、それを読む人の心に生き続けることをアイリスは願っているのだ。作品の最後は、サブリナへの次の言葉で締めくくられる。

私があなたに求めるものとは何だろう？愛ではない。（中略）赦しでもない。（中略）ただ、聞いてくれる相手が欲しいのかもしれない。私のことを見てくれる誰か。(中略)私は自分をあなたの手にゆだねていく。他にどんな道があるだろう。あなたがこの最後のページを読む頃には、そこがどこであれ、ただひとつ、私の居る場所になるのだから。

(六三七)

彼女のこの最後の願いは、いささかセンチメンタルに聞こえるが、インガソルが指摘するように、「むしろ老人には、情にもろくなる権利があるのかもしれない」(「マーガレット」一二二)。一つの生命体は死によって無に帰すが、他者の中に何かを残すことで永遠の命を得る。宗教にも似た究極のロマンだが、人間はそう信じたいのだと気づかせることも「老いの意味」と言えるだろう。

六　おわりに

以上、二つの作品において、アトウッドが描く「老い」の特徴と「老いること」の意味を考察した。「老い」は時間による生物の変化の一つであるが、アトウッドは時間を空間や場としてとらえ、現在は過去の積み重ねの上にあると考える。そこで、過去と共生する語り手たちの脳裏に甦る若き日の自分をたどることで、彼女たちのトラウマの原因を探ってみた。子供が大人になるための経験を積む中で負った心の傷、厳しい現実を生き抜くために心に纏《まと》った硬い殻や、自分が他者に与えた傷などが、その原因であることが明らかにされた。しかし、その出来事の真の意味がわかるのは、長い年月を経たあとである。

過去を再構築しながら若い自分を生き直している彼女たちの目に、現在の老いた姿がどう映るかを、次に調べてみた。老境を目前にした中年のイレインと、死を目前にした高齢のアイリスとでは、「老い」の受けとめ方に違いが見られた。中年のイレインは「若さ」への執着や「若者」への対抗意識、「老い」への反発や怖れが強いが、高齢のイレインは「若さ」への執着が弱まり、若さに固執する中年をむしろ嘲笑い、「若者」に対してより寛容になっている。年齢が上がるにつれ、老いた肉体の醜悪さがかなり辛辣に描写されるが、それは死に抗う生物的拒絶反応とも受けとれる。そして、「死」や「老い」の対極にある「生命力」「若さ」「若者」を賛美する傾向があることがわかった。

最後に、年を重ねることで以前見えなかったものが見えるようになることが明らかになった。社会の中での個人の立ち位置、若き日の自分の未熟さや愚かさ、他者の考え方などがわかり、それが自分や他者への理解とやさしさにつながっていく。老いることにより複眼的で幅広い視力を得られると、「老い」を肯定的に捉える一方で、盲目で無知で無謀だった若い頃や若者を、決して否定はしない。見えないからこそ人は前に進めるとわかっているからだ。「糞がなければ花もない（No flowers without shit）」（六〇七）というアイリスの乳母リーニーの言葉が示すように、人は汚れと美しさの両方を併せ持つ存在だ。そして、老いて死ぬことで次世代の肥しとなり、何か目に見えない贈り物を残すことができる。主人公たちの孤独な最後の姿には、命のつながりへのかすかな希望と期待が感じられる。頑《かたく》なで醜悪な老女の顔の下に、若く美しい少女の顔が透けて見えるように、人間が内包する弱さや悪を超越した老人の凛とした姿が印象に残る両作品である。

注

（1）『浮かび上がる』、『またの名をグレイス』（一九九六）、『キャッツ・アイ』、『昏き目の暗殺者』には、妊娠中絶や流産による赤ん坊と母体の女性の死が、大きな問題として扱われている。

（2）日本語訳については鴻巣友季子訳を適宜参照した。なお、この箇所は必要上筆者による要約を施した。

（3）日本語訳については松田雅子・松田寿一・柴田千秋訳を使用した。

（4）森林昆虫学者を父に持つアトウッドは幼少期を森で過ごし、生物学や自然科学にも精通している。その体験や知識に由来する視点が両作品中にも見受けられる。

（5）しかし、イレインはこのとき、母との間に心の壁があることに気がつき、母を抱きしめることを思いとどまる。母と娘の間には完全な共感があるとは言い難い。

（6）シャロン・ウィルソンによれば、アトウッドの作品における老女はヘカテとメデューサのイメージで描かれているという（八三―八七）。

（7）伊藤節によれば、この円環的物語構成にはアトウッドの指導者ノースロップ・フライの影響が反映されているという（二九）。

（8）大熊昭信が指摘するように、サブリナの母エイミーはローラがアレックスとの間にもうけた娘だとの解釈も可能である。また、マイラがアイリスの父親と乳母リーニーとの間の娘だとすれば、アイリスの異母妹となる。いずれにせよ、アイリスと血の繋がり、心的繋がりのあるサブリナとマイラの協力で、この作品が編集されたと見るのが妥当だろう。

文献一覧

Atwood, Margaret. *The Blind Assassin*. Virago Press, 2001.

——. *Cat's Eye*. Virago Press, 1990.

——. *The Tent*. Bloomsbury Publishing, 2007.

Ingersoll, Earl G. "Margaret Atwood's *The Blind Assassin* as Spiritual Adventure." *Adventures of the Spirit*, edited by Phyllis Sternberg Perrakis, Ohio State UP, 2007, pp. 105-25.

——. "Waiting for the End: Closure in Margaret Atwood's *The Blind Assassin*." *Studies in the Novel*, vol. 35, no. 4, U of North Texas, 2003, pp. 543-58.

McWilliams, Ellen. "Keeping Secrets, Telling Lies: Fictions of the Artist and Author in *Cat's Eye* and *The Blind Assassin*." *Margaret Atwood and the Female Bildungsroman*, Ashgate Publishing, 2009, pp. 113-25.

Raschke, Debrah, and Sarah Appleton. "And They Went to Bury Her." *Adventures of the Spirit*, edited by Phyllis Sternberg Perrakis, Ohio State UP, 2007, pp. 126-52.

Wilson, Sharon R. "Through the 'Wall.'" *Adventures of the Spirit*, edited by Phyllis Sternberg Perrakis, Ohio State UP, 2007, pp. 83-102.

アトウッド、マーガレット『キャッツ・アイ』松田雅子・松田寿一・柴田千秋訳、開文社、二〇一六。

——『昏き目の暗殺者』鴻巣友季子訳、早川書房、二〇〇二。

——『テント』中島恵子・池村彰子訳、英光社、二〇一七。

伊藤節編『マーガレット・アトウッド』彩流社、二〇〇八。

大熊昭信「誰が『盲目の暗殺者』を編集したか」『二十世紀英文学再評価』金星堂、二〇〇三、二五九―七五。

田沼靖一『ヒトはどうして老いるのか』ちくま新書、二〇〇二。

フリーダン、ベティ『老いの泉（上）』山本博子・寺澤恵美子訳、西村書店、一九九五。

第七章　カズオ・イシグロ文学における老いの表象（1）

――近年の長編小説を中心に

池園　宏

***Kazuo Ishiguro, When We Were Orphans* (2000), *Never Let Me Go* (2005), *The Buried Giant* (2015)**

カズオ・イシグロ『わたしたちが孤児だったころ』入江真佐子訳（早川書房、二〇〇一）、『わたしを離さないで』土屋政雄訳（早川書房、二〇〇六）、『忘れられた巨人』土屋政雄訳（早川書房、二〇一五）

◆作者略歴◆

一九五四年、長崎生まれ。ブッカー賞受賞作『日の名残り』（一九八九）で世界的脚光を浴び、二〇一七年にノーベル文学賞を受賞。

◆作品梗概◆

『わたしたちが孤児だったころ』

一九三〇年現在、クリストファー・バンクスは著名な探偵としてロンドンで活躍している。子供時代を中国の上海租界で過ごしたが、十歳のとき両親の失踪事件で孤児となり、イギリスへ連れてこられた。大人になった彼は、ジェニファーという孤児を養女にする。

一九三七年、バンクスは不穏な国際情勢解決のため再び上海へ渡った。老いた両親が監禁されているという情報を得て救出に向かうが、徒労に終わる。戦闘地域で危険な目に遭った後、日本軍に救出される。

その後、バンクスは両親の失踪の真相を知らされる。アヘン貿易に関与するイギリスの会社の一員だった父は、愛人と国外へ駆け落ちした末に病死していた。反アヘン運動に加わっていた母は、息子への経済支援を受けるために軍閥の妾に身を落とした末、行方不明となっていた。

大戦後、バンクスは香港の施設に収容されていた老母と再会したが、彼女は息子を認識できない様子だった。

『わたしを離さないで』

三十一歳のキャシー・Hは、クローン人間保護養育施設へイルシャムで子供時代を過ごした。彼女が思い出すのは、友人トミーやルースとの親交、そして、いずれ人間のために臓器移植の「提供者」となる使命を自覚していくプロセスだった。

十六歳になったキャシーたちは別の施設コテージに移る。あるとき、恋人同士の愛情が証明されれば臓器提供が数年「猶予」になる噂が話題となった。三人に生じた三角関係のもつれを契機に、キャシーはコテージを去り、提供者のための「介護人」となる。

長年の後、キャシーは提供者となっていたルースを介護し、彼女が「完了」して亡くなると、トミーの介護に携わった。交際を始めた二人は、猶予を求めるためヘイルシャムの元校長を訪ねるが、その噂が根も葉もないという事実や、クローン産業の歴史について知らされる。トミーの完了後、キャシーは介護人を辞める意向を固める。

『忘れられた巨人』

中世初期ブリテン。ブリトン人のアクセルとベアトリスの老夫婦は、息子探しの旅に出かける。息子がいなくなった理由は不明である。この世界では記憶が長く保持できないためだ。

旅の途中、夫婦はサクソン人の戦士ウィスタンと少年エドウィン、さらには、故アーサー王に仕えたブリトン人戦士ガウェイン卿と同道することになる。

人間の記憶を失わせていた原因は、怪物クエリグが吐く霧にあった。ブリトン人は、かつてサクソン人を大虐殺した事実を隠すため、クエリグを利用していたのだ。ウィスタンは埋もれた記憶を掘り起こすため、ガウェイン卿を倒してクエリグを退治する。

アクセルは息子の失踪理由が自分たち夫婦の不貞にあった事実を思い出す。息子はすでに死んでいて、ある島に眠っているが、そこへ行くには舟の渡し守に対して夫婦が愛情の絆を示す必要がある。アクセルを残して先にベアトリスが舟に乗る。

一　はじめに

カズオ・イシグロは老人を描くことの多い小説家である。このようなイメージを読者が少なからず抱くとすれば、それは彼の名声を高めたブッカー賞受賞作『日の名残り』(一九八九)をはじめとする初期の作品群の影響によるところが大きいだろう。老人の設定はイシグロ文学の特徴である記憶への関心と結びついている。第二次世界大戦を背景とした時代のパラダイムシフトに翻弄され、その中で過去の記憶に拘泥する人間像を描き出すにあたり、老いた人間や老いへ向かう人間の設定は効果的に機能していた。『遠い山なみの光』(一九八二)のオガタ、『浮世の画家』(一九八六)のマスジ・オノ、そして『日の名残り』のスティーブンスはいずれも、戦後の現在から戦前戦中の過去を振り返り、自らの生き方を見つめ直す老人たちである。『日の名残り』は映画化されて高い評価を得たが、この作品でアカデミー賞やゴールデングローブ賞の主演男優賞にノミネートされたアンソニー・ホプキンス演じる老執事スティーブンス像もまた、「イシグロ=老人を描いた作家」という印象を与えるのに寄与しているであろう。

しかしイシグロは、類似した主題を内包するこれら初期三作品の執筆の後、自身の加齢とともに、人生はコントロールしがたいという認識が強まっていったと述懐し、それに応じて、彼の視線の対象は次第に比較的若年世代へと移行していく。[2]とりわけその傾向が強く見られるのは『わたしたちが孤児だったころ』（二〇〇〇）（以下『孤児』と略記）や『わたしを離さないで』（二〇〇五）（以下『離さないで』と略記）で、両作品では主人公たちの子供時代が鮮明に前景化されている。『孤児』のクリストファー・バンクスにとっての上海、『離さないで』のキャシー・Hにとってのヘイルシャムは、自らのルーツである重要な子供時代のトポスとして、物語の中に繰り返し登場する。だがその一方で、最新作の『忘れられた巨人』（二〇一五）（以下『巨人』と略記）では、あたかも先祖返りしたかのように、老年夫婦が主人公として設定されている。それまでの傾向を念頭に置けば、『巨人』が公表された際、この作品で再び老人が前景化されることの意味、ひいてはイシグロ文学の動向には計りかねるところがあった。だが、以下に論じるように、実際のところイシグロは『孤児』や『離さないで』においても老人を描き続けており、『巨人』はその延長線上に位置づけられる。本論では、今世紀に公表されたこれら後期の長編小説群『孤児』『離さないで』『巨人』に主たる焦点を当て、それらに類似して見られる特質を分析することで、近年のイシグロが老いをどのように提示しているのかについて考察を試みたい。

二　顕在化する「死」と「身体性」

老いの描き方に着目して読んだ場合、近年のイシグロ作品には「死」の問題がより深くクローズアップされているという特徴が認められる。哲学者ハイデガーの言葉を借りれば、人間は「死へとかかわる実存的な存在」（二四七　強調は原文のまま）であり、このことを念頭に置けば、老いの主題が死の主題と結びつくのは必然と言えよう。もちろん、それまでの作品においても老衰を要因とする死が描かれた例はあった。たとえば、『日の名残り』に登場するスティーブンスの父や、次作『充たされざる者』（一九九五）に登場する老ポーターのグスタフなどはそれに当たるだろう。しかし、これらの老人の死に共通し、かつ近年の作品群と異なる点は、それが必ずしも主人公自身の晩年と死を巡る問題に深く関与する形で提示されているわけではないという点である。そもそも初期作品の主人公たちは、自らの近未来の死自体を読み手に明確に意識させることはなかったし、また、周囲の老人の死そのものから直接的な影響を受けたという描写がそれほど顕著な形でなされているわけでもなかった。スティーブンスは品格ある執事として常に職務を最優先しているため、たとえ老父の死に際しても容易に動じることのない平然とした姿勢を保ち、その後のプロットにあっては、亡き父に対する自覚的な回想は存外に乏しい。グスタフの場合もしかりで、物語終盤におけるその死が青年主人公ライダーの動向自体にさほど感化を与えるわけではない。こうした影響の希薄さは、後に論じるように、近年の作品群の主人公とは対照的である。

死に至る老いの現象を考察する際、さらにもう一つ考慮したい点は「身体性」の描き方である。老いや死は決して抽象的概念などではなく、身体の持つ具象性、有形性と不可分の関係にあることとは言うまでもない。あるいは、身体があるからこそ、滅びゆく老いや死が存在するとも言えよう。近年のイシグロは、老いと死の身体性、身体の衰弱や崩壊とその先にある死のリアリティーを、主人公の視点に立ちつつ作中に書き込む傾向が見受けられる。確かに、『日の名残り』においても、スティーブンスの父の身体的老化は勤務中の物忘れや転倒などの諸現象に表されてはいるものの、それはたいてい、職務優先主義者かつ信頼できない語り手であるスティーブンスによって少なからず距離を置いた抑制的な説明に留められ、また、老父の最期の様態ですら同僚ミス・ケントンからの報告を受けた形で淡々と語られている。これとは対照的に、近年の作品では、たとえ同様に一人称語りを用いた作品においても、以前より鮮明な形で身体の老衰とその帰結としての死への言及がなされているように思われる。では、これらの要素を念頭に置きつつ、『孤児』、『離さないで』、『巨人』に描かれた老いについて、作品ごとに考察してみよう。

『孤児』の主人公バンクスは、小説の最終第七部の現時点において五十歳代後半という人生の晩年にさしかかり、「リウマチ」(『孤児』三六三)という身体的痛みをかかえる人物として描かれている。(3) 彼の人生における最大の関心事は、子供時代に突如行方不明になった両親の探求にあり、そのプロセスが物語の重要なバックボーンをなしている。本論でまず着目したいのは、第七部より二十一年前の第六部、日中戦争勃発後の上海でバンクスが実際に両親を捜索する場面である。そこでは、現在は高齢化した両親が幽閉されていると想定される激戦区において、(4) まず彼自身が死と隣り合わせの状況に巻き込まれる様子が活写される。この場面は実に数十ページの長さにわたっていて、一方ではバンクスの「狂った世界観」(柴田 二二五)を露呈するとともに、他方では悲惨な戦争がもたらす極限状態をリアルに強調する効果を上げている。(5) 現実に戦闘状況に巻き込まれたバンクスは、身体の危険性や死の恐怖を、まずは自らが身をもって体験するのだ。その彼が、老いた両親がいると想像する家に突入する際の考えは、以下のように書かれている。

だがその瞬間はまず何より両親を探していたので、何をきちんと心に留めていたのかよくわからない。最初ばかみたいに考えたのは、誘拐犯たちが逃げ出したということだった。それから、いくつかの身体が目に入ったとき、(6)私が感じたとてつもない恐怖は、それが両親のものだ――誘拐犯たちは私たちが近づいてきたので両親を殺害してしまったのだ――というものだった。告白せねばならないが、部屋に転がっていた三つの死体がすべて中国人だとわかったとき、湧き起こった次の感情は大いなる安堵感であった。（『孤児』三一七）

老いた父母の安否に対するバンクスの懸念が、「身体」や「死体」という直接的で生々しい身体表現の反復によって表明されている点は注目に値する。ここでは、老いと死の関連性が具体的な身体表象を伴って提示されているのだ。この前後の場面では、バンクスはさらに多くの死体や憔悴しきった現地の人々を肉眼で目撃して衝撃を受け、両親の安否に対する不安を募らせている。

この場面での両親探しは徒労に終わるものの、バンクスによって死の予兆を感じ取られた彼らは、現実的にその絶命が作品中に示される。戦闘区域から救出された後、バンクスは父がすでに死亡した事実を、同じく老いたおじから知らされることになる。一方、母との再会は果たせるが、その実現は長年を経た戦後の第七部、すなわちバンクス自身が老いを認識する年齢になってからのことである。終戦以来、母は重慶にある精神病患者用の施設に収容されていた。香港で再会した「老女」(『孤児』三五六)の母は、その昔バンクスや彼の親友アキラから「美人」(『孤児』六六、六七)と認められていた身体的特長の痕跡も、中国人をアヘン危機から救おうと奮闘していた壮年活動家の面影もない。座り込んだ彼女の背は縮んで頭は白髪となり、目の下に切り込みを入れたような皺ができていて、さらに、「首はおそらく怪我か病気のために身体の中に深く落ち込んでいた」(『孤児』三五六)と描写されている。さらに、彼女は他人の言葉をよく理解できず、息子のことすら認識できない状態と化している。これは記憶の減退を伴った認知症患者の症状、すなわち重度の老化現象を示していると考えられる。記憶を重視するイシグロ文学にあって、その減退や喪失が持つ意味は少なくない。老母は「パフィン」というバンクスの幼少期のあだ名に反応を示すものの、目の前の彼を認知することはなく、後に死亡する。

『孤児』でこのように示されていた老いと死の主題は、次作『離さないで』ではさらに大きく鮮烈な形で具現化されている。主要人物であるクローンたちの寿命は三十歳前後に設定されているため、表面的には通常の老いとは無縁のように見える。しかし、以下のイシグロの言葉が示すように、これはメタフォリカルに老人を扱った作品として読むことができる。

究極的な言い方をすれば、私はわれわれが住む人間の状況の、一種のメタファーを書こうとしていたのです。幸運であれば、七十歳、八十歳、おそらく九十歳まで生きることができますが、二百歳まで生きることはできません。つまり現実には、われわれの時間は限られているのです。いずれ老化と死に直面しなければなりません。たしかに私はこのストーリーのなかで、若い人がかなり早く年をとる状況を人工的につくりました。つまり、彼らが三十代になると、もう老人のようになるのです。（大野　一八三）

また、この作品は映画化されて好評を博したが、そこで製作総指揮を務めたイシグロは、初期の段階において老いのイメージを意識していたという。彼は脚本家アレックス・ガーランドに対して、映画の結末で伝えるべき悲しみとは「誰か自分にとって身近な人が、豊かで満ち足りた人生を送り、たいそうな老齢で亡くなったとき」（ガーランド ix）のようなものだという提案をしていた。これらの言葉は、イシグロが老いのイメージを念頭に本作品を捉えていたことを示す証左である。ロバート・C・エイブラムズは、「クローンのライフサイクルは我々自身のものの短縮された変異体である」とし、介護人という成人期の後に「臓器の提供と健康の衰退という、老化（ageing）と老衰（senescence）に対応する時期」が続き、最後に『完了』すなわち死（death）そのもの」の時期が訪れると解説している（四二）。このようにクローンが老いと死へのプロセスを凝縮した存在だという前提に立てば、小説の冒頭一行目でキャシーが三十一歳という自己の年齢を表明する意義は存外に大きい。彼女はまず自分がクローン世界における高齢者であることを宣言してから物語を始めていることになるのだ。キャシーはこの時点で十一年四か月にわたって介護人を務めているが、これは他のクローンに比べてもかなりの長期間であり、彼女が成人期どころか事実上の老年期に突入しても延々と働き続けてきた実態が浮き彫りとされている。この冒頭場面で、キャシーは介護人の職務を辞すると言明する。介護人を退いたクローンは提供者へと移行するため、老いた彼女は自ら死に接近することをこの時点で自覚していることになる。

この小説の第一部と第二部では、ヘイルシャムとコテージというクローン人間保護養育施設を舞台に、クローンたちの幼少期から十代後半までのエピソードが綴られる。一方、最終第三部では、長年を経て、すでに提供者と化した旧友ルースやトミーと介護人キャシーが再会するという、いわば高齢者同士の交流関係がプロットの中心をなしている。キャシーはルースやトミーの晩年の世話をし、その死を次々に看取るが、(7) クローンの寿命を鑑みれば、これは老人が老人を介護する物語と読めるだろう。クローンが行う臓器提供は最大でも四回、たいていはそれより少ない回数で「完了」という名の死を迎えるため、提供者たちのための介護はさながらターミナル・ケア（終末期医療介護）の様相を、また、提供者の収容施設は末期患者用の専用病棟の様相を帯びている。介護対象となるルースとトミーについて、その身体性に着目しつつ考察してみよう。

クローンたちの提供に共通して伴うのは身体的劣化と苦痛である。ルースは提供手術に不適応な体質で、一度目の手術後に介護人を引き受けたキャシーは、その影響の酷さを目の当たりにする。旧友三人が座礁した船を見に遠出をするエピソードでは、ルースは他の二人から支えられねばならぬほど、その体力の衰えが強調されている。さらに、最後となる二回目の提供を終えたルースを、キャシーは次のように描写する。

鈍い照明のもと、あの病院のベッドにいる彼女に目をやると、その顔に、以前にもたびたび提供者たちに見てきたあの表情を認めました。まるで、目をさしむけてまさに自分の内を見ようとし、身体にある個別の痛みの箇所をさらによく見て回ってとりまとめておこうとするかのようでした。（『離さないで』二二五）[8]

イシグロはあるインタビューで、「我々は皆いずれ劣化する身体の内に生きている」（クック）と述べている。この場面に描かれているのはまさに、「劣化する身体」の中身を必死に自己確認しようとする終末期の痛ましい姿である。キャシーはルースの痛みを緩和するためにその手を握り締め、三時間以上も看護し続けるが、その努力も空しく、ほどなくしてルースは絶命する。

ルースの遺志を受ける形でキャシーがトミーの介護人になるのは、彼が三度目の提供を行った後のことである。残り一度の提供機会を待つトミーは、まさに人生の末期段階にある。この段階に至ってようやく二人は初めての性交渉を持つが、そのぎこちない肉体的営みの描写には老後の性の問題が提起されているという解釈もできるだろう。二人が性交渉を行う理由の一つは、相互の愛情を証明できれば、完了する前に数年間の「猶予」、すなわち時間的延命措置が施されるという噂のためである。この噂が根拠のないものであることが判明した後、つまり余命短い現実を改めて突きつけられた後、トミーは介護人を他人に替える決意をキャシーに告げる。その弁明理由として、彼は前週に起きた自身の腎臓トラブルに言及する。キャシーから自分はそのために必要な介護人なのだと反駁されると、トミーは「君の前であんなふうになりたくはないんだ」(『離さないで』二五七)と言い放つ。この言葉は、「トミーは死を前に弱っていく酷い姿をキャシーに見せたくないと考えた」(一三八)と長柄裕美が指摘するように、衰えが顕在化した身体の醜悪さを身近な存在に目撃されたくない、というトミーなりの人生の美学を反映したものと解釈できるだろう。

トミーにはもう一つ注目すべき発言がある。彼はキャシーに、四度目の提供を終えても「本当に完了するという確証はない」(『離さないで』二五五)という点、すなわち、その後も臓器移植が延々と続けられる可能性に対する疑念と不安を吐露する。この小説のディストピア性はよく指摘されるが、当事者の意に反して臓器移植が継続される悪夢のような状況は、キャシー曰く「ホラー映画そのもの」(『離さないで』二五六)である。事の真偽は作中では明らかにされないものの、ここで改めて浮かび上がるのは、クローンという設定そのものが、根源的に身体の問題を内包しているのだという事実である。臓器提供とは身体を切除し、それを他の身体に移植する行為である。(9) クローン養成の目的が通常の人間の身体回復と維持に資することにあるという点、さらに、クローンの身体が「完了する(complete)」ことは人間の身体を「完成させる（complete)」ことに直結している（クルヤマン 一一七）という点を踏まえれば、この作品が描いているのは「クローンの身体の搾取」（シュトラウス 一四三）に他ならない。臓器提供の継続に関するトミーの懸念は、身体搾取の最たる可能性を示唆するものである。そこには、クローンのみならず、死すべき（mortal）存在としての人間の尊厳を巡る現実的な問題も提起されているように思われる。身体の不完全さを他の身体で補完する延命措置としての臓器移植は、まさに我々人間が直面する問題である。

最新作の『巨人』はまさに老いと死を描いている。主人公アクセルとベアトリスの夫妻は老人として設定され、さらに、ベアトリスがアクセルを残して不可思議な島に渡る小説最後の場面は、イシグロ曰く、死と関連している（ガイデューク）。着目したいのは、夫に先立つベアトリスが物語の初期段階より身体の痛みを繰り返し訴え、その痛みが頻繁に言及されている点である。これは、前作『離さないで』で描かれていた、臓器提供の進行とともに衰弱していくクローンの肉体的痛みを想起させる。ベアトリスが苦痛を訴える場面を見てみよう。息子探しの旅に出た夫妻がサクソン人の村に到着した際、彼女は「小さな不快感」（『巨人』五二）を覚えて手で脇腹を押さえ、[10]薬に精通した村の女を訪問する。この痛みに老いが関わることは、「私の老いた身体を注意深く診てくれるって彼女は言っている」（『巨人』五六）、「痛み（pain）はただ歳月（years）とともに起こりうるものだって彼女は言った」（『巨人』六七）というベアトリスの言葉から明らかである。ところが、彼女の病状は想像以上に重いことが次第に明らかになっていく。旅の途中の修道院で出会ったジョナス神父に診察をしてもらった際、ベアトリスは時おり血尿が出る事実を告げ、アクセルを不安にさせる。

ベアトリスの死の前兆は、夫妻が川を渡るために籠の舟を借りる場面で顕在化する。籠は一人乗りのため、二人は別々に乗船せねばならないが、これは最後の永劫の別れを予兆するプロット設定だと解釈できるだろう。行く末を予感したかのように、ベアトリスは離れ離れになることへの危惧を繰り返し口にする。そこへ舟に乗った老婆が現れ、ベアトリスは不可思議な小妖精に群がられる。老婆はアクセルに「その女を救う治療法がないことは、もはやずっと前からわかっているだろう」（『巨人』二五四）と述べ、次のように続ける。

女を渡しなさい。そうすれば痛み（pain）に苦しむことはなくなるのがわかるよ。川の水で洗ってあげよう。歳月（years）は洗い落とされ、女は快い夢心地となるだろう。なぜ手放さないのか？　殺される生き物の苦しみ以外に、何を与えてやれるというのだ？

（『巨人』二五四）

ここにも老いを連想させる「歳月」という表現が用いられているが、同時に、それに伴う「痛み」を取り去った先にある死後の安寧の世界への誘惑が囁かれる。このように考えると、老婆の正体は「悪魔」（『巨人』二四九）ではないかと疑ったベアトリスの推測は的外れとは言えないだろう。アクセルはその誘惑と小妖精を振り払い、ベアトリスを無事に岸辺まで運ぶことに成功するが、一連のエピソードは彼女に死期が迫っている事実の暗示となっている。

物語の最終章で見逃せない点は、前章までとは異なり、ベアトリスが自分の足では立てぬほど身体が衰弱しきっている様子が描かれる事実である。馬から降りて入江の小屋へと移動する際、彼女は島への舟渡しをする船頭に抱きかかえられねばならず、その後も座ったり横になったりするのみの脆弱な描写がなされる。これは『離さないで』のルースの末期状態を思い起こさせるが、ベアトリスはその状態のまま舟に乗せられ、一人島に送られる。彼女は探し求める息子がそこに渡ったという記憶を取り戻しており、アクセルはそこに彼の墓がある可能性を示唆している。島は黄泉の国を、船頭はそこへ死にゆく者の魂を渡す三途の川の渡し守を暗示しているとする評者の指摘は妥当であろう（サナイ）。小説の冒頭で始まった息子探しの旅の終焉は、文字通り老いの終焉とオーバーラップする。彼岸に渡るベアトリスとは対照的に、アクセルは此岸に残される。だが、彼女を抱えて歩く役目を自ら引き受けようとした彼のことを、「今や妻とほぼ同じくらい弱った夫」（『巨人』三三二）と称し、その申し出を退けた船頭の言動を踏まえれば、アクセルの終焉もまたそれほど遠いものではないことが暗示されているように思われる。

三　「第二人称の死」と「二度目の死」

これまで作品ごとに分析を行ってきたが、これらのプロット設定に見られる類似点に改めて焦点を当て、さらに深く議論を掘り下げてみたい。前節で詳述したように、近年の作品において、周囲に存在する老人の死は主人公の晩年の人生に深く関与する傾向が見られる。だが、これらの主人公たちは、同じく死へと向かう老いのプロセスを経るものの、作中で自らの死を直接経験することはない。身体的老いの帰結としての死を経験するのは、主人公自身ではなくむしろ近親者あるいは長年親密な関係にある存在である。『孤児』におけるバンクスの両親、『離さないで』におけるキャシーの旧友たち、『巨人』におけるアクセルの妻は[11]、すべて主人公に先立って老いの症状が進行し、この世を去る。親の世代のみならず、たとえ同世代が死別の対象となっても、主人公は常に後に残されるというパターンが繰り返されている。イシグロ作品における老いと死を考える上で、このことはいかなる意味を持つのだろうか。

哲学者ヴラジミール・ジャンケレヴィッチは、その著書『死』（一九六六）において「死の人称性」という概念を唱えている（二四―三六）。それによれば、人間の死は「第一人称の死」「第二人称の死」「第三人称の死」の三つに分類される。「第一人称の死」とは自分自身の死、「第二人称の死」とは身近な関係にある人間の死、「第三人称の死」とは社会に生じる無関係な人間の死である。この定義に従えば、イシグロの作品で描かれているのは「第二人称の死」ということになる。ここで改めて死について考えてみよう。人間は誰しも死すべき存在であるが、自らの死を、自覚的に身をもって経験することは不可能である。この意味で「第一人称の死」は不可知の死である。[12]人間が生きている間に経験できるのは他者の死のみだと言っても過言ではない。他者の死には「第二人称の死」と「第三人称の死」が含まれるが、ジャンケレヴィッチは「哲学的な経験として残るのは第二人称の死、つまり身近なひとの死です」（『死とは何か』一四）と、「第二人称の死」の優位性について述べている。これは哲学のみならず文学においても適用可能な考え方であろう。もちろん、文学作品においては「第一人称の死」の世界、たとえば自らの死の現象や未知の死後の世界、あるいはそこでの神や霊的存在との邂逅といったものを想像力豊かに描き出すことは可能であり、それを古今東西あまたの文人が試みてきたことは言うまでもない。しかし、イシグロの文学的アプローチはより現実的、現世的なものである。たとえＳＦ的要素を持った『離さないで』やファンタジー的要素を持った『巨人』であっても、文字通り身体を伴った人間の実人生の領域を越えた超越的な世界が描かれることはない。ジャンル的枠組みはどうあれ、イシグロの描く対象はあくまで等身大の人間存在のあり方である。この意味で、イシグロの扱う死の対象が「第二人称」となるのは必然であり、実際、後期の作品ではその具現化が試みられていると言えるだろう。

「第二人称の死」と関連するものとして、人間の「二度目の死」という思想もまた、イシグロ作品に援用しうる有効な考え方であると思われる。二度目の死とは、肉体の死という一度目の死に次ぐ、他者の記憶からの消滅による死である。この考え方はさまざまな芸術作品のモチーフとしても用いられているが、哲学者中村雄二郎はこれと同様の考えを示し（一八四―八五）[13]、また、「死」に関して自身が主宰したフォーラムに寄せられた次の意見を紹介している。

一人の人間の肉体的な死とは、その人の中にあった我々の記憶（つまり我々の人格の一部）が死ぬことであり、かつ、その人の人格の一部は我々の中に記憶として残るという現象であると考えられます。（中略）したがって肉体的な死は「不完全な死」です。その人を記憶する人全てが死んだ時に死は完全なものとなります。（二一六）

イシグロ文学における記憶の重要性についてはすでに多くの批評家によって言い尽くされている観があるが、記憶と死の関係性についてのこの考え方は、身近な他者の「第二人称の死」に遭遇するイシグロ作品の主人公たちに当てはまるものとして考察に値する。イシグロは『離さないで』に関して以下のように述べている。

記憶について、もう一つ触れておきたいことがあります。ジョージ・ガーシュウィンに、「They Can't Take That Away from Me」という曲があるんです。「誰も私からそれを奪うことはできない」——ここでいう「それ」とは記憶です。『わたしを離さないで』を書いているとき、この曲を思い出しました。物語の終わり近く、キャシーはこういいます。「私はルースを失い、トミーを失いました。でも、二人の記憶を失うことは絶対にありません」。記憶とはそのような作用をするものだと思います。つまり記憶とは、死に対する部分的な勝利なのです。（中略）私たちは、とても大切な人々を死によって失います。それでも、彼らの記憶を保ち続けることはできる。これこそが記憶のもつ大きな力です。それは、死に対する慰めなのです。（福岡 四二）

ここには、身体的な死とは「不完全な死」であり、故人はその記憶を有する他者の中に生き続けるという思想との接点が見られる。これと似たような表現で、イシグロは「死を相殺できるほど強力な力」（大野 一八四）となる「愛」の重要性についても近年たびたび言及している。そして、これは『離さないで』と『巨人』に共通する主題だと述べる（カートリー）。『孤児』においても、バンクスは「彼女は私を愛するのを止めたことは決してなかったんだ、一瞬たりともね」（『孤児』三五九）と満足げに回想しつつ、母親の死を語っている。このように考えると、こうした主張をする際、イシグロの中で愛と記憶は分かちがたくリンクしており、それは愛情の記憶とひとくくりにして表現できるだろう。イシグロの作品群には、錯覚や隠蔽や自己欺瞞など人間の弱さを露呈するネガティブな記憶とともに、人間の生き方を支えるポジティブな記憶も共存しており、とりわけ近年の作品では後者の要素が前景化される傾向が認められる。では、イシグロ作品において、後に残される老いた主人公の余生はどのように描かれているのだろうか。それはやはり死へと向かう道程に変わりはないが、同時に、限られた生の意味を最後まで問い続けるプロセスでもある。その際、身近な他者の死の記憶は、単なるノスタルジックな記憶に留まらず、それを拠り所に老いから死へと至る時間を意義あるものに転化させうる可能性が示唆されている。そこには他者の死が自己の生にリンクする現象が見られる。ここに、死生学《タナトロジー》や老年学《ジェロントロジー》の分野において提唱される「死への準備教育《デス・エデュケーション》」との接点を読み取ることもできるだろう。死への準備教育とは、必然的な死を見つめることによって、有限の生を充実させることを目的とするものである。アルフォンス・デーケンによれば、「自分に与えられた死までの時間をどう生きるかと考えるための教育」であり、それはすなわち「生への準備教育《ライフ・エデュケーション》」に他ならないという（三―四）。もちろん、死への準備教育は当事者の死、すなわち「第一人称の死」への対応が主目的となるが、すでに論じたように、イシグロ文学において、その過程における「第二人称の死」および故人の記憶は有効に機能する。(14) 忘却が死に結びつき、記憶が生に結びつくという前提に立てば、死者の記憶は残された者にとって文字通り「メメント・モリ（死を忘れるなかれ）」の対象として存続し、また同時に、生きる礎を与えるものとなり得る。

『孤児』において、バンクスの亡き母の記憶は、晩年を迎えつつある現時点の彼に影響を与えている様子が描かれている。バンクスは老母との再会を述懐した後、養女のジェニファーから、将来自分が結婚したら家族と一緒に田舎で暮らすようにと誘われる。長年ロンドンで独り暮らしを続けてきた彼は、しばし逡巡するものの、小説の最後では「ジェニファーの誘いを引き続き真剣に考えることにしよう」（『孤児』三六八）という心境に至っている。この親子はどちらも孤児となった過去を持つ。バンクスが身寄りのないジェニファーを最初に知るのは彼女が十歳のときで、これは彼が両親を喪失してイギリスのおばに引き取られた年齢と同じである。また、ジェニファーが同居の話を持ちかけたのは、バンクスが母との再会を果たしたのと同じ三十代のことである。これらは偶然の符合ではなく、作者の意図的なプロット設定であろう。バンクスは自分と母との関係を娘と自分とのそれに重ね、老後の身の置き方について模索する姿勢を示していると解釈できるのだ。そこには、孤独に老いて死した母の残像に影響を受け、晩年の生き方を文字通り「真剣に考える」老バンクスの姿がある。

『離さないで』のキャシーは、彼女の「私はルースを失い、トミーを失いました。でも、二人の記憶を失うことは絶対にありません」（『離さないで』二六二）という言葉に関する先のイシグロの発言の通り、物理的に失われた親友たちの記憶を拠り所にしつつ晩年を送る。それは提供者としての余生だが、彼女は小説冒頭で介護人を辞めると宣言しながらも、その理由は明確に説明されてはいない。それを考える上で着目したいのは、最後の提供直前のトミーの発言である。トミーは、クローンの中では例外的に長い期間介護人を続けているキャシーに対し、辞めたいとは思わないのかと尋ねる。彼はその質問の理由として、「でもこんなふうに君は駆け回ってばかりだ。こんなふうにくたくたになって、独りぼっちだ。君のことをずっと見てきたんだよ。これじゃくたびれきってしまうよ」(『離さないで』二五八)と述べる。この指摘が的を射ていることは、介護人としての現状を語り始める小説第三部の冒頭で、キャシーがいきなり吐露する弱気な告白によって裏づけられる。

そして孤独があります。たくさんの人に囲まれて育って、それしか知らなかったのに、いきなり介護人になります。何時間も独りで田舎を運転して、センターからセンターへ、病院から病院へと移動し、夜通し寝泊まりし、悩み事を話す相手も、一緒に笑う相手もいない。(中略)いつも急いでいているか、さもなければ、あまりにくたくたでまともな会話もできない。ほどなくして、長々とした時間、場所の移動、細切れの睡眠といったものすべてが自分の存在の中に忍び込み、自分の一部となってしまい、その結果、それが姿勢や視線や言動のあり方に現れるのが誰の目にも見てとれるのです。(『離さないで』一八九)

両者の発言に共通するのは、身体の衰弱に対する不安と憂慮である。トミーは想いを寄せるキャシーの体調をいたわり、同じ高齢者として激務からの早期解放を訴えていると解釈できるのだ。キャシーは亡きルースの願いによりトミーの介護人となり、そのトミーはキャシーが介護人を辞めることを願って死を迎える。親友の遺志を順次聞き入れるキャシーは、いわばトミーによる最後の願いを受け入れる形で介護人を辞するのだ。もちろん、提供者への転向が苦痛を伴い、死への接近を促すという事実は、キャシー自身がそれまでの経験で幾度も目撃し、自覚しているはずである。しかしながら、それこそが、この世を去った身近な存在の記憶を留める彼女が達した、人生の晩年における静かなる選択と決断であると解釈できるのだ。

『巨人』のアクセルが先立つ妻の記憶をどのように消化するのかは明確ではない。なぜなら、物語はベアトリスが夫と別れて島に渡る直前で終わっており、彼女の死と記憶の影響を巡る後日談は描かれないからである。しかし、最終章におけるアクセルの言動には、それを知る手がかりが示唆されているように思われる。夫婦が一緒に島に渡るためには互いの強い愛情が証明される必要があったが、それを妨げた直接の要因は、アクセルが、愛情の判定者である船頭に対して、過去に夫婦間の亀裂が生じた事実を告げたことにある。船頭の質問は「特別な痛み(pain)」(『巨人』三三八)をもたらす記憶はあるかというものだった。アクセルは、疫病で死んだ息子の墓参りに行きたいという妻の願いを禁じたかつての自らの罪を告白するが、他方、封印していた息子探しの旅を決意した理由を問われた際には、「ゆっくりと治る傷ではあったが、確かに治った」(『巨人』三四二)と思ったからだと返答する。その後アクセルはベアトリスに対して、過去の記憶を奪っていた雌竜クエリグの霧が「古傷を治してくれたのかもしれない」(『巨人』三四四)と述べている。この言葉の背後には、過去の記憶が失われていた長い歳月の間に徐々に醸成された夫婦の絆に対する淡い期待がある。それはアクセルが繰り返し思い起こしては口にする思いだったが、とりわけ、クエリグが退治される前に彼がベアトリスに発した言葉に顕著に表れている。

このことを少なくとも約束しておくれ。約束しておくれ、お姫様、今のこの瞬間に心の中で感じている私への想いを忘れないって。だって、記憶が霧の中から蘇っても、ただ別の記憶を他へ押しやるだけなら、何の役に立つというんだい？　約束してくれないか、お姫様？　今のこの瞬間に感じている私への想いをいつでも心に持ち続けるって約束しておくれ、霧が晴れて何を目にしようとね。　(『巨人』二八〇)

アクセルはこの時点でベアトリスの約束を取りつけるが、その約束は、霧が晴れて過去の記憶が蘇った後も、ひいては彼女の最期を示唆する最終局面に至っても覆されてはいない。最後の場面で、別れ際に二人は抱擁を交わす。先に引用した「痛み」や「傷」という言葉はベアトリスの痛みへの言及を想起させるが、彼女の死の要因となる消えない身体的痛みとは対照的に、夫婦の過去の精神的痛みは癒され、その状態は保持されうるという可能性が、後に残されるアクセルの胸中には留められるのだ。確かに、死の事実そのものは受け入れざるを得ない悲劇的運命であり物理的現実である。それ自体は回避しえない必然的プロセスだと認めるにしても、同時に、妻と共有したかけがえのない記憶が、彼女を喪失した後のアクセルにとって生きる礎となり得る可能性もまた残される。妻に記憶の保存を要求した彼の言葉の背後に透けて見えるのは、自らもその記憶を結晶化、永続化したいとする彼自身の切実な願望であろう。

小説の最後は、妻を舟に残して岸辺に戻るアクセルが水の中を「骨を折って歩み続ける（wades on）」（『巨人』三四五）という動作表現が二度反復して用いられる形で締め括られている。これは、同じく最終章で「足をわずかに引きずり、敗北間近の人のように背中が曲がっている」（『巨人』三三六―三三七）と描写されていたアクセル像とは対照的な描写である。アクセルは船頭から「陸地」（『巨人』三四五）へと視線をそらし、岸辺で待っていてくれという相手の言葉にも耳を貸さない。船頭が黄泉の国への渡し守だという解釈をここで再度思い起こせば、この最終場面に見られるのは、ほどなく訪れる死を即座には受け入れることなく、残された晩年を、身近な者の記憶とともにさらに先へ歩もうとするアクセルの生の姿勢であると解釈することができるのではないだろうか。また、さらに別の視点をつけ加えれば、ここでの彼の視線は「低い太陽」(『巨人』三四五)、つまり夕日が沈む西の方角へと向けられている。[15] この描写には、作品の舞台であるブリテン島南部の現在の情勢との関わりがあると考えられる。その情勢とは、クエリグの霧の消失を機に、ブリトン人によるサクソン人大虐殺という過去の忌まわしい記憶が、民衆の間に広く蘇ったというものである。復讐に駆られたサクソン人は蜂起し、従来の居住拠点であるブリテン島の東方から、ブリトン人の領域である西方に向かって進撃を開始してくる可能性が高い。ブリトン人アクセルは妻とともに西から東へ息子探しの旅を続けてきたのだが、このように時世の大変動を迎えた局面にあって、彼が西を志向する事実は注目に値する。ここにもまた別の意味で、忍び寄る死を回避し、生きる道を模索しようとするアクセルの姿勢が表れていると考えられるからである。この小説は、個人の私的歴史と国家民族の公的歴史との交錯、融合をプロット上の特色としている。この複合的、補完的プロットは、これまで考察してきた、余生短い老人アクセルの生の持続という主題を考える上でも、有効に機能していると言えるだろう。

四　おわりに

以上、近年のイシグロ作品について、老いや死、およびそれに伴う身体性に着目しつつ論を進めてきた。身体に対する精神という位置づけの心身二元論はデカルト以来の古くて新しい主題であるが、イシグロ作品を顧みれば、彼は一貫して記憶という人間の重要な精神機能に創作の焦点を当ててきた。本論で考察した老いと記憶というモチーフ自体はほとんどの作品に通底しているが、近年の小説ではそれに身体性が加味されることで、さらに深く統合的な人間理解への志向が見られる。そこにはイシグロの変遷と成熟を読み取ることができるだろう。さらに、「身体が精神である。精神と身体は、同一の現実につけられた二つの名前にほかならない」（一一八　強調は原文のまま）と述べる哲学者市川浩に代表されるような心身合一の思想に基づいて考えた場合、記憶の身体性という考え方もまた一考に値する。社会学者ブライアン・S・ターナーは、「身体について語ることなしに記憶について語るべきではない」、「自分の身体はいわば歩く記憶である」（二五〇）と主張する。同様に、認知・脳科学者の下條信輔は身体が

「記憶の容器」（八四）であると述べているが、このように、精神的能力と見なされる記憶と物理的身体との結びつきについて、さまざまな領域の専門家が見解の一致を見ている例は少なくない。このことをイシグロ作品に当てはめれば、老化や死の表象に用いられた身体性が、記憶という生に関わる領域においても深く関わっていると言うことができるだろう。これに関連し、『離さないで』における記憶と身体の結びつきに言及する以下の指摘は注目に値する。

提供者たちの身体は提供のために解体されるが、他方、たゆまぬ回想によってキャシーは自らのアイデンティティーを構築する。記憶を呼び起こすことを通して、キャシーは身体を再構築しようと試みる——それは物理的にではないにせよ、身体と自我を執拗に解体しようとする営みに抗い、自らの存在を立証する記憶の集合体を作り出そうとするのだ。（ボスケッティ 四四）

キャシーは旧友たちの生から死へのプロセスを、介護人として習得した知識とは別に、身体的実感を伴って体験し、ありのまま記憶に留める。それは文字通り記憶の身体化（embodiment）であり、自らの生のアイデンティティーに結びつくのだ。『離さないで』に見られるこの現象は、『孤児』や『巨人』においても同様に確認されうる。キャシーと同じく、バンクスやアクセルもまた、老いがもたらす死によって引き離される人間のことを、身体的プロセスを伴う記憶とともに保存し続け、自らも身体の衰えを抱えた残りの余生を生きる。これらの作品に描き込まれた老いと死の諸相には、人生の晩年に対する近年のイシグロの先鋭化された視線が色濃く反映されている。老いを巡るさまざまな問題は、現代社会、とりわけイギリスを含めた先進諸国において急速に差し迫る深刻な現実でもある。イシグロはそのきわめて今日的な主題を作品世界の中で具現化し、その現状や受容のあり方について読み手に問いかけていると読めるのではないだろうか。そこには彼自身が同じく年齢を重ねている現実も後押ししているのかもしれない。現在六十代半ばのイシグロが今後どのように老いの主題を展開していくのか、読み手としての興味は尽きない。

注

(1) 本論は、日本英文学会九州支部第七十一回大会（二〇一八年十月二十日、九州女子大学）において口頭発表した原稿に、加筆修正を施したものである。

（2）この点に関しては、拙論（池園 一―三）を参照。また、加齢につれて若者を見つめるようになったというイシグロ自身の発言については、マイク・クリソラゴーによる対談記事を参照。

（3）日本語訳については入江真佐子訳を適宜参照したが、テクストの解釈の必要上、本論では拙訳を施した。

（4）中国軍のチョウ中尉は、危険な戦闘区域に入らんとするバンクスを止めようと説得するが、最終的には「わたし自身、老いていく（ageing）両親を持つ者として、あなたの切迫した気持ちはよく理解できます」（『孤児』二九〇）と、同じ境遇にあるバンクスに共感する。

（5）付言すれば、戦争の影響自体は初期作品においても提示されていたが、それを直接の原因とする人間の死について、これほど迫真性をもって描かれることはなかった。

（6）これ以降の引用箇所に登場する訳語「身体」は、参考文献からの引用も含め、原文ではすべて"body" "bodies"という英語が用いられている。

（7）荘中孝之は本作品を高齢者介護小説として読み解いており、この点で本論も同様の視座を持つ。荘中の議論はとりわけ登場人物の「看る／看られる」という行為に焦点を当てて分析を行っている（二六九―八二）。

（8）日本語訳については土屋政雄訳を適宜参照したが、テクストの解釈の必要上、本論では拙訳を施した。

（9）映画版では、原作とは異なる演出の一つとして、臓器提供手術の実際のシーンが視覚的に提示されている。視聴者はまず冒頭で、最後の提供に臨むため手術台に横たわるトミーの姿に印象づけられる。また、実際の上映版とは若干異なるものの、ルースが完了する場面を記した脚本のト書きからは、その生々しく残酷な身体表象が読み手に伝わってくる。

［手術室内部］

ルースが手術台に縛りつけられている。

彼女は医師や看護師に囲まれ、彼らは彼女の切開された腹部に施術している。

彼女の目は開いているが、どんよりとしている。

ルースが一回まばたきをする。

心拍モニターの警告音が鳴り始める。

気に留める者は誰もいない。

生命モニターの線がフラットになり、ルースは死亡する。

手術は影響を受けることなく続行される。

終了する。

さまざまな手術スタッフが業務を終える。手をゴシゴシ洗う。退場する。

手術台にはルース、その死体が置き去りにされる。独りぼっちで。（ガーランド 九二─九三）

(10) 日本語訳については土屋政雄訳を適宜参照したが、テクストの解釈の必要上、本論では拙訳を施した。

（11）アクセルとベアトリスの両者を主人公と捉えることもできるが、たとえば、物語の半数以上の章でアクセルが視点人物となるのに対し、ベアトリスが同様の立場を担うことは皆無である点など、作品における両者の扱われ方のウェイトには質量ともに差がある。

（12）E・M・フォースターは、人間の誕生と死は「経験であると同時に経験でないもの」であり、「二つの暗闇」だと述べている（五七）。

（13）同様の思想は、以下の例に見られるように、古今東西のさまざまな言説にも表明されている。「死んだひとりの人物が生き続けてゆく唯一の在り方は、生きている者たちの記憶の中以外にはないのだ」（エリアス 五二）。「死者たちを忘れようものなら、彼らを二度重ねて殺すこととなろう」（ヴィーゼル 二〇）。「一人の人間は、彼が灰となり塵に帰ってしまった後に於ても、誰かが彼の動作、彼の話しぶり、彼の癖、彼の感じかた、彼の考え、そのようなものを明かに覚えている限り、なお生きている。そして彼を識る人々が一人ずつ死んで行くにつれて、彼の生きる幽明界は次第に狭くなり、最後の一人が死ぬと共に、彼は二度目の、決定的な死を死ぬ。この死と共に、彼はもはや生者の間に甦ることはない」（福永 一三七）。

（14）「死への準備教育」は生涯のどの段階においても適用されうるもので、そこには青少年段階の教育も含まれる。これを念頭に置けば、主人公の子供時代がクローズアップされる『孤児』と『離さないで』は、子供に対する「死への準備教育」のプロセスを描いているとも解釈できる。実際、両作品の子供時代には死のモチーフが多く書き込まれている。

(15) これが夕日であることは、「夕暮れの赤い色合いが岸辺全体に広がり、霧のかかった太陽が海に落ちていく」(『巨人』三三二)や「日没の赤い輝き」(『巨人』三四三)といった描写からも確認できる。

文献一覧

Abrams, Robert C. "Kazuo Ishiguro's *Never Let Me Go*: A Model of 'Completion' for the End of Life." *Medical Humanities*, vol. 42, iss. 1, Mar. 2016, pp. 42-45.

Boschetti, Francesca. "Memories in Kazuo Ishiguro's *Never Let Me Go*: A Clone's Humanity." *To Be Decided: Journal of Interdisciplinary Theory*, vol. 2, 5 Sept. 2017, pp. 41-57, static1.squarespace.com/static/56101a62e4b0ece82a67ef9f/t/59b0b43eb07869a1beaae3e7/1504752721579/Boschetti_MemoriesInKazuoIshiguro_TBDVolume2MonstersandBeasts.pdf.

Cooke, Rachel. "Kazuo Ishiguro Is Never Letting Go." *Evening Standard*, 3 Feb. 2011, www.standard.co.uk/lifestyle/kazuo-ishiguro-is-never-letting-go-6562993.html.

Crisolago, Mike. "One-on-One with Kazuo Ishiguro, Winner of the 2017 Nobel Prize for Literature." *Zoomer*, 5 Oct. 2017, www.everythingzoomer.com/arts-entertainment/2017/10/05/

between-the-lines-with-kazuo-ishiguro-on-writing-and-the-buried-giant/.

Forster, E. M. *Aspects of the Novel*. Penguin Books, 1977.

Garland, Alex. *Never Let Me Go*. Introduction by Kazuo Ishiguro, Faber and Faber, 2011.

Gayduk, Jane. "The Long Haul of Love." *Los Angeles Review of Books*, 17 May 2015, lareviewofbooks.org/article/the-long-haul-of-love/.

Ishiguro, Kazuo. *The Buried Giant*. Faber and Faber, 2015.

——. *Never Let Me Go*. Faber and Faber, 2005.

——. *When We Were Orphans*. Faber and Faber, 2000.

Kirtley, David Barr. "Interview: Kazuo Ishiguro." *Lightspeed: Science Fiction and Fantasy*, Aug. 2015, www.lightspeedmagazine.com/nonfiction/interview-kazuo-ishiguro/.

Kiryaman, Dilek Menteşe. "Corporeality and Fragmentation in Kazuo Ishiguro's *Never Let Me Go*." *The Journal of International Social Research*, vol. 10, iss. 53, 2017, pp. 115-19, www.sosyalarastirmalar.com/cilt10/sayi53_pdf/1dil_edebiyat/mentesekiryaman_dilek.pdf.

Sanai, Leyla. "*The Buried Giant* by Kazuo Ishiguro, Book Review: Don't Fall for the Fantasy: This Novel Is Classic Ishiguro." *Independent*, 28 Feb. 2015, www.independent.co.uk/arts-entertainment/books/reviews/the-buried-giant-by-kazuo-ishiguro-book-review-dont-fall-for-the-fantasy-this-novel-is-clssic-10076373.html.

Strauß, Sara. "Neuroethical Reflections on Body and Awareness in Kazuo Ishiguro's *Never Let Me Go* and Ian McEwan's *Saturday*." *Presence of the Body: Awareness in and beyond Experience*, edited by Gert Hofmann and Snježana Zorić, Brill Rodopi, 2017, pp. 139-53.

Turner, Bryan S. "Aging and Identity: Some Reflections on the Somatization of the Self." *Images of Aging: Cultural Representations of Later Life*, edited by Mike Featherstone and Andrew Wernick, Routledge, 1995, pp. 245-60.

池園宏「Kazuo Ishiguro, *When We Were Orphans* における過去の再構築」『英語と英米文学』第四十八号、二〇一三、一―一五。

市川浩『精神としての身体』勁草書房、一九八六。

ヴィーゼル、エリ『夜』村上光彦訳、みすず書房、二〇一〇。

エリアス、ノルベルト『死にゆく者の孤独』中居実訳、法政大学出版局、一九九〇。

大野和基『知の最先端』ＰＨＰ研究所、二〇一三。

柴田元幸『ナイン・インタビューズ　柴田元幸と9人の作家たち』アルク、二〇〇四。

下條信輔『〈意識〉とは何だろうか　脳の来歴、知覚の錯誤』講談社現代新書、一九九九。

ジャンケレヴィッチ、ヴラジミール『死』中沢紀雄訳、みすず書房、一九八二。

――『死とは何か』原章二訳、青弓社、一九九五。

荘中孝之「看る／看られることの不安――高齢者介護小説として読む『わたしを離さないで』」田尻芳樹、

三村尚央編『カズオ・イシグロ『わたしを離さないで』を読む』水声社、二〇一八、一六九―八二。

デーケン、アルフォンス『生と死の教育』岩波書店、二〇〇一。

中村雄二郎、小松和彦『死』岩波書店、一九九九。

長柄裕美「「愛は死を相殺することができる」のか『忘れられた巨人』から『わたしを離さないで』を振り返る」荘中孝之、三村尚央、森川慎也編『カズオ・イシグロの視線　記憶・想像・郷愁』作品社、二〇一八、一三五―五六。

ハイデガー『存在と時間』Ⅱ　原佑、渡邊二郎訳、中央公論新社、二〇〇三。

福岡伸一『動的平衡ダイアローグ』木楽舎、二〇一四。

福永武彦『草の花』新潮社、一九七三。

第八章

判決は「死《デス》」と「難聴《デフ》」(1)
――デイヴィッド・ロッジ『ベイツ教授の受難』

高本　孝子

David Lodge, *Deaf Sentence* (2008)
デイヴィッド・ロッジ『ベイツ教授の受難』高儀進訳（白水社、二〇一〇）

◆作者略歴◆
一九三五年、イギリス生まれ。バーミンガム大学にて英文学を教授するかたわら、数々の文学評論書と小説を発表。一九八七年より作家業に専念。

◆作品梗概◆

六十四歳のデズモンド・ベイツは、難聴のため大学教授の職を早期に辞したものの、日々あり余る時間をもてあましている。一方、妻のウィニフレッド（フレッド）は友人と共同経営のインテリアの店が繁盛し、忙しい毎日だ。デズモンドの最初の妻メイジーは乳がんで他界したため、フレッドは二度目の妻である。彼の今の仕事は月に一度、ロンドンで独居している父親ハリーを訪れることだ。認知症が始まりかけているハリーの生活ぶりは不潔かつ剣呑だが、彼は老人ホームへの入居を頑なに拒み続けている。

ある日、パーティでアレックス・ルームという二十七歳のアメリカ人大学院生と知り合ったデズモンドは、彼女から遺書の文体分析を扱った修士論文の個人的指導を頼まれる。そのテーマと彼女個人への関心から、誘われるままに彼女の自宅で指導を始めるが、コートのポケットにこっそり下着を入れるような悪ふざけをしたり、図書館の本に書き込みをするような彼女を見て、その人となりに疑問をもち、指導を打ち切る。それは賢明な判断だった。後に、彼女が現指導教授のバタワースを誘惑し、それを強請りの材料として大学に職を得ようとしていたことが判明するからだ。アレックスはその後、夜逃げし、行方知らずとなる。

アレックスの魔手に落ちかけたことは、妻フレッドには知られずにすんだものの、結婚生活は別の理由で危機を迎えることになる。友人夫妻と出かけたリゾートで酔っ払って失態を犯したばかりか、自宅で開いたクリスマス・パーティで、難聴を隠そうとして失礼な発言を繰り返し、せっかくのパーティをぶちこわしてしまったからだ。だが、それから間もなくしてポーランドでの学会に出かけた際にアウシュヴィッツを訪問し、同時期に父親が危篤状態であることを知らされたデズモンドは、死の普遍性に対する認識を深める。そして、父親の安楽死を医師から打診されたときに、初めてフレッドに、自分が最初の妻メイジーを安楽死させたことを打ち明ける。フレッドはそれが愛の行為であったと慰め、デズモンドの罪悪感を和らげてやる。それがきっかけとなり、二人は強い愛の絆で結ばれる。

一　はじめに

デイヴィッド・ロッジの創作活動は驚くほど精力的だ。二〇一八年時点で長編小説十五冊、研究書十二冊を発表している。本論で取り上げるのは、彼が七十三歳のときに著した長編小説第十四作『ベイツ教授の受難』（二〇〇八）である。原題の *Deaf Sentence* は「死刑宣告(death sentence)」のもじりだ。

ロッジは常に自分自身に近い人物を主人公として小説を書いてきたが、本作も例外ではなく、「謝辞」に、主人公とその父親は自分自身と父親がモデルだとことわっている。主人公デズモンド・ベイツは六十四歳の元大学教授であり、作者自身と同様、四十代の頃より老人性難聴を患っている。

小説の冒頭を見てみると、作者自身の経験にもとづいた、難聴による聞き間違いにまつわる滑稽なエピソードが次々と紹介される。また、デズモンドは早期退職後、八歳年下の妻のウィニフレッド（フレッド）が美貌を保ちつつ事業家としても成功しているのを横目に、自身は無為の生活を余儀なくさせられ、時間をもてあましているのだが、その様子もユーモラスに描かれている。日本でも内館牧子の『終わった人』（二〇一五）が定年後の人生に困惑している男を描いて話題となったが、本作についても共感をおぼえるシニア世代の日本人は多いだろう。

本作にはデズモンドの父親で八十九歳の独居老人ハリーも登場する。ロッジ自身の父親ビル（ウィリアム・フレデリック）がモデルとなっており、ハリーの家の中の汚さ、ひとり暮らしの剣呑さ、息子の生活上のアドバイスに一切耳を貸さない彼の頑固さ、そんな父親をもてあますデズモンドの様子などがユーモラス、かつリアリスティックに描写されている。

しかしながらこの小説は、それまでロッジが書いてきたようなコミック・ノベルとは一線を画している。主要なテーマは、題名の「死《デス》」と「難聴《デフ》」の言葉遊びからも推測できるように、老いと死という、深刻なものなのだ。ロッジ自身、インタビューで創作上の苦労を聞かれ、その一つは「デズモンドの難聴によって引き起こされる喜劇と、小説のタイトルの地口により連想される、死すべき運命というテーマの真剣な探求とを結びつけることだった」（スウェイト）と述べている。続けて、「小説の終わりに近づくにつれて、主に喜劇的な調子から哀歌的な調子へと変調していく」ようにしたとも述べている。残念ながらその変調はあまり好評ではなかったようで、「感傷が勝ちすぎている」（ラトクリフ）、「ベイツの苦しみに潜む笑いの可能性を最後まで突き詰めてもらいたかった」（アミドン）、「トーンの変化が露骨なところがある」

（テイラー）などのコメントが見られる。

しかし、テクストを詳細に分析してみると、トーンの変化は実は小説の冒頭から読者にほのめかされていたことがわかる。たとえば、語り手のデズモンドの「難聴」と「死」の地口の多用は単にユーモアの効果だけをねらっただけのものではなく、語り手たるデズモンドの死に対する強迫観念が透けて見えるようにするための工夫なのだ。同様に、スパ・リゾートとクリスマス・パーティにおける喜劇調のエピソードや大学院生アレックス・ルームをめぐる顛末も、読者を笑わせるだけでなく、デズモンドの意識の中に老いや死に対する怖れが棲みついていることを示唆している。

そこで、本論では語り手デズモンドの「死」に対する言及に特に注目しながら、ロッジがユーモアを織り込みつつ、死の強迫観念にとり憑かれていたデズモンドの精神的成長の過程をどのように描いたかを考察することにより、本作のテーマを明らかにしたい。

二　死に対する強迫観念

この小説の語りはデズモンドの日記という体裁を取っており、ロッジの言葉通り、小説の前半はもっぱら喜劇的調子を保っている。冒頭のエピソードにおいて、あるパーティに参加したデズモンドは、二十七歳のアメリカ人女子大学院生アレックス・ルームと知り合い、修士論文の原稿を見てほしいと頼まれて引き受けてしまうのだが、それは彼が会場の騒音のせいで彼女の声がまったく聞き取れなかったにもかかわらず、ごまかして適当にあいづちを打ち続けたためだった。[2] また、パーティの帰りの車中でのフレッドとの会話は、デズモンドの難聴のためまったく噛み合わない、滑稽なものである。たとえば、「あなたが夢中で話していた、あの若いブロンドの女は誰だったの」と聞いてくるフレッドに対し、「ロンは見かけなかったよ。来ていたのかい」(『ベイツ教授の受難』七)[3] と答えるのだが、そのような噛み合わないやりとりが最後まで続くのだ。そして、「盲目は悲劇的だが、失聴は喜劇的だ」(一四)と自虐的に独りごつのである。

一方で、「死」への言及も「難聴」と並行して小説冒頭から散見される。「デフ」と「デス」の言葉遊びが頻繁に用いられているのだ。デズモンドは「難聴(デフ)」との音の類似より「死(デス)」を想起し、この二つは単に音が似ているというだけではなく、意味するところも似かよっていると言う――「文脈からのみ、『デフ』か『デス』、あるいは「デッド」なのかを識別できる場合が多い。そして、時によってはそれらの言葉は相互に交換できるようだ。難聴

（デフネス）は、一種の『死の直前期《プリ・デス》』、われわれがやがては入って行く長い沈黙への、長期にわたる導入部分なのだ」（二二）。

音の類似だけではない。生物学的に言っても、難聴は器官の衰えによるものであり、それは身体全体の衰え、老化、そして死へとつながっていくものなのだ。デズモンドの難聴の直接的な原因は外傷性の有毛細胞減損なのだが、「難聴治療の研究」という記事の中に、「有毛細胞は有害な薬物や騒音に晒されると、一種の自殺プログラムで死滅する。要するに、有毛細胞は耳の中で自殺するのだ」とあるのを見て思う――「結局、フィルモア・ウェストのあのロックバンドが、私の内耳の中で集団自殺を引き起こしたのだろうか」（一七二）。このように、デズモンドの語りは難聴を音の類似以外の点でも死と結びつけているのである。

また、たとえばデズモンドが三人称の語りを用いてスパ・リゾートでの難聴にまつわる失態をコミカルに描いた第十六章「午後の失聴（Deaf in the Afternoon）」も、タイトル自体が、ヘミングウェイの短編小説「午後の死（Death in the Afternoon）」のもじりであるというだけでなく、語りの端々で死の連想を誘っている。[4] スパ・リゾートに夫婦で出かけたデズモンドはフレッドの忠告に耳を貸さず、深酒のあげくにサウナに入るのだが、そこで完全な失聴状態となってしまい、パニックに陥る。事実は難聴が急速に悪化したわけではなく、耳垢がサウナでふやけた後に冷水で固まり、耳に栓をしたのと同じ状態になったからだった。このエピソード自体は笑えるものであるが、死はユーモラスなこのエピソードにも結びつけられているのだ。たとえば、スパ・リゾートのプールでの喧噪はダンテの地獄に満ちる阿鼻叫喚にたとえられている――「サウンドトラックを変え、笑い声と冗談を悲鳴と喚き声に代え、その光景に炎の色を与えるためにレンズに赤いフィルターをつけると、自分がダンテの煉獄の現代版か、中世の画家が描いた地獄の中にいると思えるだろう」（二二五）。そして、サウナから出て冷たい灌水シャワーを浴びようとしたデズモンドは、なぜかふと自殺をしようとしているような心境になる――「まるで自殺をしようとしているようだった。ロープと、灌水器の下がっている絞首刑台にそっくりの梁により、自分がやろうとしていることが自分自身に執行する絞首刑のように思えた」（二三七）。

　このように、デズモンドの語りはユーモラスではあるものの、直接には死と関係のないエピソードを語るときですら、死への言及を繰り返しているのであり、彼の意識の中に常に死が見え隠れしていることを図らずも暴いているのだ。そして、死に対する彼の強迫観念には、単に彼自身の老化だけではなく、別の原因もあるのだが、それは小説の終わりの方で明らかになる。

三　老いに対する不安

デズモンドの語りには、死についての強迫観念のみならず、老いに対する不安と恐怖も織り込まれている。前述のスパ・リゾートでの失態にしても、一緒にリゾートに出かけた友人ライオネルの若々しさに対する劣等感にその一因があった。ライオネルと張り合おうとする気持ちにより、フレッドの警告を無視していわば「年寄りの冷や水」的行為に走ってしまったのである。

そして、いずれは男として現役でいられなくなるという恐怖のために、アレックスの誘惑にあわや陥りかけるはめにもなる。魅力的な容姿の彼女は、現在の指導教員のバタワースではなくデズモンドに指導を仰ぎたいと言って、盛んにアプローチしてきたのだ。盛りを過ぎ、遠からず完全に性的不能になる日が来ることを予期しているデズモンドにとって、アレックスは学者としての、また、男としての自尊心をくすぐる危険な存在だったのである。初めて彼女の名前を聞いたとき、デズモンドは「アレックス」を「アックス（斧）」と聞きまちがえるが、「斧」は彼女の本質を言い当てていると言えよう。実は、彼女はバタワースを誘惑し、肉体関係を結んだあげく、その事実を恐喝の手段として用い、大学の指導助手のポストを得ようとしていたのである。
無意識のうちに死の考えにとり憑かれているデズモンドがアレックスに関心を持つのは、彼女の研究テーマが遺書の文体分析であることとも関係があった。アレックスの示唆でデズモンドは戯れに疑似遺書を書いてみる。そして、自分が書いている日記も遺書なのだと思う。

自分の絶望感の深さを家族と友人に明かし、なぜ自分は外面的にはひどく不機嫌で、付き合いの悪い嫌な奴に見えたのかを説明し、家族と友人を、いかに自分が惨めだったのかを悟らなかったことで後ろめたい気分にさせる。だから私はこの日記を書き始めたのだろう。たぶん、この日記は遺書なのだろう。（一六一）

デズモンドが老化を恐れるのは、自分自身の老化を実感しているからだけではない。父親のハリーの零落した姿を見るたびに、自身の老後の姿を想像してしまうからである。デズモンドと同じく難聴を患い、かつ、認知症らしい症状を見せ始めている父親の老衰ぶりは、実にリアリスティックに描写されている。デズモンドにとって、ロンドンに独居している父親を月に一度訪問することは苦痛な義務でしかない。妻に先立たれ、後に通いの家政婦が辞めてからというもの、父親の家は汚れ放題だからだ。そして父親自身は浮浪者のような恰好をしており、彼に自分の面影を見るデズモンドには、そのみすぼらしい姿が将来の自分の姿を見ているようでやりきれなく感じられるのである。

父親の家の汚れぶりの描写は真に迫るものであり、日本でも大きく取り上げられている独居老人問題が、イギリスにおいても深刻であることがわかる。

コンロは台所全体と同じようにぞっとするようなありさまで、外側も内側も一面に油がこびりついており、ちょっとやそっと擦ったくらいでは落ちなかった。その隣のフォルマイカの作業スペースには丸い焦げ跡がついていたが、それは灼熱した鍋を置いたからだったにちがいない。そして、料理用鉄板の上の壁には大きな羽根のような煤の塊が付着していたが、それはきっと平鍋に入れた料理用脂に火がついたのだ。冷蔵庫を開けると、さまざまな食べ物が一杯に入っていた。パラフィン紙と銀紙に包んだ調理済みのものと未調理のものだった。その中で食べられそうもないものは、裏のドアの前のゴミ入れに捨てた。恐ろしい絶望感と無力感が私を包み込んだ。父が一人でずっと暮らしてはいけないということ、いずれは火事で焼け死ぬか食中毒で死ぬだろうということは明ら

かだった。しかし父は進んでこの家を出ようとはしないだろう——出たところで、父はどこに行けばいいのだろうか。（五二）

父親自身、行く末については諦めの心境にあり、次のように語る。

「何をするにも、もう年をとりすぎたよ。夜中に四回以上起きなくて済んで、朝ごはんのあと便所でちゃんと出せて、何も焦がさずに食べるものを作れて、面白い番組でもテレビでやってれば……それくらいしか望みはないよ。そいつが俺にとってはいい一日なんだ」

私［デズモンド］は、それに対して父を励ますような言葉を思いつかなかった。（六三）

ただし、デズモンドが父親を避けたがるのには、イギリス社会特有の事情もあることにも注意が必要だ。ハリーはロッジの実の父親と同じく、バンドマンを生業としていた。つまり、デズモンドの両親は下層中流階級に属していたのであり、デズモンド自身は大学教授になることで中流階級にのしあがった人間である。そんな息子をハリーは自慢にしており、デズモンドに仕事があるから帰ると言われると、何も言えないのであった。みすぼらしい服装をして、貯金がないわけでもないのに吝嗇に徹し、スーパー内のレストランでの食事を唯一の楽しみにしているようなハリーの姿は、息子の階級意識をいやでも刺激したのだろう。

デズモンドの階級意識は、妻の実家が由緒正しい家柄であり、その対比によってもさらに刺激されていたと思われる。フレッドの祖母は子爵の娘であり、先祖はノルマン朝にまで遡るという名門の出自である。作中ではフレッドの母親セシーリアがところどころで登場し、上流気取りであることや、酔っぱらって庭に放尿するようなハリーの下品さを嫌っている様子などが描かれている。

四　ロッジとカトリック信仰

作中、フレッドの生い立ちやデズモンドとのなれそめ、その後の経緯はかなり詳しく書き込まれている。一読しただけでは、メイン・プロットに関係のない冗長な部分に感じられるだろう。だが、ここで注意したいのは、フレッドがカトリック信者として設定されていることだ。

フレッドとデズモンドの再婚に際しての教会とのやりとりにまつわるエピソードは、宗教的な死生観をデズモンドがどう捉えていたかを紹介するという意味で、必要不可欠な部分だったと思われる。論を進める前に、この点について見ておこう。

名門であり、代々カトリックを信仰してきたフレッドの実家は、イヴリン・ウォーの『ブライズヘッド再訪』（一九四五）のマーチメイン家を想起させる。特に、フレッドがいったんはカトリック信仰から離れかけながらも、最終的に信仰に戻っていくくだりは、マーチメイン家のジューリアやマーチメイン卿の姿に多分に重なっている。実はフレッドは、デズモンドと結婚する前に別の男との結婚と離婚の経験があった。デズモンドと再婚してから数年たった頃、彼女は最初の夫との結婚が無効であったことを教会に認めてもらおうと、教会による無効宣言を願い出る。「教会に再び受け入れられることはフレッドにとって非常に大きな意味がある」（七九）ことをデズモンドは理解する。「フレッドの信仰に強い知的基盤があったとは私は思わない。それは、育ちと教育と一家の伝統から生まれたものなのだ。成人期の初めの性の目覚めと、不幸な結婚の二つの嵐が彼女をカトリック信仰から吹き飛ばしたのだが、その嵐が収まると、彼女は元の安全な避難所に戻ったのだ」（八一）。

デズモンド自身について言えば、イングランド国教会で洗礼を受けたものの、宗教的な環境で育ったわけではなく、実質的には無神論者である。そんな彼は、カトリック信仰により精神的なよすがを持ち得ているフレッドに、自己欺瞞だと思いつつも、羨望を覚える。それは、「もし現世の欠陥と不正が正される来世があると信じていれば（中略）死ぬこと自体もさほど気の滅入るようなことではなくなる」（八二）と思われるからだ。

デズモンドとフレッドの関係は、信仰の点において作者ロッジとその妻メアリーの関係に重なっているようだ。メアリーの場合は、フレッドのように由緒ある家柄ではなく、アイルランド系の出自であり、ロッジ自身とほぼ同じ階級の出身であるが、ロッジが最近出版した自伝の『作家の運』（二〇一八）にあるように、メアリーとフレッドの信仰のあり方はほぼ同じだ——「妻メアリーの信仰は篤く、強く、本質的に知的なものではなかった」（一一）。続けて彼は、「わたしはそれを乱したくなかったし、それに疑問を投げかけることによって二人の間に壁を作りたくなかった」と述べているが、ロッジのこのような許容の態度もデズモンドに通じている。

ロッジ自身、『大英博物館が倒れる』（一九六五）や『どこまで行けるか』（一九八〇）など、特に初期の作品で多くカトリック信仰を取り上げ、信仰の実践と実生活から生じる諸々の必要をどのように両立させるかに苦慮する人々を描いている。また、『作家の運』においては、数年前から「自分はもはや実践的なカトリック教徒ではないと公言するようになった」（一一）と述べている。

自身の信条について、ロッジは一九八四年に発表されたドン・キューピッドによる『信仰の海』と、それにもとづいて生まれた精神運動の説くところとほぼ同じであるとしている。『信仰の海』が主張しているのは、ロッジの説明によれば次の通りだ――「宗教は人間の意識と人間の文化が創り出したものである。神が人間を造ったのではなく、その逆であった。宗教の言説における「神」という言葉によって示される超越的な絶対者の概念は根拠がなく、真実が科学的な方法によって確立される現代にあっては、思慮深い人々の同意をとりつけることはもはやなくなった」（『作家の運』一〇）。実質的な信仰の喪失に伴う精神的危機をロッジはどう乗り越えたのか。それが、本作品で描かれるデズモンドの姿にある程度反映されていることは間違いないだろう。では、デズモンドはどのようにして老いと死に対する恐怖を乗り越えるのだろうか。

五　死に対する強迫観念の克服

フレッドとは対照的に、「懐疑的で、難聴で、日曜新聞の浅薄で激越な口調の駄弁を読みながら一人で家に残された」（八二）デズモンドの脳裡には常に死の影が棲みついているわけだが、そんな彼の精神的成長は、死に対する強迫観念から解き放たれ、死と正面から向かい合うことによってもたらされる。

デズモンドが前述のスパ・リゾートでの失態やその他の失態によりフレッドを激怒させたことにより、フレッドとの関係は冷え切ってしまう。そんな中、デズモンドはポーランドに講演旅行に出かけることになるが、帰国する直前、父親が入院したことを知らされる。自宅で倒れ、デズモンドに頼まれて様子を見に来た息子のリチャードに発見されたのだった。急速に衰弱していくハリーの状態に、医者は生命維持装置をはずすことを提案する。ここに至ってデズモンドは初めてフレッドに、末期がんによる苦痛から解放すべく、本人の懇願により前妻のメイジーを安楽死させたことを告白する。メイジーが病死したこと、デズモンドが彼女を献身的に介護し、看取ったことについては、それまでも語りの中で時折触れられていたものの、彼女を安楽死させたことは他人にはもちろん、日記と称するそれまでの語りの中でも一切言及されていなかったことであり、読者を驚かせる。たとえば、第五章においてメイジーが自宅で死を迎えることを決め、その願いをかなえたことで「私と子供たちはそれ相応の負担を強いられた」（七二）と述べていたが、具体的にどのような「負担」だったのかについては述べていなかったのである。このとき、もちろん安楽死のことは意識にのぼっていたはずだが、それについて書くことはなかった。それほどに、妻の死に手を貸したという事実は彼にとって重い事実だったのだ。

メイジーを安楽死させたのはクリスマスの日であった。第十二章の冒頭、クリスマス・イブの日にデズモンドは「私はクリスマスが大嫌いだ。クリスマスそのものだけではなく、それについて考えることも」（一五四）と書き、それに続いて、人々がやたらに浮かれ騒ぐのが気に入らないなどと理由を述べたてていた。だが、デズモンド本人に自覚はなかったが、彼がクリスマスを嫌う真の理由は、自分がクリスマスの日にメイジーを安楽死させ、その罪悪感に苛まれていたことだったのだ。安楽死のことはおそらく知らないであろうリチャードから、クリスマスが嫌いなのはお母さんのことを思い出させるからじゃないの、と指摘されるまで気づかないほどに、このことはデズモンドにとって抑圧された記憶だったのである。安楽死のことをデズモンドから告げられたフレッドは、「あなたがメイジーのためにしたことは愛の行為だったのよ」（二八六）と慰め、デズモンドの心を癒す。この経験を通じてデズモンドはやっと過去の辛い記憶によるトラウマを乗り越えることができるのである。

このように過去に正面から向き合うことで、人間として成長するというプロットは、ロッジが一九九五年に発表した『恋愛療法』にも見られる。原因不明の鬱と膝の痛みに悩まされている主人公ローレンス・パスモアは、昔の恋人モーリーンのことを思い出し、彼女との出会いから別れまでの経緯を書き綴る中で、自分がいかに彼女を傷つけたかに思い至る。そして、何十年もたった今、彼女との再会を果たして彼女に許しを請うことで、過去と向き合い、過去と折り合いをつけるのだ。そしてそのことにより、彼の鬱状態と膝の痛みはいつの間にか消えてしまうのである。

デズモンドが生と死に対する認識を深めるのには、もう一つの契機があった。ポーランドへの講演旅行の際に、アウシュヴィッツ収容所記念館を訪れたことだ。その経験は圧倒的なものであった。

同情、悲しみ、怒りを覚えるのはもちろんだが、そうした感情は、この場所が喚起する無限の深い嘆きにくらべれば、大洋に落ちた涙のように些末なものに思える。（中略）結局、人のできる最上のことは、ここで起こった事柄に直面して謙虚になり、苦しんだ者の側であれ、共犯者の側であれ、その悪の渦に巻き込まれなかったことをいつまでも感謝し続けることだろう。（二六九）

デズモンドは帰国してからアウシュヴィッツの囚人たちが遺した手紙類を読む。それは、生き永らえないと悟った囚人たちが愛する者たちに残したメッセージだった。その中でもっとも彼の心を動かしたのは、特別労務班《ゾンダーコマンド》の一人だったハイム・ヘルマンが妻にあてて書いた手紙の一節だった――「僕たちの人生のさまざまな時点でつまらないことで誤解があったとすれば、それは過ぎゆく時間を大切にできていなかったからだということが、今になってよくわかる」（二八〇）。一時期心が離れてしまっていたデズモンドとフレッドだが、ハリーの死を目の当たりにし、自分たちが「つまらないこと」で仲たがいしていたことに思い至るのである。

先に引用したように、アレックスの研究に刺激されて自分が遺書を書いてみたときには、その内容は自己弁明に終始していたが、アウシュヴィッツ訪問と父親の死を経験した後、デズモンドの生と死に対する認識は大きく変わったのだ。死という逃れられない運命を背負う人間の一人として、デズモンドは我執から解き放たれるのである。

「盲目は悲劇的だが、失聴は喜劇的だ」と私はこの日記の初めの方で書いた。（中略）今では、失聴は喜劇的で、死は悲劇的だと言うほうが、もっと意味があるように思われる。なぜなら、死は決定的で、不可避で、不可解だからだ。ウィトゲンシュタインが言っているように、「死は生の出来事ではない」。なぜなら、死を経験することはできないからだ。他人の身に起こっているのを見ることができるのみである。そのときどきで程度の差はあれ、哀しみや恐怖を抱く。いつか自分にもそのときが来るのを知っているからだ。

（三〇五－〇六）

彼の脳裡には、アウシュヴィッツで見た奉納のろうそくに、メイジーの遺体の脇にあった常夜灯のろうそくが重なり、縞の囚人服に病院のパジャマが重なり、そして、収容所の写真の裸の死体に父のやせ細った遺体が重なり合って映ずるのだ。

六　人間存在に対する認識の深まり

死の普遍性に対する認識を深めることにより、デズモンドは妻を安楽死させた精神的トラウマを乗り越え、限りある生を与えられた人間存在そのものを愛おしく思うようになるのだが、それをきっかけとして、デズモンドは周囲の人々についての認識をも深めてゆく。たとえば、月一回ロンドン郊外の父親の家を訪問するのは義務感からでしかなかったのだが、デズモンドは父親が自宅を引き払うことを頑なに拒んだり、吝嗇の性癖を捨てることができなかった理由にあらためて思いを馳せる。医者から、高齢者が住居を変えることは心身に負担をかけることだと言われ、デズモンドは父親が自宅に住み続けたがった理由を理解する。また、父の吝嗇についてのデズモンドの見方も深まりを見せる――「私は父がそれほど金を残し、生きている間にその金を自分の楽しみのためにほとんど使わなかったことを残念に思った。それは、父が貧しい子供時代を送ったせいなのだ。父は、誰にも貯金がないような環境と、国家が失業者や不運な者になんの保障もしなかった時代に成長したのだ。父は、貧困の結果がどういうものかを見、貧困を怖れるように一生涯条件づけられていたのだ」（三〇四）。

また、アレックスが遺書に異常な興味を持ち、年配の男性を翻弄しようとする性癖があるのは、彼女が十三歳のときに父親が拳銃自殺をしたことによるトラウマのせいだと理解する――「自殺を研究する彼女の心理的動機は、謎を解くというよりは怒りを発散させることだと私は思う」(二六〇)。

長男のリチャードについての彼の認識も変化を見せる。リチャードは低温物理学を研究しており、趣味といえばバッハの音楽を聴くくらいで、社交的でもない。そんな彼の生活ぶりを見て、デズモンドはひそかに退屈な人生だろうと思い込んでいたのである。だが、実際には彼がこまやかな愛情の持ち主であり、緊急の際には的確な判断力と行動力を発揮できる人間であることをデズモンドは知る。実は、デズモンドにアウシュヴィッツを訪れるよう勧めたのもリチャードだった。「機会があれば、誰もが行くべきだ」(二五二)という彼の言葉は、デズモンドには「道徳的責務」(二五三)として言っているように聞こえたのである。

上流気取りだと思い、敬遠していたフレッドの母親に対する認識も変わる。「フレッドの家族から非常に多くの人たちがわざわざ来てくれたのは、ありがたかった。(中略)セシーリアもチェルトナムから長い時間をかけて来てくれた。彼女が父と一緒にいて、ほとんど楽しくなかったことを考えると、彼女には本当に感謝する」(二九四)。

　このように、デズモンドは周囲の人間への理解を深めたわけだが、それにより彼らを慈しむ気持ちもいっそう深まったであろうことは十分に考えられる。そして、これこそがこの小説を通じてロッジが伝えたかったメッセージではないだろうか。科学の進歩により、私たちが超越的存在の介入や来世の幸福を信じることはいっそう難しくなっているが、超越者たる神が存在しないからこそ、死すべき運命を分かち合う人間同士が互いに愛し合い、慈しみ合うことが何よりも重要なのだ。小説を通じてこのようなメッセージを発信すること、それは図らずも、神の不在が科学的に実証され始めた十九世紀のイギリスにおいて、その時代の代表的小説家であったジョージ・エリオットが唱道したことであった。ロッジは二十世紀以降の文学理論にも精通し、モダニズム小説やポストモダン小説の技法も熟知していたが、その彼が晩年の本作で十九世紀リアリズム小説のテーマを前面に打ち出しているのは興味深いことである。[5]

　ロッジは『恋愛療法』において、生きることの意味を見失ってしまった主人公パスモアを実存主義哲学者のキルケゴールに心酔させ、本作では先の引用にもあるようにデズモンドをしてウィトゲンシュタインに言及させているが、ここには作者のロッジ自身のこれら哲学者たちに対する関心が反映されている。[6] そして、最終的に彼が到達した精神的境地――「信仰の海のカトリック」（『作家の運』一〇）――を表したものこそが『ベイツ教授の受難』である。そんな本作はロッジのキャリアの終盤を飾るにふさわしい作品と言えよう。

七　おわりに

マイク・フェザーストーンとアンドルー・ウェーニックの『老化のイメージ』（一九九五）の序文でも述べられているように、現代社会において、老いと死は忌避されるべきものとしてきた。「死は生を無意味に思わせるがゆえにいっそう恐れられるようになり、現代文化はさまざまなやり方で死を否定することにより、これに対処しようとしている」（一四）。『ベイツ教授の受難』はこのような風潮を真っ向から否定するものだ。ロッジは本作においてあえて老醜や老衰をコミカルかつリアリスティックに描き、死を運命づけられた者としての人間のありようを正面から見据えているのである。

とはいえ、この作品は決して悲観的な調子で貫かれているわけではない。たとえば、ハリーが死にゆく一方で、デズモンドと亡き前妻メイジーの娘アンが無事に男の子を出産するエピソードが組み込まれていたり、フレッドと元夫の間の娘の子供ダニエルが言葉を習得していく様子などが描かれている――「ダニエルが一人称の代名詞を使うようになったことは興味深い」

（二九七）。このように、この小説においては死だけではなく新しい命の誕生と成長も並行して描かれているのである。

プロットの核をなすのがデズモンドの精神的成長であることもあらためて確認したい。メイジーの死の記憶を抑圧する一方で、死に対する強迫観念にとり憑かれていたデズモンドは、父親の死やアウシュヴィッツ訪問の経験を通じ、死と向き合い、死への通過点としての老いについての認識を深めていくわけだが、それを見ると、たとえ体は老化していっても、心は常に成長しつづけるものだという作者のメッセージが伝わってくる。

小説末尾のくだりは一見プロットと無関係な場面の描写に見える。デズモンドが定期的に参加している読唇術のクラスでの様子が描かれ、庭の置物のノームの由来や、エッフェル塔についての雑学的知識が紹介されるのだ。だが、最後の一文たるデズモンドの次の言葉に注目されたい――「私は読唇術教室でいつも何か新しいことを学ぶ」（三〇七）。かくして、老いと死を描いたこの小説は、生についての肯定的なメッセージで締めくくられるのである。

注

（1）英語の“deaf”は「難聴」と「失聴」の両方を意味するため、本論においては文脈に応じて適宜“deaf”の訳を使い分けた。

（2）相手の話を聞き取れないのに適当に相槌を打ち続けてしまうというエピソードは、ロッジ自身がダブリンのパブで元尼僧だった女性と世間話をした際に経験したことである（「失聴宣告を受けて」）。

（3）日本語訳については高儀進訳を参考にさせていただいた。

（4）この小説の語りは一人称と三人称、現在形と過去形など複数の種類の語りから成っており、たとえば冒頭のパーティでのエピソードは三人称現在、車中での会話は一人称過去形を用いている。元言語学教授である語り手のデズモンドは、特段の理由があるわけではなく、人称を変えるのは作文の練習だと語っている（一〇─一一）。

作者のロッジ自身はインタビューにおいて、三人称を用いるのは他者の視点からの批判がしやすいからかと問われ、その通りでもあるし、また、「語り手の自分に対する合いの手や批判をしたくなったりしたら、次の章や日記で三人称を使うこともある。読者の気分転換を考えているわけで、それで人称を変えることだってあると思っていただいてもいい」（森 二八〇）と述べている。また、『恋愛療法』を書くにあたっても、一人の人間の限られた視点・限られた言葉では単調になるので、他の言説・視点・他の（平行する）物語が必要だと感じた」（『意識と小説』二七二）と述べている。

ロッジの他の作品を見た場合、人称の変化に明確な意図が感じられる場合もある。たとえば、『考える……』（二〇〇二）において、主人公の一人ヘレン・リードは日記の中で自分の不倫行為に関わる部分についてのみ三人称を用いて書くことにより罪悪感から逃れようとする（高本 九一）。

ただし、『ベイツ教授の受難』に関しては、テーマとの関わりで人称や時制が変化させられていると思われるくだりはほとんど見つけられなかった。「午後の失聴」のエピソードを三人称の物語に仕立てたのは「屈辱感とばつの悪さを一掃しようとして」（二四五）のことだったとデズモンドが断っているのが唯一の例である。

（5）ロッジがケンブリッジ大学在学中にF・R・リーヴィスの薫陶を受けたことを考えれば、彼がエリオットに大きな影響を受けたのは当然と言えないこともない。リーヴィスはその代表的批評論である『偉大な伝統』（一九四八）の中で、文学作品の価値を道徳的な真摯さにあるとし、エリオットをイギリスの最も偉大な小説家の一人として称揚していた。

（6）ロッジは『恋愛療法』を書くにあたり、最初からキルケゴールを念頭に置いていたわけではないが、パスモアがキルケゴールの著作で強い印象を受けた部分はまさに自分自身がそうだった部分だと述べている（『意識と小説』二七五—七六）。

文献一覧

Amidon, Stephen. "Say What?" *The New York Times*, 3 Oct. 2008, www.nytimes.com/2008/10/05/books/review/Amidon-t.html.

Featherstone, Mike, and Andrew Wernick. Introduction. *Images of Aging—Cultural Representations of Later Life*, Routledge, 1995, pp. 1-15.

Lodge, David. *Consciousness and the Novel.* Harvard UP, 2002.

——. *Deaf Sentence.* Penguin Books, 2008.

——. "Living under a Deaf Sentence." *The Sunday Times*, 20 Apr. 2008, www.thetimes.co.uk/article/living-under-a-deaf-sentence-cv6rfj38gech.

——. *Quite a Good Time to Be Born—A Memoir 1935-1975*. Vintage, 2015.

——. *Therapy*. Vintage, 2011.

——. *Thinks....* Penguin Books, 2002.

——. *Writer's Luck—A Memoir 1976-1991*. Vintage, 2018.

Petty, Moira. "How Hiding His Deafness Ruined Novelist David Lodge's Life." *Mail Online*, 20 May 2008, www.dailymail.co.uk/health/article-1020630/How-hiding-deafness-ruined-novelist-David-Lodges-life.html.

Ratcliffe, Sophie. "David Lodge without His Bite." *The Telegraph*, 2 May 2008, www.telegraph.

co.uk/culture/books/fictionreviews/3673105/David-Lodge-without-his-bite.html.

Taylor, D.J. "I Beg Your Pardon?" *The Guardian*, 3 May 2008, www.theguardian.com/books/2008/may/03/fiction.davidlodge.

Thwaite, Mark. "Interview with David Lodge by Mark Thwaite." 豆瓣小組, 4 Mar. 2019, www.douban.com/group/topic/14944455/?type=like.

高本孝子「生物学における近年の研究成果はイギリス小説をどう変えたか――『愛の続き』、『メンデルの小人』、『考える……』」水産大学校研究報告第六三巻第二号、二〇一五、八三―九五。

森晴秀『デイヴィッド・ロッジの小説世界――意識のポリフォニー、堕とされる権威《オーソリティ》』音羽書房鶴見書店、二〇一〇。

第九章 老いを転覆させる

――マーガレット・ドラブル『昏い水』における終わらない生[1]

原田 寛子

***Margaret Drabble, The Dark Flood Rises* (2016)**
マーガレット・ドラブル『昏い水』武藤浩史訳（新潮社、二〇一八）

◆作者略歴◆
一九三九年、イギリス、シェフィールド生まれ。ケンブリッジ大学で英文学を学び、一九六三年に『夏の鳥かご』で作家としてデビュー。

◆作品梗概◆

フランチェスカ・スタブス（フラン）は七十代、ロンドンの高層住宅に一人で暮らし、老人向け施設の調査のために車でイギリス中を回り、忙しい日々を送っている。イギリスを舞台にフランと彼女に関わる人々のエピソードと、カナリア諸島を舞台に隠居生活を送る歴史研究家ベネットとそのパートナーであるアイヴァーのゲイカップルにまつわるエピソードが交互に語られることで物語は進んでいく。フランの息子クリストファーの恋人サラが、カナリア諸島滞在中に病気を発症してイギリスで急死した後、クリストファーが再び当地を訪れることで、イギリスとカナリア諸島の二つの舞台はつながる。

イギリスでは、フランに関わる人々のエピソードと日常生活が断片的に語られる。フランが元夫クロードと結婚生活を送っていたときの友人であるジョセフィンは、豪華な退職者用施設に住み、成人教育として英文学を教えている。フランの幼なじみであり、中皮腫を患って死期が近いテレサは一人暮らしをしている。クロードは病気で外出はできないものの優雅な隠居生活を送り、フランが届ける手作り料理を待っている。カナリア諸島では、ベネットとアイヴァーのエピソードや彼らの自宅へのクリストファー訪問を中心に、島の歴史や友人のエピソードが語られる。

調査のために訪れたイギリス南西部のウェストモア・マーシュで大雨に遭い、水が氾濫したために立ち往生したフランは、車を乗り捨て、娘ポペットの家に泊まることになる。また同時期に、カナリア諸島の一つの島で海底地震が起こる。足を滑らせ怪我をしたベネットは腰の手術を受けることになり、一時正気を失うが、徐々に回復をしていく。

フランが調査から戻ると、テレサの死が告げられる。フランは友人の死を受け入れ、次の調査に向かおうとするが、今度はジョセフィンの死の知らせが舞い込む。ジョセフィンの葬儀も終わり、再びフランは予定を立て直して、新たな施設の調査のために出発する。

小説の最後では、ベネットの死後、アイヴァーはイギリスに戻り、介護施設で暮らしていることと、フランを含む数人の登場人物が亡くなったことが告げられる。クリストファーとセネガルからの移民であるイシュマエルは、アフリカのヌアディブに向かい、焼けつく砂漠を目にする。

一　はじめに

マーガレット・ドラブルの十九冊目の小説『昏い水』(二〇一六)は、「老い」というテーマにふさわしい。ドラブルは一九六三年のデビュー以来、ほとんどの作品において作者と同時代に生きる同年代の女性を描いてきた。初期の作品から「同世代の女性の関心事を映し出す」(ケンヨン 八八)と言われたドラブルの物語には、中年期、老年期においても作者と同世代の女性が描かれる。出版当時七十代後半であった作者が、老いをテーマに七十代の主人公フランと同世代の老人たちを取り巻く世界を書くことは不思議なことではない。この小説に描かれるのは、主にフランと同世代の人々であり、全員が少なからず自らの老いを意識している。病に伏せるテレサや退職者用施設で暮らすジョセフィンの日々、フランの元夫で療養中であるクロードの優雅な隠居生活が描かれる。フラン自身は老人施設の調査のためにイギリスを車で回り、テレサを見舞い、クロードに食事を届け、時に子供たちと連絡を取りながら一人で暮らしている。また、この小説のもう一つの舞台であるカナリア諸島では、年老いた歴史研究家ベネットとアイヴァーをめぐるプロットが展開される。小説の最後にはテレサとジョセフィンが亡くなり、後日談ではフランを含むほとんどの老人たちが亡くなったことが告げられる。この小説は、まさに人生の終盤を生きる人々を描く物語である。

タイトルである「昏い水」は、D・H・ロレンスの詩から引用されている。小説の初めには「少しずつ肉体は死にゆき、臆病な魂は足場を洗い流される、昏い水が満ちるにつれて」というロレンスの詩「死の船」の一部が載せられており、押し寄せる暗い水のイメージは、小説に登場する老いた人々に忍び寄る死のイメージと重なる。イギリスから遠く離れたカナリア諸島を舞台とするプロットでは、アフリカからの移民たちが命をかけて船で上陸を試みることへの言及があり、その生き証人でありヌアディブから移民船に乗って命からがら逃げのびたイシュマエルが登場する。移民の船を飲み込む暗い水は、「新しい移住者たちの波」（七三）を通じて終末のイメージを想起させ(2)、世界が直面する「老い」とその終焉を暗示する。

ジョセフィンが、その著書を「恐ろしい」（八三）と表現するシモーヌ・ド・ボーヴォワールの『老い』（一九七〇）によれば、「生に対比さるべきものは、死よりも老い」であり、「大多数の人間は老いを悲しみあるいは憤りをもって迎える。老いは死よりも嫌悪の情を起こさせるのである」（(下)三一二）。アメリア・デファルコは、若年期に経験する「大人になったらどうなる」という自己探求ではなく、「年をとっても自分自身のままでいられるか」という、老いにまつわる「新しいアイデンティティ・クライシス《自己認識の危機》」（五）を紹介しつつ、老いるということは、われわれの内側にある不気味なものを経験すること、あるいはそれと対面することでもあると述べる（一二）。肉体的にも衰え、若い自分との内面の乖離も生じさせる「老い」と切り離せない次の段階はまぎれもなく「死」である。あらゆる年齢において死は人々を脅かすが（ボーヴォワール（上）九）、死に最も自然に連なる時期は老いであり、人生の終焉という先延ばしにしたいと誰もが感じる現象も含め、老いには悲劇的、否定的な要素がつきまとう。

　しかしながら、『昏い水』は、老人たちを描き、老いや死というテーマを取り上げながらも、巧妙にその悲劇的な側面を覆していく。本論では、嫌悪や恐怖をもたらす老いや死というテーマを描きながらも、登場人物の関わり合いやプロットを通じて、いかにドラブルが、老いや死の恐怖を受け入れることによって、また巧妙に回避することによって老いの悲劇性を転覆させているかを論じる。そして、老いとは必ずしも目を背けたくなる特別な時期ではなく、生の時間軸の一時期であるという老いの位置づけを確認し、老いて死を迎えても、次の生に関わり続けていくという、終わることのない生のあり方を読み取りたい。

二　「老い」を覆す

老いを抱える老人たちが、若者を主役とする社会において弱者として隅に追いやられることは容易に想像できる。しかしながら、この小説に登場する老人たちは、自らの老いと折り合いをつけ、力強く自らの生を全うしており、おとなしく社会の隅に居場所を見つけることはしない。老いの悲劇性に捉われるのではなく、老いを受け入れることで前向きに生と向き合い、時に若い世代よりも力強く描かれる。

たとえば、贅沢な退職者施設で一人暮らしをしているジョセフィンは、自分が入っている不名誉なカテゴリーの一つは「老い」だ、と自らの状況を見据えながらも、健康ではあるが、この施設に移り住むことによって、「老いと仲よくやっていこう」（八三）としている。成人教育で老いをテーマに文学を教え、自身の研究を追求し、住居も生活も自立しているジョセフィンは、「老いの恐怖を飼いならし」（八三）、コントロールしている人物である。

また、ケンジントンの優雅なマンションで一人暮らしをしている、元外科医のクロードは、病気のため外出はできないが、お気に入りのマリア・カラスのＣＤを聞きながら、フランが運んでくる手作りの料理を待ち、家政婦の女性にちょっかいを出す。「死すべき運命との申し合わせ」はすでにできているようで、「閉じ込められたような状態でありながらも、とても幸せそう」（二六四）であるクロードは、自らの医師としての引き際にも満足し、「よい死に方をしている」（二三〇）と思い、老いのみならず、死についても迷いがない。

このように、前向きに老年を生きる老人たちが描かれるなかで、とりわけ主人公である七十代のフランは精力的に生きる姿を見せている。二人目の夫ハミッシュの死後、ともに過ごした家を捨て、ロンドンの高層住宅に移り住む。ときにエレベーターが止まり、高層階まで階段を上がることもあるこの住居を選んだことに友人も息子も理解ができない。ハミッシュと過ごした二十年は「人生という戦闘の幕間」であり、「今や戦いの中に戻ったのだ」（一七八）というフランは、元夫への食事の配達、死と向き合う友人の見舞い、老人用施設の調査での旅で日々を過ごし、まさに「老い」をめぐって走り回っている。

フランの溌剌とした様子は、娘のポペットとの対比で際立っている。ポペットは四十代、世界の環境問題を日々気にしながらイギリス南西部の田舎町に一人で暮らす様子は隠居した老人のようである。「人生で最も大切な出来事が二十三歳になる前に起き、今はその名残りを生きている」と描写されるポペットの「人生は過去の中」にあり、今は「長くのばされた余生を生きている」（二四四）のである。

環境汚染に過敏に反応するポペットは、田舎で簡素な生活に努め、世界の環境問題や異常気象をインターネットでリサーチしている。すべての不幸を人間のせいにし、ノアの方舟を思い、終末論的な思想に思いを巡らす。輝ける時期をはるか昔に終え、まるで余生を過ごす老人のような娘に対して、母親のフランは、環境のことを考えるなら、共同生活をするか、もっと狭い住居に住むべきだと言い、娘の生き方を批判する。ポペットは、フランが夫を亡くし、年老いても、人生に喜びを見つけ笑うことができると感じ、母親の前向きな性格を尊敬している。田舎に引きこもって生活し、地元のパブを好む娘に対して、ロンドンでの生活を選び、イギリス中を車で回りながら、都会の安いチェーン店を好むフランは、娘よりも若者らしく活動的に描かれている。

前向きなフランであるが、老いとの闘いを意識しないわけではない。不安定な時期もあった昔と比べれば、老いた今を前進したと捉えてはいるものの、フランは「心の平穏に似た何かに達したわけではない」(一五)。老いること、死、最後のもろもろにつきまとう新たな悩みをずっと考え続けて心の平安どころではない。「尊敬すべき高齢者」(一六)なんてバカらしいたわ言だ、と老いを弾き飛ばしながらも、自らに迫りくる老いとの対面を余儀なくされるフランは、老いとの距離の取り方を模索している状態と言える。老人性の病気を避けるための戦略として、階段の上り下りや身体を動かすこと、クロードへの食事の配達やテレサの見舞い、人とつながり仕事をし、家族と連絡を取ることをフランは自らに課している。活動的で忙しいフランの日々は、迫り来る老いからの逃避とも言えるのである。

フランが老いを受け入れていく過程で、フランとジョセフィンが観劇するサミュエル・ベケットの『幸せな日々』(一九六一年初演)は重要なモチーフであり、老いや近づきつつある死から逃れたいフランに適した舞台である(チャールズ)。主人公のウィニーが舞台上で少しずつ砂の山に埋もれていくこの舞台は、死が迫りくる様子を彷彿とさせる。フランは初めこの舞台を「見て死にそうになった」と毛嫌いし、「この国のすべての老女を代表し」、「抵抗と拒否の耐えがたき苦痛を表して」(一九二)劇場の椅子に座っている。押し寄せてくる死を表現するこの舞台を「気を滅入らせるほどバカバカしいが、魅了される」(一九二)と思いながらも、退屈と怒りを感じて否定するのは、舞台上で表現される悲劇がやがて自らのものになることに気づいているからである(ヒックリング)。この劇を受容できないフランは、老いと死を認めながらも、それと対峙することができない状態にいることが窺える。

このベケットの作品に対するフランの変化をもたらすのは幼なじみのテレサである。(3) 病床に伏すテレサが踏み台から落ちたという知らせを受けたとき、フランはいつもと違って思ったように動き始めることができない。そこで感じたことはベケットの芝居に対する見解の変化である。

砂の山に埋もれたウィニーほど動けないわけではないが、そうなりつつある。ベケットを認めねばならない。すごくいいイメージ、とてもいいメタファーだ、あの砂の山は。（中略）あの劇を見た夜からベケットについてはもっと考えた。今度ジョー［ジョセフィン］にあったときに忘れないように覚えておこう。（二八二）

テレサは退職後すぐに病気が発覚したことをきっかけに、フランをインターネットで探し出し、二人の交流が復活した。まさに「老い」が二人を結びつけたのである。幼少期に互いの家同士が険悪な仲であったため、思いを通わせることができない二人であったが、七十代になった今、これまで話せなかったことを話して、二人で笑うことができると感じるフランにとって、旧友テレサは老いの持つ前向きな力を共有する重要な人物だろう。その友人の最期を意識したフランは、これまで気になりながらも拒否していた老いのイメージに自らも埋もれていると感じる。ベケットの芝居の捉え方への変化から、フランが現実を認め、老いを受け入れ始めたことが読み取れる。

このように、老いを受け入れたフランであるが、ジョセフィンのように優雅な退職者用施設に入ったりはしない。小説の終わりではテレサとジョセフィンを見送り、老いる過程と戦うことは「負け戦」(二九八)なのだ、と息子に伝え、老いと死の現実を認める。それでもフランは「未知なる目的地」(三一三)に向かって生き抜いていくことが最善の選択だ、と前だけを見つめる。「老い」をめぐるフランの物語は、いくつかの死を経験し、再び施設の調査に向かうところで幕を閉じる。死を受け入れながらも、前向きに生を見届けるというフランが得た結論は特別なヴィジョンとは言えないが(風間 五六)、立ち止まることなく次の調査地に向かい、老いることを「未知への魅惑的な旅路」(二一〇)だと感じるフランは、老いに付随する弱々しさを覆し、前向きな姿を提示する。

三 「老い」のアンチクライマックス

この小説が、老いの悲壮感を巧妙にかわす要素は、フランに代表される前向きな老人像のみならず、クライマックスの扱い方にも当てはまる。小説中には幾人かの老人の死への言及があり、主たる登場人物の死もその中に含まれる。しかし、ドラブルは老いと関連しない死をもうけることで、または、老いの延長にあるべき死を巧みに避けることで、老いの悲劇性、つまり「老い」のクライマックスとしての「死」を覆している。さらに、それはこの小説のプロットにも関連している。登場人物たちのエピソードを断片的に交互に語るこの小説は、ある意味でクライマックスに乏しく、「起こるかもしれない」と予期させる大惨事を避け、予定調和を行わない。登場人物の人生と物語の終焉を並行して考察すると、この小説がクライマックスをずらしながら老いが死につながることで生じる悲劇性を覆し、死が老いの最終地点ではないことを示唆する。

それぞれのプロットが別々に語られつつ展開するこの小説において、舞台となるイギリスとカナリア諸島に共通することは、洪水や地震という自然現象を通じて、プロットがささやかな盛り上がりを見せることである。フランが調査先で遭遇した大雨とカナリア諸島の海底地震は、つながりを保ちながら以下のように描写される。

茶色い水が打ち寄せる。平地の茶色く濁った水の水位が上がる。今のところカナリア諸島の最西端にあるエル・イエロ島の西の大西洋の海底で、裂け目が広がる。（二七四）

ポペットは、エル・イエロ島沖の大西洋で起きた「激しい海底噴火」(一六三)を見守り、運河沿いの道が冠水し、川の水が堤防を越え、何エーカーもの土地が水に埋まっていくのを眺め、ノアとその方舟を思う。世界の環境問題の情報を収集し、氷雪の溶解、中国の二酸化炭素排出、大西洋での地震に関するインターネット議論に参加し、自らも環境汚染に過敏に反応するポペットを通じて、地球が大惨事に遭遇し終焉を迎える、という不吉な結末を予期させる。

前述した「死の船」を書いたロレンスは、自らに迫り来る死への恐怖と同時に、時代に対する危機感、当時の産業化や機械化が破滅を導くという懸念を持っていた(ブロ=ドゥル 五五、池谷 三一)。ロレンスの詩の中で描かれる、「忘却の洪水の中の自己の死は、現代の洪水の中の私たちの時代の死」(池谷 三二)だと論じられる。ロレンスの時代から八十年以上の時を経て、ドラブルの作品に表される「死の船」は、環境問題や人口増加、移民問題という現代が抱える危機とのつながりを示唆する。

ポペットが懸念する、自然災害と関わる災難は、イギリスのフランとカナリア諸島のベネットに襲いかかる。フランは調査先のイギリス南西部のウェストモア・マーシュで大雨に遭い、先に進めず、泥と溝から救出され、車を避難させるという災難に遭う。家に帰れず、避けていた娘のところに一晩身を寄せることになる。そして、ほぼ同じときにエル・イエロ島で地震が起こる。おそらく地震の揺れの影響で転倒したベネットは、病院に救急搬送され腰の手術を受けることになる。手術を巡って周囲の者は奔走し、無事に手術は成功するが、ベネットはイギリスに戻りたいと激しく主張するようになり、理性を失っていく。

各登場人物のエピソードを断片的に語り連ねるこの小説において、以上の出来事が物語の重要な盛り上がりの一つと言える。しかしながら、両者ともに大惨事には至らない。フランは距離を感じていた娘ポペットとの細やかな交流に胸を熱くし、ロンドンに戻っていく。回復するに伴って、ベネットの「イギリスに戻りたいという正気を失った要望」（二八五）も治まっていく。押し寄せた水も海底地震も世界を覆すことなく、誰の命も奪うことなく元の状態に戻っていくのである。

ゆっくりと遅い春がやって来る。こんなに遅いことはこれまでにない、とイングランドの人々は互いに言い合う。生垣の黒いむき出しの枝がついに芽吹き、平地の水が引いて、背の低いカモジグサが現れる（中略）。南の方では、大西洋深くの海底火山の上では、波立つ海流が静まっている。そして、カナリア諸島は永遠に続く眠りの時間に戻ったよう

だ。　（二九九―三〇〇）

洪水と地震という世界を脅かす災害を水面下に匂わせながらも、大惨事を引き起こすことはなく、ベネットの死やフランへの被害という予期される悲劇が生じないことによって、クライマックスから「終焉／死」へ向かう悲劇性が回避されている。

　フランとベネットは大惨事を逃れたが、死という終焉を免れることができない人物たちも登場する。サラ、テレサ、ジョセフィンは物語中でその死が告げられる。しかしながら、彼女らの死は、老いが人生のエンディングとしての死へと密接につながることを覆す要素を含んでいる。クリストファーの恋人サラは、アフリカからの不法移民に関するドキュメンタリー映画製作の調査のためカナリア諸島滞在中に、稀な病気を発症する。現地で治療せず、緊急にイギリスに戻り治療した病院でサラは三十八歳の若さで急死する。この衝撃的な死の報告は、物語が始まってすぐに紹介され、それを思い出すフランは、クリストファーとサラの関係は「ミッドライフ・クライシス《中年期の危機》」に関係していると想像する。フラン自身が経験する「エンド・オブ・ライフ・クライシス《人生の終焉期の危機》」に比べれば、ミッドライフ・クライシスなんて贅沢なものだと感じるが、その後で「でも、サラはミッドライフ・クライシスのための時間すらなかったのだ」（一一）と思う。老いを意識し、死に近づくことを考える「生きている」七十代のフランの姿と、老いからかけ離れた年齢で夭折し「早すぎる死／時を誤った死」（一〇）と表現されるサラの死が結びつくことで、すべての死が必ずしも老いの延長線上にあるものではないことが示される。

読者も予期せぬジョセフィンの死にも、老いの悲劇性をはぐらかす要素が含まれている。テレサの葬儀が終わり、次の調査地訪問の計画を立てているフランのところへ、健康であったジョセフィンが突然不整脈で亡くなった知らせが届く。フランは友人の死の報告を受け「これで終わり。これが終わりだ。こんな終わり方は予期していなかった」（三〇三）と感じる。ここでフランが予期する「終わり方」とは、おそらく老いの時間軸の先に死を設定し、時の経過とともに心の準備をしながら終焉に近づいていく、一般的な老いと死の関係性であるだろう。しかしながら、ジョセフィンの死の報告は、死との距離を測りながらカウントダウンとともに終焉に近づく、老いに内在する悲劇性をはぐらかすものであり、読者も想像しがたい突然の死をもってクライマックスを裏切るのである。

老い、病気、そして死という人生の終焉へ向かう流れに最も近いテレサの死にも、老いと死を覆そうという試みを読み取ることができる。テレサが死に至った原因は、書棚の本を取ろうとして踏み台を踏み外して落ちたことであり、周りの人々は弱ったテレサがなぜそんなことをしたのかと不思議がる。しかし、書棚の本を取ることは、テレサの生と死に関わる要素を含んでいる。以前、見舞いに来たフランが、力のないテレサの代わりに本を取り、共に絵画を眺めたことをテレサが思い出す場面がある。テレサは、仕事をしていた頃、忙しくても精力的に美術鑑賞に励み、重い本を抱えて地下鉄に乗っていたことを思い出す。死を強く意識したテレサは、自室の本棚に目をやり、すでに弱った身体には自分で踏み台に上って本を取ることは不可能だと感じる。痩せ細り、死を目前にした今になり、踏み台を上がって、一番上の棚にある重たい美術書を取れなくなった頃が「二つの合図であり重要な段階」（二三八）だったのだ、と気づく。つまり、テレサにとって、書棚の本を取ることは、輝かしい生と迫り来る死を象徴しているのであり、踏み台に上り本を取ろうとすることが、自分を待つ死へのささやかな抵抗であったことが想像できる。結局は死を近づけることになったが、テレサは老いと病がもたらす死へのクライマックスを自ら覆そうとしたのである。

四　終わらない生

「生きている」フランが最後に登場する場面は、終わりから二つ目のセクションである。ジョセフィンの死を見送ったフランは、次の調査地に向かう際に立ち寄ったブラックプールのレストランで、障害のある子に愛情深く接する家族や、元気いっぱいの愛らしい男の子の様子を目にする。「未知なる目的地」に向かうフランは、このささやかな瞬間から元気をもらう。「最後まで生き抜くこと、それができるすべてだ」（三二三）という前向きな言葉でフランの物語は閉じられる。

ここで物語を終わることもできたはずであるが、ドラブルはこの後に「終わりに」と名づけられた最終章をつけ、後日談を語る。数ページのこの章には、その手前までの三百二十三ページ分の物語を乗り切った者たちも生き残ることはできない。ジョセフィンの友人であったオーウェン以外の老人たちは亡くなったことが告げられるのである。

オーウェン・イングランドはベネット・カーペンターよりも、フラン・スタブスよりも、クロード・スタブスよりも、シモン・アギレラよりも長生きした。今や彼らは皆、死んでしまった。その順番やどんなふうに死に至ったかについてここでこだわることはしない。（三二五）

この後日談をつけ、主人公のフランがどのように老い、死に至ったかの描写を省くことによって、老いと死を関連づけないという意図を窺うことができる。どのように衰え、死に至ったかという詳細な情報や死の場面を伝えず、死んだことのみを報告することによって、前向きに「生」を受け入れたフランのイメージが保たれる。それによって、フランが受け入れた老いは、終焉としての死とは切り離されており、老いとは生の途中の一時期であるということへの強調を読み取ることができる。

フランは以前、介護施設に関する大会に出かけた先のホテルで、奇妙な夢を見た。夢の中では、生理用品ではとどまらず、水のように流れ出る経血が指から流れ落ちて足へと滴り落ちるのである。七十代のフランは生理用品の使用を終えてから長らく時が経っている。目覚めたときフランはこの夢を不愉快よりは愉快だと感じる。この夢の原因をフランは、前日にホテルのレストランで見た赤色のせいか、道中思いめぐらしたマクベスのせいか、それとも今後知ることになる時間と「老体験」(二〇)のせいかと思案する。そこで、フランが一人呟く言葉は、老いることは「未知への魅惑的な旅だ」(二〇)である。老いという現象をフランは前向きに受けとめ、夢で見た血の流れは「死」でなく、「生」の血だとみなし、血を流していた自分と今の自分は同じ女性だと思う。

ここには、女性として血気盛んに生きていたこれまでの肉体を持つフランと、更年期を経て老いた身体を持つフランとの間にある「連続性」が強調される(ショーウォーター 三二)。「老い」とは状態ではなくプロセスであり、若者、中年、老人などに分けられる年齢というものは本来、不安定なカテゴリーで、年齢によるアイデンティティは常に途上にある(デファルコ 五)。たしかに、ボーヴォワールが述べるように、「老化を特徴づけるのは(中略)不可逆で不利な変化、凋落である」(上)一七)が、時間の流れとともに「不利な変化」を遂げようとも、逆に時間を遡れば若い自分がいたのである。つまり、老いの時間は独立して一つの「状態」で存在しているのではなく、過去の自分と現在の自分は「連続性」を持ちながら、時間とともに変化のプロセスを辿っているのである。若かりし時代の延長線上に現在のフランがいるのであり、そして、フランの「老い」は今後も続いていく人生のプロセスの途上なのである。

時間の連続性とともに現れる老いは、その生命を受け継ぐ身体が消え失せて死を経験するとしても、別の人間の時間軸の中に組み込まれることも示唆されている。「終わりに」の章は「フランはジョセフィンのタペストリーを数週間で完成させた」(三二四)という記述から始まっている。ジョセフィンの突然の死とともに放り出されたタペストリーの刺繍はフランの時間軸の中に引き継がれていく。また、「テレサが亡くなった今、生活に穴が空いている」(三〇二)と感じるフランにとって、「テレサはフランの日々の生活の一部、その模様や織物の一部となっていた」(三〇二)のである。ジョセフィンとテレサの老いという時期を含む人生の時間は、生き残ったフランの時間の中に入り込む。フランの老いは自分の時間の連続性のみならず、友人たちの時間を含むさまざまな生のプロセスによって成り立っているのである。

ミッドライフ・クライシスに焦点を当て、ドラブルの作品を論じるマーガレット・M・ギュレットは中年期のヒロインたちが若いヒロインよりも豊かに成長していることを論じる。ドラブルの描いてきた若いヒロインたちは前向きでありながらも、自分探しに苦戦している。しかしながら、『黄金の国』(一九七五)、『中間地帯』(一九八〇)、『輝ける道』(一九八七)などに登場する中年のヒロインたちは、「人生の無意味さの感覚」(デサイ 一三九)から生じるミッドライフ・クライシスを経験しながらも、「若かりしヒロインたちがうらやむような性格を身につけている」(ギュレット 九八)。「自己批判から自己受容へ」(九九)移行し、若者を主人公とする成長小説《ビルドゥングスロマン》に適さないことには悩まない、中年期の精神的回復力や落着きをドラブルは称賛しているとギュレットは述べる（一〇四）。このような若年から中年へとヒロインの年齢を追って描かれるドラブルの作品は、「人生という道のりにおいて展開し発展する物語」（ギュレット一〇四）と評価される。

フランは、六十年代、七十年代にドラブルが描いてきた、中産階級出身で大学で教育を受け、向上心の強いヒロインたちの「年齢を重ねた姿」（テイラー）である。フランは七十代になった今、若い頃に感じた過剰な懸念から解放され、年を重ねることの良さを感じてもいる。若い頃は、家庭の中で子育てに追われ、夜中に何度も叫びだすほどの不安定な時期もあった。老年になり別のパニックに襲われることがあるものの、若い頃に経験した、戻るのが嫌だと思うほどのひどく不幸な状態からは「前に進んでいる」（二八）と感じている。ドラブルの描くヒロインたちは「年をとる／老いる」という、一見否定的に思われがちな経験の中でさまざまな自己探求を続け、老年になっても人生を前向きに捉えようとしているのである。

デビュー以来、作者自らと同世代の「成長する」ヒロインを描き続けたドラブルの作品群において、フランの現在は「老年」という段階にいるのであり、それはまだ展開し続ける人生の一時期なのである。時間軸に沿えば、確かに老いは死という人生の終焉に最も近い段階であるだろう。しかしながら、老いとは、死に直接つながる悲劇的で限られた特別な時期や現象ではなく、青春期や中年期と同様に一人の人間に流れる時間の一過程であり、その続きの時間も存在するのである。そして、フランはこれまでのドラブルが描いたヒロインたちの生の続きであり、語られなかったフランのその後の「老い」の時期は、次のヒロインの物語へとつながる可能性を残しているとも言えるだろう。

五　おわりに

本小説の最終章では、生き続けている者たちについての言及がある。そこではフランたちの人生の続きとして、より大きな生の枠組と時間の連続性が提示される。今も人生の盛りであるクリストファーとイシュマエルは、船の墓場と言われるアフリカ、ヌアディブの焼けつくような陽射しのもとで、終末を予言するような驚くべき光景を目にしている。不法入国に関するドキュメンタリーを撮るというサラの意志を二人は引き継ぐのである。物語の最後は以下のように締めくくられる。

彼らは、最後の旅路の、金色のアルミシートや黄金の枝についての、灼熱から救われた者たちの、海から救われた船乗りたちの歴史を語るだろう。

幸運なる島の歴史の最終章を彼らは語るだろう。そして、彼らは高まる波に飲み込まれる。（三二五）

この小説を通じて、ウェストモア・マーシュで溢れ出した水や、カナリア諸島の海底地震と関連する不気味な水のイメージは、移民で溢れる船を飲み込む波と関連し、ロレンスの「死の船」は、移民船に乗って新天地を目指し溺死してゆく人々の「死の船」のイメージに重なる。その現実を伝えることが、クリストファーがサラから受け継いだものであるが、それを伝える者たちもいつかは「高まる波に飲み込まれ」てしまう。

いかなる者も最後は波に飲み込まれるという現実を突きつけるエンディングでドラブルは物語を締めくくるが、これまでの登場人物たちの生への前向きな姿勢や、この小説が伝える老いや死に備わる悲劇的なイメージを覆そうとする試みを鑑みると、必ずしも死が完全なる消滅とは言い切れない。(4) 地球規模で起こる大きな生のうねりの中で、この小説の中に生きた老人たち一人ひとりの老いを描く物語を再び眺めると、高まる波に飲み込まれ死に至る現実を受け入れながらも、「老い」を「転覆」させ、前向きに自分らしく老いの時間を生きた姿が浮かび上がる。

注

（1）本論は、日本比較文化学会第四十一回全国大会（二〇一九年五月十八日、同志社大学）において口頭発表した原稿に加筆修正を施したものである。
（2）本論における本文からの引用は武藤浩史訳を参考にさせていただいた。
（3）ドラブルの小説において、主人公の理解者、ライバルや反面教師にもなる母娘や姉妹、女友達という女性同士のつながりは繰り返される重要なテーマである。中年期以降の女性が主人公となる物語においては、テレサやジョセフィンのように主人公の自己探求の手助けになる女性たちが登場する。
（4）ロレンスは「死の船」の中で、やがて訪れる死を受け入れるために死の船を作ることを勧める。詩が進むにつれて、死の船は暗闇を彷徨い、消え去り、すべては忘却となる。しかしながら、最後の第九、第十スタンザでは、暗闇から一筋の線が表れ、忘却から生へと戻る夜明けが訪れる。生に戻ることは「残酷な」夜明けであるものの、死の船を作ることは復活に必要なものであることが示される。ロレンスの死の船は、死の創造を終わりではなく新たな旅の始まりとして強調している（ドレイパー 一五九）。

文献一覧

Brault-Dreux, Elise. "How Not to Be: D. H. Lawrence's 'The Ship of Death.'" *New Readings*, vol. 12, 2012, pp. 52-63, ojs.cf.ac.uk/index.php/newreadings/article/view/83.

Charles, Ron. "Margaret Drabble Finds Wit and Humor Where You'd Least Expect It." *The Denver Post*, 16 Feb. 2017, www.denverpost.com/2017/02/16/margaret-drabble-dark-flood-rises-book-review/.

DeFalco, Amelia. *Uncanny Subjects: Aging in Contemporary Narrative*. Ohio State UP, 2010.

Desai Karanam, Giri. *Predicament and Midlife Crises of Women: Feminist Concerns in the Fiction of Doris Lessing and Margaret Drabble*. Lambert Academic Publishing, 2012.

Drabble, Margaret. *The Dark Flood Rises*. Canongate, 2017.

Draper, Ronald P. *D.H. Lawrence*. Twayne Publishers, 1964.

Gullette, Margaret Morganroth. *Safe at Last in the Middle Years: The Invention of the Midlife Progress Novel*. iUniverse.com, 2000.

Hickling, Alfred. “*The Dark Flood Rises* by Margaret Drabble: Review-Coming to Terms with Death. ” *The Guardian*, 3 Nov. 2016, www.theguardian.com/books/2016/nov/03/the-dark-flood-rises-by-margaret-drabble-review.

Kenyon, Olga. *Women Novelists Today: A Survey of English Writing in the Seventies and Eighties*. St. Martin's P, 1988.

Lawrence, D. H. *The Complete Poems of D. H. Lawrence*. Wordsworth Editions, 2002.

Showalter, Shirley Hershey. “Coming of Old Age in an Aging World.” *Christian Century*, June 2018, pp. 30-32.

Taylor, Catherine. “Margaret Drabble's *The Dark Flood Rises* Is a Significant Achievement.” *NewStatesman*, 30 Nov. 2016, www.newstatesman.com/culture/books/2016/11/margaret-drabbles-dark-flood-rises-significant-achievemet.

池谷敏忠「魂の平安と再生をめざす船旅——D・H・ロレンスの「死の船」小論——」『中京大学文学部紀要』二四（三・四）一九八九、一八—三三。

風間末起子「老いを見つめて——ドラブルの *The Dark Flood Rises* 一考察——」『同志社女子大学大学院文学研究科紀要』一九、二〇一九、四一—五九。

ドラブル、マーガレット『昏い水』武藤浩史訳、新潮社、二〇一八。

ボーヴォワール、シモーヌ・ド『老い』（上・下）朝吹三吉訳、人文書院、二〇一三。

あとがき

本論集は、九州を活動の拠点とする「イギリス小説読書研究会」のメンバーたちの手になるものである。仲間うちで「輪読会」と称しているこの研究会は、一九九五年に結成された。最初のメンバーは四人――松田雅子、宮原一成、池園宏、高本孝子である（以下、会員については敬称略）。全員が九州大学で教鞭をとっておられた吉田徹夫先生の門下生であり、先生が長年主導なさっておられる福岡現代英国小説談話会の会員であった。初めは研究会を立ち上げるというほどの考えもなく、英文学史で学んだだけで、実際には読む機会がなかった代表的な小説を、一緒に一つずつ読んでいこうと決めたのだった。

一回目に読んだのはサミュエル・リチャードソンの『パメラ』（一七四〇）である。本格的なイギリス小説の奔りであるこの小説は、ペーパーバックで六百ページ弱の長さである。大学で英語や英文学の授業を担当し、大学運営の仕事を行い、また、自分の研究も進めなければならない中でこれだけの長編を通読するのは、時間的にも厳しいゆえになかなか大変なことだ。だが、テクストの精読を大事にしておられる吉田先生のゼミのやり方に倣い、とにかく通読したうえで、各自四分の一ずつのあらすじをまとめ、コメントを考え、輪読会に臨むこととした。取りかかる前は正直なところ気重だったのだが、実際に読んでみると、貞操を守り、若主人の誘惑を跳ね返すヒロインの波乱万丈の冒険譚は純粋に楽しめた。また、当時は四人とも若手研究者であり、ほぼ同期の出身であったため、ディスカッションにも気楽な雰囲気が漂い、自由に意見や感想を述べ合うことができた。

それ以降、二十年以上にわたって続いてきたこの輪読会において、私たちはほぼ年に三～四冊のペースで小説を読み続けてきた。長年にわたり、九州大学箱崎キャンパスの英文学演習室を使わせていただいていたが、現在では福岡大学を使わせていただいている。さすがに近年では年に一～二冊のペースになっているが、あらためて数えてみると、これまでに総数五十四冊の小説を読破したことがわかり、感慨深いものがあった。

それらの小説の中には、実際に読んでみて、英文学史の記述から受ける印象とはずいぶん異なる作品だと感じさせるものも多々あった。たとえば、ジョン・バニヤンの『天路歴程』(第一部)(一六七八)は、英文学史の教科書を読む限り、主人公が天国を求めて巡歴する過程を描いたものと紹介され、無味乾燥な内容との印象を与える。だが、実際にはロール・プレイング・ゲームの小説版を読んでいるようで、理屈抜きにおもしろかった。また、この作品を読むことにより、プロテスタントの厳しい倫理観を実感させられた。

ジョン・ファウルズの『コレクター』（一九六三）も強烈な印象を残した一作だ。映画の宣伝などから、精神に異常をきたした男が女性を誘拐して監禁する話だと思われているが、実際の作品では、作品の半分近くを誘拐された女性ミランダの手記が占めていた。そして、そこには彼女の苦悩と精神的葛藤が、実に生々しく描かれていた。読み進めるのがこれほど辛い小説はなかったが、小説の末尾で、死を目前にしながら最後に残したミランダの言葉「あなたを許す」には心を揺さぶられた。この作品もキリスト教的倫理観がイギリス小説のバックボーンとなっていることを実感させるものであった。また、イギリス小説は階級抜きには語れないこともあらためて感じた。

これからも、「聞いたことはあるが、読んだことはない」というような、イギリス文学史に残る代表的な小説の原典を読む楽しさを味わい、その楽しさや醍醐味を学生にも伝えていきたいというのが会員一同の思いである。

会の活動を進める中で、会員の入れ替わりもかなりあった。一番忘れられない人は左部《さとり》和枝である。E・M・フォースター研究者だった左部は、一九九八年六月にバージニア・ウルフの『灯台へ』（一九二七）を一緒に読んで以来、いつも積極的に会に参加してくれた。山口県湯田温泉まで足を延ばした泊りがけの例会で一緒に過ごした楽しい思い出は、今も記憶に鮮やかだ。だが、彼女は二〇〇一年の夏に突如病に倒れ、発症してからわずか一週間ほどで他界した。生きていれば今も一緒に研究活動を続けていたであろうと思うと、惜しまれてならない。

例会の雰囲気は会の開始当初から変わることなく打ち解けたものであるが、一同が心待ちにしているのは、例会終了後の恒例の打ち上げだ。小説を読破した達成感に浸りながら楽しく語らうひとときは、メンバーたちにとって明日への活力源となっている。

このたび、輪読会の活動が四半世紀に近づいたところで、日ごろの会員の研究活動の成果をまとめてみようということになった。今回は「老い」をテーマとしてまとめてみたのだが、老いを実感するにはまだ早すぎる若手の会員たちにとっては、今回の取り組みはなかなか大変だったようだ。だが、一同の協力により、ほぼすべての時代にわたって作品を取り上げることができたのは喜ばしいことである。

本論集の編集は鵜飼信光、濱奈々恵、高本孝子が担当した。次回の論集出版はいつになるかわからないが、その時のテーマは何になるのだろうか。楽しみなことである。

最後になってしまったが、本論集の出版にあたっては開文社出版の前社長安居洋一氏、および現社長丸小雅臣氏にひとかたならぬお世話になった。この場を借りてお礼を申し上げたい。

高本孝子

執筆者一覧（五十音順）

池園　宏（いけぞの　ひろし）　山口大学　人文学部　教授
池田　祐子（いけだ　ゆうこ）　中村学園大学　流通科学部　流通科学科　准教授
岩下いずみ（いわした　いずみ）　熊本高等専門学校　共通教育科　准教授
鵜飼信光（うかい　のぶみつ）　九州大学大学院　人文科学研究院　教授
金子幸男（かねこ　ゆきお）　西南学院大学　文学部　教授
柴田千秋（しばた　ちあき）　福岡大学　非常勤講師
高本孝子（たかもと　たかこ）　水産大学校　水産流通経営学科　教授
濱　奈々恵（はま　ななえ）　福岡大学　共通教育研究センター　外国語講師
原田寛子（はらだ　ひろこ）　福岡工業大学　社会環境学部　准教授

英語圏小説と老い　（検印廃止）

2020年3月30日　初版発行

編　　者　イギリス小説読書研究会
発 行 者　丸　小　雅　臣
組 版 所　アトリエ大角
印刷・製本　創栄図書印刷

〒162-0065　東京都新宿区住吉町 8-9
発行所　**開文社出版株式会社**
電話 03-3358-6288　FAX 03-3358-6287
www.kaibunsha.co.jp

ISBN 978-4-87571-099-8　C3098